밤에만 헤엄칠 수 있었다

YORU SHIKA OYOGENAKATTA

Copyright © 2024 by Toko Koyanaga

All rights reserved.

Original Japanese edition published in 2024 by GENTOSHA INC., Tokyo

through Eric Yang Agency Co., Seoul.

Korean translation rights ©2025 by HUMMINGBOOKS

이 책의 한국어판 저작권은 EYA(에릭양 에이전시)를 통한 저작권사와의
독점 계약으로 허밍북스에 있습니다. 저작권법에 의해 한국 내에서
보호를 받는 저작물이므로 무단전재와 복제를 금합니다.

밤에만 헤엄칠 수 있었다

고야나가 도코 지음
이다인 옮김

차례

프롤로그 3

제 **1** 화 13

제 **2** 화 53

제 **3** 화 83

제 **4** 화 111

제 **5** 화 145

제 **6** 화 179

제 **7** 화 225

제 **8** 화 261

에필로그 305

프롤로그

 평소 학생들에게 특별한 감정을 가져본 적 없는 나지만, 얼마 전 새로 전학 온 쓰마도리 도와만큼은 예외라는 사실을 이쯤 되면 인정하지 않을 수 없었다.

 서관 1층에 있는 학생 상담실에서 쓰마도리는 의자 등받이에 몸을 기댄 채 창밖을 내다보고 있었다. 햇볕에 색이 바랜 레이스 커튼 사이로 흘러든 햇살이 하얀 볼 위에 그물망처럼 그림자를 드리웠다. 인기척을 느꼈는지 쓰마도리는 천천히 문 쪽으로 시선을 돌렸다.

 "와 역시 우노하라 선생님이 오셨네요."

 쓰마도리는 천진난만한 목소리를 내며 문 앞에 가만히 서 있는 나를 향해 미소를 지어 보였다. 붙임성 좋아 보이는 표정을 의도한 듯했지만 지나치게 반듯한 이목구비 탓에 가짜 웃음을 짓고 있는 인형 같아 보였다. 나는 가끔씩 이 아이가 잘 만들어진 가짜가 아닐까 생각했다. 지금도 쓰마도리는 이 덥고 습한 상담실에서 땀 한 방울 흘리지 않고 있었다.

"다른 선생님들까지 애를 먹이는 건 별로 좋지 않은데."

나도 온화한 선생인 척 미소를 지어 보였다. 평범한 이목구비 덕에 내 의도는 제대로 전달되었을 터였다.

창문을 열자 관리가 소홀한 안뜰에 무성하게 자라난 잡초 냄새가 상담실 안으로 흘러들어왔다. 나는 쓰마도리의 맞은편에 앉아 책상 위에 놓인 수학 답안지를 집어 들었다. 이름을 쓰는 칸에는 쓰마도리의 이름이 적혀 있었지만 답을 쓰는 부분은 텅 비어 있었다.

"아무리 그래도 한 문제도 못 풀었을 리는 없잖아. 혹시 백지를 내는 이유가 따로 있는 거야?"

엄밀히 말하자면 백지는 아니었다. 쓰마도리는 시험 시간 내내 문제를 푸는 대신 다른 일에 몰두한 듯했다. 담당 교사가 여러 차례 주의를 주었으나 들은 체도 하지 않더니 결국에는 교실에서 끌려 나와 상담실로 연행되었던 것이다.

"역시 아름답네."

"그냥 낙서 좀 한 거예요."

쓰마도리는 멋쩍은 듯 시선을 피했다. 답안지 뒷면에는 교실 창문 너머로 펼쳐진 여름의 풍경이 고스란히 그려져 있었다. 맑고 투명한 푸른색 하늘, 가늘고 길게 이어진 하얀 비행기 구름, 교정을 에워싼 상록수의 초록빛 녹음—— 그 선명한 색감에 눈이 부실 지경이었다.

"그래도 시험 시간에 이러면 안 되지. 쓰카모토 선생님이 기분 상하실 만했네."

사실 기분이 상한 정도가 아니었다. 수학 과목을 담당하는 쓰카모토는 하얗게 센 머리카락 사이로 드러난 두피까지 붉혀가며 "저 녀석 좀 어떻게 해 봐!"라며 화를 냈다. 나는 쓰마도리의 보호자도 담임도 아니지만 어째서인지 이런 상황이 생길 때마다 맹수 조련사처럼 불려 다녔다.

"일부러 쓰카모토 선생님을 화나게 하려던 건 아니었어요. 그냥 잠 깨려고 창밖을 보면서 스케치 좀 했을 뿐인데 갑자기 멱살을 잡고 복도로 끌어내는 건 너무하지 않아요?"

쓰마도리는 억울하다는 듯 입술을 삐죽이며 여름 니트의 목 주변을 매만졌다. 쓰카모토에게 거칠게 붙잡혔는지 살짝 틀어진 넥라인 안쪽으로 움푹 파인 쇄골이 들여다보였다. 오른쪽 쇄골 끝에 세로로 나란히 박힌 점이 두 개. 그리고 목젖 위에 작은 점이 한 개. 다리가 긴 편이라 일어서면 나보다 키가 4센티미터 정도는 더 컸지만 목은 여자아이처럼 가늘었다. 손이 별로 크지 않은 나조차도 쉽게 감아쥘 수 있을 것 같았다. 고운 피부 아래로는 푸른 정맥이 은은하게 비쳐 보였다.

"선생님?"

의아한 목소리에 정신이 돌아왔다. 무심코 그를 뚫어지게 바라본 모양이었다. 나는 의심을 피하기 위해 쓴웃음을 지으며 머리를 긁적였다.

"미안, 잠깐 넋이 나갔었나 보다. 요 며칠 계속 야근이었거든."

거짓말은 아니었다. 실제로 내 교무실 책상 위에는 다른 선생님들이 떠넘긴 잡무와 관련된 서류들이 산더미처럼 쌓여 있었다.

"바쁘신데 죄송해요. 제가 잘못했다고 해야 선생님도 일하러 가실 수 있는 거죠? 저도 제가 잘못한 거면 죄송하다고 하겠지만 솔직히 납득이 잘 안 돼요. 제가 시험 중에 뭘 하든 신경 안 쓰고 그냥 0점으로 처리하면 되잖아요. 굳이 큰 소리를 내서 다른 학생들의 집중력을 방해한 건 제가 아니라 쓰카모토 선생님이지 않아요?"

쓰마도리는 의자에 몸을 기댄 채 의견을 구하듯 나를 바라보았다. 그는 늘 이런 식으로 나와 논쟁을 하고 싶어 했다.

"글쎄…… 만약에 네가 앉아 있던 곳이 교실이 아니라 프렌치 레스토랑이었으면 어떨지 생각해보자. 쓰카모토 선생님은 그 레스토랑의 오너 셰프쯤 되시겠지?"

"그럼 학생들은 손님이겠네요?"

쓰마도리는 먹잇감을 앞에 둔 장난기 가득한 고양이마냥 몸을 앞으로 기울였다.

"그렇다고 볼 수 있지. 고등학교는 의무교육도 아니고, 너도 알다시피 우리 학교는 사립이잖아. 너희는 스스로 선택해서 이곳에 온 거고, 우리는 너희 부모님들이 지불하는 금액에 상응하는 서비스를 제공하는 거지. 교육자로서 이런 표현이 어떨지 모르겠지만 실제로 크게 다르지 않다고 생각해."

"그럼 쓰카모토 선생님 수업에서 시험도 안 보고 딴짓을 한 저는—
— 프렌치 레스토랑 테이블에 앉아서 포장해 온 햄버거를 먹는 진상

손님 같은 거겠네요?"

"그건 셰프에 대한 모독일 뿐만 아니라 가게 전체의 분위기를 망쳐 버리는 행위겠지? 저렴한 햄버거 냄새가 너무 자극적이고 강렬해서 프렌치 요리를 즐기고 있던 다른 손님들한테도 민폐가 될 테니까. 그리고 애초에 프렌치 요리를 먹을 생각이 없으면 레스토랑에 들어가지 않는 선택을 할 수도 있었던 거잖아."

"방금 그 말씀은 수업을 들을 생각이 없으면 학교에서 나가라는 거예요? 선생님은 겉보기에는 엄청 친절해 보이는데 가끔 좀 무서울 때가 있다니까."

"문제가 될 만한 발언이었나?"

"아니요, 선생님의 그런 점이 재미있고 좋아요."

쓰마도리는 아무렇지 않게 대답하더니 고개를 들어 천장을 올려다보았다. 입가에 옅은 미소가 번지고 있었다.

"그러니까 저는 돈만 내면 무슨 짓을 해도 괜찮다고 생각하는 멍청하고 건방진 꼬맹이라는 거네요. 쓰카모토 선생님한테 사과드려야겠다는 생각이 이제 좀 드는 것 같아요."

"그래 주면 고맙지."

"이번에도 반성문이면 될까요?"

"너한테 원고지 세 장은 성에 차지도 않겠지만."

나는 파일에서 새 원고지를 꺼내 책상 위로 내밀었다. 쓰마도리는 연필꽂이에서 볼펜 하나를 집어 들더니 한 치의 망설임도 없이 반성문을 써 내려갔다. 창문을 통해 여학생들의 떠들썩한 목소리와 첨벙거리는 물소리가 들려왔다. 지난주부터 수영 수업이 시작되었던 것이다.

바람에 날린 커튼 자락이 시선을 내리깐 채 원고지를 마주하고 있는 쓰마도리의 볼에 닿을 듯했다. 그 순간 나는 그대로 손을 뻗어 커튼을 움켜잡아 쓰마도리의 고운 얼굴을 다른 누구의 눈에도 띄지 않게 감춰버리면 어떨까 생각했다. 아니, 차라리 저 가냘픈 몸을 커튼으로 감아버리면 쓰마도리는 분명 꼼짝도 하지 못하고 당황하겠지. 그럼 그때부터 나는——.

"다 썼어요."

"역시 빠르네."

나는 아무렇지 않은 얼굴로 원고지를 건네받았다. 고작 몇 분 만에 썼다고는 보기 어려운 완성도였다. 하지만 놀라지는 않았다. 쓰마도리가 전학을 온 지 두 달이 채 되지 않는 동안 그의 마음에도 없는 반성문을 받아 본 것이 오늘로 벌써 여덟 번째였다.

"오늘도 선생님이랑 이야기할 수 있어서 좋았어요. 선생님이 1학년 담임이면 얼마나 좋았을까요? 저는 천문기상부 동아리에서만 선생님을 만날 수 있잖아요."

"너 설마 그래서 일부러 자꾸 문제를 일으키는 건 아니지?"

쓴웃음을 짓는 나에게 쓰마도리는 해맑은 미소로 화답했다. 당사자인 내가 봐도 참으로 뻔뻔한 대화였다. 우리는 사이 좋은 선생과 제자의 모습을 제대로 연기하고 있는 것일까.

4교시가 끝났음을 알리는 종이 울렸다. 쓰마도리가 나가고 얼마 되지 않아 이번 일의 발단이 된 수학 교사 쓰카모토가 상담실에 얼굴을 비췄다. 쓰카모토는 책상 위에 놓인 원고지를 보자마자 미간을 찌푸리며 못마땅한 기색을 드러냈다.

"이번에도 반성문으로 넘어가는 거야? 이딴 거 쓰라고 해봤자 그 녀석한테는 씨알도 안 먹히는 거 알잖아."

"그렇다고 요즘 같은 시대에 양동이를 들고 복도에 서 있으라고 할 수는 없지 않습니까."

쓰카모토는 어깨를 으쓱하더니 "그러시겠지. 게다가 그 녀석은 특별한 학생분이시니까."라며 비아냥댔다.

쓰카모토가 반성문을 훑어보는 사이, 나는 책상 한쪽에 밀어놓았던 수학 답안지를 다시 집어 들었다. 답안지 뒷면을 눈높이에 맞춰 들고 쓰마도리가 그려낸 풍경과 창밖의 모습을 겹쳐 보았다. 쓰마도리의 답안지 뒷면에는 무수한 색채가 살아 숨 쉬고 있었다. 푸른 하늘의 색감도, 우거진 상록수의 색감도, 눈 부신 햇살의 색감도 오히려 실물이 더 흐릿해 보일 정도였다.

"왜 그래?"

쓰카모토가 의아한 얼굴로 물었다.

"그냥 아름다워서 보고 있었어요. 색채가 밀려드는 것 같아서요. 역시 제법이네요."

"무슨 말을 하는 거야? 새까만 글자밖에 없는데."

쓰카모토는 내 손에 들려 있던 답안지를 빼앗아 들고는 고개를 갸웃했다.

쓰마도리가 샤프심으로 그려낸 여름의 풍경은 누군가에게는 그저 새까만 글자의 나열에 지나지 않았다.

"하기야 벌써 대작가 취급을 받으신다니까 이딴 낙서도 그 녀석이 썼다고 하면 갖고 싶어 하는 사람이 줄을 서겠지."

쓰마도리 도와는 소설가였다. 몇 년 전 인터넷에 투고한 작품이 폭발적인 인기를 끌더니 단행본으로 출간된 지 2년 만에 40만 부가 넘게 팔린 베스트셀러가 되었다. 최근에는 유명 제작사들이 영화화를 위한 판권 경쟁을 벌이고 있다는 소문까지 돌고 있었다.

"선생님은 쓰마도리가 쓴 작품 안 읽어보셨어요?"

"내가 그딴 걸 읽을 사람으로 보여? 그래봤자 고등학생 애들이 만났다 헤어졌다 하는 시시껄렁한 인터넷소설일 거 아니야. 중학생인 우리 딸은 푹 빠져서 읽고 있기는 하던데, 작가가 우리 학교 학생인 거 알면 아주 난리일 거야."

필명은 알파벳으로 쓴 '루리쓰구미'. 성별, 나이, 본명, 출신지는 전부 비공개. 사람들 앞에 설 때는 푸른 깃털 장식이 달린 가면으로 눈을 가리고 등장하는, 말 그대로 복면 작가였다. 물론 보기 드문 콘셉트는 아니었다. 최근에는 얼굴을 가리고 활동하는 뮤지션이나 인터넷 방송 스트리머들이 제법 인기였다.

"얼마 전에도 가수 어쩌구가 얼굴을 가린 채로 텔레비전에 나오던데, 그런 거에 열광하는 심리가 나는 도무지 이해가 안 된다니까. 가면 속 얼굴이 못생겼으면 내 돈 돌려내라고 하고 싶을 것 같은데 말이야. 근데 뭐, 쓰마도리는 건방지기는 해도 얼굴이 예쁘장하니까 차라리 얼굴을 드러내면 여자애들이 더 좋아하지 않겠어?"

한쪽 입꼬리를 올린 채 조롱하듯 웃고 있는 쓰카모토를 보며 나는 말문이 막혔다. 어쩜 이렇게 아무렇지도 않게 시대에 뒤떨어진 발언을 쏟아낼 수 있는지 의문이었다.

"제가 보기에는 창작하는 사람들이 자신의 활동 스타일을 자유롭게 선택할 수 있는 건전한 시대가 될 거라고 생각해요. 창작물을 받아들이는 사람들도 외모가 아닌 다른 무언가에서 새로운 가치를 찾아낼 수 있게 되었다는 뜻이기도 하고요."

"그래, 뭐, 역시 우노하라 선생이 감각이 젊네. 쓰마도리가 그래서 잘 따르나 봐?"

쓰카모토는 시큰둥한 말투로 대답하더니 서둘러 상담실을 빠져나갔다. 내가 그의 말에 동조하지 않아 기분이 상한 모양이었다.

어쨌든 이제야 겨우 교무실 책상으로 돌아갈 수 있게 되었다. 점심시간이 끝나기 전에 오후 수업 준비를 마쳐야 했다.

창문을 닫으려 손을 뻗은 순간, 맞은편 동관 건물 창가에 누군가 서 있는 것을 발견했다. 쓰마도리였다. 시력이 좋은 편은 아니지만 그가 이쪽을 바라보고 있다는 것을 알 수 있었다. 정원의 목련 나무로 모여든 매미들이 무언가를 재촉하듯 일제히 울어대기 시작했다.

나는 쓰마도리의 시선을 느낄 때마다 강한 충동에 사로잡혔다. 이토록 사납고 거친 욕망이 내 안에 잠들어 있었다는 사실이 놀라웠다.

쓰마도리가 나를 잘 따른다고, 쓰카모토는 말했다. 아마 다른 교사들도 그렇게 생각하고 있을 것이다. 하지만 그것은 사실이 아니다. 쓰마도리는 그저 재미있어할 뿐이다. 자신을 위해 내가 여기저기 불려 다니는 상황을 만든 다음 내 반응을 살핀다. 새끼 고양이가 털실 공으로 장난을 치듯 발톱으로 내 욕망을 긁어대며 가지고 논다.

손끝이 커튼에 닿자 조금 전 머릿속에서 쫓아냈던 망상이 다시 꿈틀대기 시작했다. 이 부드러운 커튼으로 쓰마도리의 가냘픈 몸을 감싸면 어떻게 될까. 몸을 움직이지 못하고 당황해하는 쓰마도리에게 살며시 손을 뻗는다. 아니, 손이 아니라 책꽂이에 놓여 있는 개교 30주년 기념 오브제가 더 낫지 않을까. 초대 이사장의 모습을 본떠 만든 동상을 강하게 휘둘러 나는 애벌레처럼 커튼에 감겨 발버둥 치는 쓰마도리의 머리를 몇 번이고 내리친다. 고상한 척하던 쓰마도리의 얼굴은 서서히 부어오르고 휘어진 코에서 피가 뚝뚝 떨어진다. 그러면 나는 선물 포장을 벗겨내듯 조심스럽게 커튼을 풀어서——.

복도를 뛰어가는 학생들의 웃음소리에 나는 다시 현실로 돌아왔다. 학생 식당으로 향하는 그 들뜬 발소리를 들으며 나는 창문을 잠그고 쓰마도리의 시선을 차단하듯 커튼을 닫았다.

제 1 화

내가 처음 그 소설을 접한 것은 현재 근무하고 있는 고등학교에 부임해 교사라는 자리에 조금씩 익숙해져 가던 무렵이었다. 2교시 수업을 마치고 칠판에 붙여 놓았던 검정말 수초의 세포 그림을 정리하던 중에 모서리를 고정해 둔 자석 하나가 과학실 바닥으로 떨어졌다. 작은 자석이 내 손에서 도망치듯 굴러가다 몇 분 전까지 한 학생이 앉아 있던 의자 앞에 멈춰 섰다. 등받이가 없는 원형 의자 위에 파란색 표지의 책 한 권이 덩그러니 남아 있었다.

학생이 수업 중에 딴짓을 하는 것이 드문 일은 아니었다. 하지만 대부분이 채팅 앱으로 친구와 메시지를 주고받거나, SNS 타임라인을 확인하거나, 웹툰을 보는 정도였다. 교과서가 아닌 종이책── 심지어 문고본도 아닌 양장본을 가지고 와서 읽는 경우는 거의 없었다.

나는 무언가에 이끌리듯 교단에서 내려가 그 책을 손에 들었다. 언뜻 보기에는 푸른 하늘을 오려다 붙인 듯한 단순한 표지였다. 하지만 자세히 살펴보니 표면 전체가 물결이 이는 것처럼 가공되어 있었다. 물에 비친 하늘 같기도, 물속에서 올려다본 하늘 같기도 했다. 홀로

그램 박으로 새겨진 『너와, 푸른 하늘을 유영하다』라는 제목은 한 글자 한 글자가 사방으로 튀는 물방울처럼 반짝거렸다. 표지에 감겨 있는 노란색 띠지에는 '월간 조회 수 400만 회를 돌파한 감동작이 드디어 단행본으로 출간', '열네 살 소년의 통곡에 귀 기울이지 않을 수 없었다' 같은 홍보 문구가 과장된 느낌표와 함께 존재감을 드러내고 있었다. 표지 한켠에는 'Ruritsugumi'라는 이름이 흰 글씨로 작게 새겨져 있었다.

그 순간 나는 언젠가 책에서 봤던 지빠귓과의 작은 새 이름을 떠올렸다. 특이한 필명이라고 생각했다. 이름만 봐서는 전문 작가가 아니라 뮤지션 같기도 했다. 소설이 아니라 자서전 같은 것인지도 몰랐다.

나는 그 책을 교과서와 함께 교무실로 가져갔다. 몇 반 학생이 놓고 간 물건인지 알고 있으니 그 반의 담임에게 맡기면 되겠다고 생각했다.

책상 한쪽 구석에 올려놓은 그 책에 가장 먼저 반응한 것은 아쿠쓰 하루키── 그 당시 내 옆자리를 쓰던 국어 교사였다.

아쿠쓰는 왜소하고 마른 체형에 늘 사이즈가 맞지 않는 슬랙스를 입고 다녔다. 헐렁한 허리춤을 벨트로 꽉 조여 맨 모습이 마치 일부러 크게 맞춘 교복을 입은 신입생 같았다. 실제로 아쿠쓰는 어떤 상황에서든 우물쭈물하며 어색함을 감추지 못했다. 나보다 나이도 열 살은 더 많은 데다 딱히 대화가 잘 통하는 것도 아니었지만, 다른 교사들은 우리를 한 세트로 묶어서 생각하는 듯했다. 당시에 나는 대학을 갓 졸업한 신입 교사였으니 그럴 수 있다 치더라도 아쿠쓰는 그런 나와 비슷한 수준으로 여겨졌던 것이다.

"우노하라 씨, 그런 걸 읽는 거야?"

아쿠쓰가 얼굴을 잔뜩 찌푸리며 혐오감을 드러냈다. 학생이 두고 간 물건이라고 말하자 콧방귀를 뀌며 마구잡이로 책장을 넘겼다.

"딱 봐도 작가 흉내나 내는 녀석이 쓴 낙서 수준이야. 읽을 가치가 전혀 없어."

아쿠쓰는 평소 젊은 세대의 활자 이탈 현상을 우려하고는 했다. 폐부 직전인 문예부의 고문을 맡아 몇 명 되지 않는 부원들을 열심히 지도—— 하고 있다기보다는 그 학생들만 예뻐하며 특별 대우하는 것으로 유명했다. 그런 아쿠쓰라면 학생이 종이책에 관심을 가지는 것을 기뻐할 법도 한데, 반응을 보니 꽤나 문제가 있는 작품인가 싶었다.

"연예인 사생활 같은 걸 폭로하는 내용이에요?"

"아니, 아마추어가 인터넷에 올린 소설을 책으로 출간한 거야. 못 들어봤어? 그래도 꽤 화제가 됐는데."

십몇 년 전쯤 유행했던 다소 과격한 고등학생들의 연애 소설을 말하는 것일까. 당시에 나는 초등학생이었지만 중고등학생들 사이에서 폭발적인 인기를 끌며 새로운 문화 현상으로 다뤄졌던 기억이 있었다. 하지만 아쿠쓰는 내 말을 비웃듯 잘라내며 말했다.

"그건 인터넷소설이잖아. 내가 말하는 건 전문적으로 웹소설을 투고하는 사이트라고. 같은 취급을 받는 건 좀 곤란한데."

아쿠쓰는 서둘러 태블릿을 꺼냈다. 네모난 화면에는 학생들이 수업 시간에 몰래 들여다볼 법한 SNS 같은 창이 떠 있었다. 다른 점이라면 사진이나 영상 대신 책 표지로 보이는 이미지들이 화면을 가득 채우고 있다는 것이었다. 마치 서점 매대를 위에서 내려다보며 사진으로 찍은 모습 같았다. 화면의 왼쪽 상단에 〈Muses〉라는 사이트명이 나와 있었다. 여성들의 나체 실루엣을 조합해 만든 독특한 폰트였다.

"뮤지스라고 하는 창작자용 SNS야. 이름이랑 로고는 그리스 신화에 나오는 예술의 여신들을 모티프로 한 거래. 소설뿐만이 아니라 일러스트나 영상, 음악 같은 것도 올릴 수 있고, 창작자들끼리 교류도 활발해."

"요즘은 그렇게 취미 활동에 특화된 매칭 방식도 있나 보군요."

그러고 보니 최근에는 독서 후기를 남기거나 요리 레시피를 공유하는 사이트와 연계하여 취향이 잘 맞는 상대를 찾을 수 있도록 데이트 어플이 점점 진화하고 있다는 기사를 본 적이 있었다.

하지만 아쿠쓰는 그런 내 반응에 불쾌하다는 듯 미간을 찌푸렸다.

"그런 연애에 환장한 것들이랑 같은 취급하지 마. 우리는 순수하게 창작을 즐기는 거야. 예를 들어서 글은 쓸 줄 알지만 그림은 못 그리는 사람이 그림을 잘 그리는 사람한테 표지 디자인을 의뢰한다든지, 그림은 그릴 줄 알지만 스토리를 못 쓰는 사람이 만화 내용을 써 줄 사람을 찾는다든지 말이야. 노래를 하는 사람이랑 노래를 만드는 사람이 만나서 실제로 데뷔한 경우도 있어."

"그래요? 대단하네요." 하고 적당히 맞장구를 치면서도 나는 조금 전 아쿠쓰가 쓴 '우리'라는 단어가 마음에 걸렸다. 하지만 굳이 되묻지는 않았다. 직장 동료와는 적당히 거리를 두는 편이 좋았다.

"사람들은 웹소설이라고 하면 다 라이트노벨인 줄 알지만 꼭 그런 건 아니야. 특히 뮤지스에는 순수문학도 있고 본격 추리물이나 역사물도 올라와. 뮤지스에 올린 글로 책을 내고 전문 작가로 데뷔하는 사람들도 많고, 아니면 여기서 경험을 쌓으면서 실력을 다진 뒤에 신인상을 받는 사람도 꽤 있어."

아쿠쓰는 평소와 달리 열정적으로 떠들어댔다. 나는 그의 말을 받아준 것을 후회하기 시작했다. 이런 설명을 계속해서 들어주고 있을 여유가 없었다.

"그렇군요. 어찌 됐든 학생들이 책에 관심을 보이는 건 반가운 일이네요. 수업이 뒷전이 되는 건 조금 곤란하지만요."

나는 쓴웃음과 함께 대화를 마무리하려 했지만 오히려 내 말이 아쿠쓰를 더욱 자극한 듯했다.

"뭐라는 거야! 이딴 책은 신발 밑창에 묻은 똥이나 닦아내는 정도의 가치밖에 없다니까!"

갑작스러운 아쿠쓰의 고성에 나뿐만이 아니라 주변에 있던 교사들까지 깜짝 놀란 듯 고개를 돌렸다. 아쿠쓰는 당황한 듯 얼굴을 붉혔다.

"아, 아니…… 이 소설은 다른 작품들과는 비교도 안 될 만큼 조회 수가 높은데, 사실은 조작이—— 그러니까 짜고 치는 게 아니냐는 의혹이 있거든. 그런 글에 학생들이 너무 빠지면 교육적으로 문제가 있지 않겠나, 싶은 그런 거지."

곤란해하는 나를 보며 아쿠쓰는 답답하다는 듯 "그러니까 내 말은."이라며 몸을 앞으로 기울였다. 손자국이 잔뜩 나 있는 안경 너머의 두 눈이 이글이글 타오르는 듯했다. 아쿠쓰는 책등을 내밀며 제목과 작가명 아래에 적힌 출판사명을 손가락으로 가리켰다. '슌에이샤'라고 하는 오래된 대형 출판사였다.

"애초부터 슌에이샤에서 이 책을 내기로 정해져 있었는데, 화제성을 위해서 뮤지스 운영진한테 순위 조작을 시켰다는 거야. 신인 작가를 띄우는 수단인 거지. 신인상을 받게 하는 것보다 훨씬 비용도 적게 들고 화제몰이도 되니까."

아무리 비용이 적게 든다고 해도 리스크가 너무 크지 않나 싶었지만 나는 아무 말도 하지 않았다. 아쿠쓰는 다시 몸을 뒤로 젖히더니 의자 등받이에 기댄 채 아이처럼 몸을 앞뒤로 움직이며 말을 이어갔다.

"만약 그게 사실이면 작가가 중학생이라는 것도 수상하다는 말이지. 중학생치고는 너무 노련하게 쓴 것 같거든. 혹시 예전에 미국 문학계가 발칵 뒤집혔던 대형 스캔들 기억해? 셀럽들 사이에서도 엄청 인기였던 천재 미소년 작가가 사실은 가짜였고 실제로는 여자 매니저가 대신 글을 쓰고 있었던 사건 말이야."

"아니요, 저는 그쪽은 잘 몰라서……."

홍조를 띤 얼굴로 이야기를 이어가는 아쿠쓰의 모습에 나는 어안이 벙벙했다. 평소의 기죽은 모습은 온데간데없이 생기가 돌고 말하는 것도 거침이 없었다.

왠지 모르게 섬뜩함을 느끼기 시작할 무렵, 태블릿 화면에 팝업 메시지가 떴다. 아쿠쓰는 황급히 태블릿을 거두어 갔지만 〈게시물에 새 댓글이 달렸습니다〉라는 문구가 또렷이 보였다.

"선생님도 글을 올리시는 거예요?"

"아니, 뭐, 그냥 어떤 건지 궁금해서 시험 삼아 해본 거지."

아쿠쓰가 흔들리는 눈빛으로 대답했다. 하지만 이내 마음을 고쳐 먹은 듯 내게 귓속말을 해 왔다.

"사실은 3년쯤 전부터 소설을 올리고 있어."

귀찮게 됐다고 생각했다. 필명이나 제목을 알려주며 감상을 요구해 오면 곤란해질 테니까. 나는 옅은 미소와 함께 "대단하시네요."라고 말하며 책상 위에 쌓여 있던 서류 묶음을 집어 들었다. 생활지도 담당 교사가 내게 떠넘긴 학교 폭력 관련 설문조사 자료였다. 이번 주 중으로 조사 결과를 정리해야 했다.

"학교에서는 아직 아무한테도 말 안 했어. 물론 책을 출간하게 되면 교장선생님이랑 상의는 해야겠지만."

"그런 제안을 받으신 거예요?"

"아니, 아직은 아니고. 그런 제안은 보통 순위가 높은 작품부터 순서대로 연락이 가니까. 내 소설은 독자들 수준도 좀 있어야 하고, 책

출간을 노리고 유행에 편승할 생각도 없거든. 하지만 진짜를 알아보는 괜찮은 출판사에서 제안이 온다면 생각해 볼 수는 있지. 사실 학생 때부터 가끔 소설을 써서 신인상에 응모했었거든. 슌에이 신인상은 2차 심사까지 올라가서 문예지에 이름이 실린 적도 있어."

나는 발그스름한 아쿠쓰의 두 볼을 보며, 어쩌면 그에게는 온라인 세상이 현실에 더 가까운 것이 아닐까 생각했다. 마음이 오롯이 그곳에 가 있으니 이쪽 세상에 있는 모습이 늘 어색하고 불편해 보였던 것이다.

대충 고개만 끄덕이며 키보드를 두드리는 나에게 아쿠쓰는 의자를 바짝 당겨 다가오더니 계속해서 말을 걸었다.

"내가 보니까 우노하라 씨도 가끔 소설을 읽는 것 같던데. 대학생 때 문예부였다고 하지 않았어? 이과생이 문예부에 들어갈 정도면 소설을 꽤나 좋아하나 봐?"

"그냥 가끔씩 외국 추리소설의 번역본을 읽는 정도예요. 문예부는 동기가 부탁해서 이름만 빌려줬던 거고요. 학생이 모자라서 동아리가 없어지기 직전이었거든요."

"에이, 그러면서 몰래 소설을 쓰거나 하는 거 아니야?"

"그럴 리가요."

그가 내게 동료 의식을 느끼는 것은 원치 않았다. 나는 쓴웃음을 지으며 부정했지만 아쿠쓰는 계속해서 대화를 이어가고 싶은 듯했다. 그때 마침 기다리고 있던 교사가 내 책상 옆을 지나갔다. 과학실에 책을 놓고 간 학생이 속한 반의 담임이었다.

나는 아쿠쓰의 손에 들려 있던 책을 가지고 그 교사에게 다가가 일부러 오랫동안 잡담을 주고받았다. 자리로 돌아왔을 때 아쿠쓰가 없는 것을 확인하고 나서야 마음이 놓였다.

그 후로 그 소설에 대해 생각할 일은 없을 줄 알았다. 그날 밤 나는 집으로 돌아와 욕조에 물을 받으며 스마트폰을 들여다보고 있었다. 우울한 기사들만 줄줄이 이어지는 와중에 '데뷔작의 이례적인 성공. 새롭게 떠오른 Z세대의 카리스마. 열네 살 소년의 통곡에 눈물을 흘리지 않을 수 없었다.'라는 제목이 눈에 들어왔다. 낮에 아쿠쓰와 나누었던 대화가 떠올라 나도 모르게 손가락이 움직였다. 링크를 누르자 아까 봤던 책의 표지와 함께 작가로 보이는 인물의 사진이 나왔다. 소설가의 프로필 사진이라기보다는 뮤지션의 홍보용 사진 같은 느낌이었다. 창문을 통해 흘러들어오는 빛이 어두운 방 안에 서 있는 소년을 희미하게 비추고 있었다. 상반신만 찍힌 사진이었지만 전체적인 실루엣에서 골격의 아름다움이 전해졌다. 푸른 깃털 장식이 달린 가면으로 눈가를 가렸지만 코와 입술, 그리고 턱선만으로도 평균 이상의 외모라는 것을 알 수 있었다.

조금 과하게 멋을 부린 듯했지만 이런 방식이 요즘 젊은 세대의 관심을 끄는 것인지도 몰랐다. 기사 내용은 예상 판매 부수가 얼마나 되는지, 영화화 또는 만화화를 할 계획이 있는지, 여전히 베일에 싸여 있는 작가의 정체는 무엇인지 같은 알맹이 없는 것들뿐이었다. 책의 줄거리조차 제대로 나와 있지 않았다. 딱히 흥미를 느끼지 못한 채 화면을 아래로 내리다 보니 기사의 맨 마지막에 낮에 봤던 사이트의 링크가 붙어 있었다. 아홉 명의 예술의 여신이 뒤엉켜 있는 듯한 뮤지스의 로고였다. 누를 생각은 없었지만 손가락이 스치며 그대로 작품 페이지로 넘어갔다.

공을 들여 디자인한 것 같은 단행본 표지와는 달리 심플한 남색 바탕에 흰 글씨로 『푸른 하늘을 유영하다』라는 제목이 적힌 섬네일이 나왔다. 설명란에는 "『너와, 푸른 하늘을 유영하다』로 제목을 변경하여 슌에이샤에서 단행본으로 출간되었습니다.'라고 쓰여 있었다. 나는 무언가에 홀린 듯 '본문 읽기' 버튼을 눌렀다.

그때 거기서 멈췄어야 했다고, 나는 줄곧 후회했다.

창작 사이트 뮤지스에서 월간 조회 수 400만 회를 기록하고 단행본으로 출간된 지 일주일도 되지 않아 대량 증쇄가 확정되며 신인 무명 작가의 데뷔작으로서는 이례적일 만큼 큰 성공을 거둔 소설 『너와, 푸른 하늘을 유영하다』. 출판업계가 극심한 불황을 겪고 있는 요즘 시대에 이 정도면 괴물급 인기작이라고 볼 수 있었지만, 그 내용은 고전적인 연애소설의 전개를 그대로 따르고 있었다.

소설의 주인공 사쿠는 자신을 키워 준 할아버지가 세상을 떠난 뒤, 평소 사이가 좋지 않았던 이모 부부의 눈치를 보며 함께 생활하게 된다. 방과 후 곧장 집으로 돌아가고 싶지 않았던 사쿠는 고등학교 도서실에서 일을 도우며 시간을 보낸다. 그런 그의 앞에 어딘가 특별한 소녀 히다카 가나데가 나타난다. 히다카는 1학기에 열린 합창대회에서 예상치 못한 퍼포먼스를 선보이며 학생들 사이에서 '체육관의 라흐마니노프'라고 불렸다. 그녀는 사쿠에게 자신이 불치병에 걸렸다는 사실을 털어놓는다.

"나 곧 죽는대."

내일 비 온대, 라고 말하는 것처럼 아무렇지도 않은 말투였다. 실제로 죽는다는 말은 고작 열일곱인 우리에게 사랑, 꿈, 행복 같은 말보다 훨씬 더 일상적인 것이었다. 대학 입시만 생각하면 죽고 싶다든지, 같은 반 친구의 농담에 배꼽을 잡으며 웃겨 죽겠다든지, 마음에 들지 않는 선생님이 죽어버렸으면 좋겠다고 험담을 한다든지. 그렇게 우리는 닳아 없어질 만큼 셀 수 없이 죽는다는 말을 쓰면서도 그 말의 진짜 의미를, 그 말의 무게를 알지 못했다.

사랑이나 꿈이나 행복 같은 말들과 크게 다를 바가 없었다.

"나 그런 농담 별로 안 좋아해."

눈살을 찌푸리는 나를 보며 히다카는 옅은 미소를 지었다. 그제야 나는 히다카의 발밑에 죽은 나비가 떨어져 있는 것을 발견했다. 자전거 바퀴에 깔렸는지 몸통이 바스러져 아스팔트 위에 검은 타이어 자국이 남아 있었고, 하얀 두 날개는 풀로 붙여 놓은 것처럼 바닥에 붙어 흔들리고 있었다.

"아까 말이야, 여기를 지나가던 배구부 여자애들이 징그럽다면서 난리를 치더라. 팔랑팔랑 날아다니는 모습을 봤으면 분명 다들 예쁘다고 했을 텐데."

히다카는 그 자리에 쭈그리고 앉아 가느다란 손가락으로 나비의 날개를 집어 들었다. 두 날개가 운동장 쪽에서 불어온 건조한 바람을 타고 파란 하늘로 흩날리며 사라졌다. 그 모습을 가만히 지켜보던 내 발밑에서 히다카가 작은 목소리로 "3퍼센트."라고 말했다.

"우리 나이대에 나처럼 시한부 선고를 받을 확률이래. 이 세상에 죽고 싶어 하는 사람들이 그렇게나 많은데 말이야. 사형당하고 싶어서 묻지마 범죄를 저지르거나, 자살하려고 경찰이 쓰는 권총을 훔치는 사람도 있잖아. 근데 그런 사람들이 아니라 나래. 그러니 그 말을 어떻게 믿겠어? 웃기지 않아?"

차분하고 담담한 말투였다. 히다카는 몸을 일으켜 나를 정면으로 바라보고 섰다.

"너 혹시 아르바이트 안 할래? 네 시간을 나한테 팔아. 사실 파트너를—— 아니, 망을 봐줄 사람을 계속 찾고 있었거든. 어려울 거 없어. 그냥 내 옆에 있어 주기만 하면 돼."

"뭘 하려는 건데?"

"분풀이. 살날이 고작 일 년밖에 안 남은 내가 이 거지 같은 세상에 분풀이할 때, 네가 내 옆에 있어 주면 좋겠어."

순간 히다카의 얼굴이 일그러졌다. 나는 히다카가 울음을 터뜨리는 게 아닐까 생각했다. 하지만 아니었다. 히다카는 가지런한 이를 드러내며 웃고 있었다. 원색의 유리 조각을 흩뿌려놓은 듯 화려하지만 아주 작은 움직임에도 산산이 흩어져 사라져버릴 듯한 만화경 같은 웃음이었다.

그해 여름은 기록적인 폭염이 이어졌다. 하지만 학생들의 기억에 남은 것은 그 미친 것 같은 날씨가 아니라 1학기 말부터 여름방학이 끝날 때까지 학교에서 벌어졌던 불가사의한 사건들이었다.

첫 번째 사건은 종업식 날 발표될 예정이었던 전교생의 성적 데이터가 갑자기 사라진 것이었다. 그다음으로는 학교 수영장에 개구리가 비정상적으로 번식한 탓에 체육 수업이 며칠 동안 중단되었다. 그리고 이전부터 여학생들을 상대로 성희롱 발언을 해 오던 교사가 아동·청소년의 성보호에 관한 법률 위반으로 정직 처분을 받아 학교를 떠났다.

누군가에게는 최악의 여름이었고, 누군가에게는 최고의—— 적어도 그리 나쁘지만은 않은 여름이었다.

그리고 그 모든 것이 '체육관의 라흐마니노프'의 소행이었다는 사실을 아는 사람은 나뿐이었다.

뮤지스에는 프롤로그와 1화의 도입부까지만 올라와 있었다. 나는 고민할 새도 없이 온라인 서점으로 넘어가는 버튼을 눌렀다.

히다카는 특유의 자유분방함으로 사쿠의 일상을 뒤흔들었고 사쿠는 그런 그녀에게 조금씩 마음이 기울어 간다. 하지만 결국 피할 수 없는 운명이 두 사람을 갈라놓는다.

　떨리는 손으로 전자책의 페이지를 넘기고 또 넘기며 마침내 소설의 마지막 문장을 읽은 순간, 뺨 위로 물방울이 흘러내렸다. 블루라이트를 내뿜는 스마트폰 화면 위에도 이미 몇 방울이 떨어져 있었다.

　눈물은 아니었다. 눈을 깜빡이는 것조차 잊어버릴 만큼 집중한 탓에 안구는 바짝 말라 있었다. 그 대신 온몸의 땀구멍에서 식은땀이 뿜어져 나오고 있었다.

　뻔하디뻔한 연애소설이었다. 나는 책을 읽는 내내 다음 전개를 예상할 수 있었다. 정확히 말하자면 이다음에 주인공 소년이 무슨 말을 할지, 그리고 그 말에 소녀가 뭐라고 대답할지까지 어느 정도 예측이 가능했다.

　── 뭐지, 이 소설은.

　식은땀이 등줄기를 타고 흘러내리며 몸이 떨려왔다. 그제야 나는 욕실 수도꼭지를 아직 잠그지 않았다는 것을 깨달았다.

　의자에서 일어나 욕실 안을 확인하자 욕조에서 뜨거운 물이 넘쳐흐르고 있었다. 내 손에는 여전히 스마트폰이 들려 있었다. 욕실을 가득 채운 수증기 덕에 차갑게 식어 있던 몸에 다시 조금씩 피가 돌기 시작했다. 스마트폰 화면에는 아직 소설의 마지막 페이지가 떠 있었다.

　나는 충동적으로 팔을 높이 들어 올렸지만 스마트폰을 바닥에 내던

지는 짓은 하지 않았다. 이런 순간에조차 내 머리는 득실을 먼저 따지는 듯했다. 천천히 팔을 내리는데 피식 웃음이 새어 나왔다. 멈추지 않는 웃음에 목이 꽉 막힌 느낌이었다. 나는 타일 바닥에 엎드린 채 몇 번이나 헛구역질을 반복했다. 욕조에서 넘쳐흐른 뜨거운 물에 위액이 뒤섞여 배수구로 소용돌이치며 빨려 들어갔다.

'월간 조회 수 400만 회를 돌파한 감동작', '열네 살 소년의 통곡에 귀 기울이지 않을 수 없었다', '곧 영화화될 예정' ──

웃지 마. 이건 내 이야기다. 평생 그 누구에게도 보여줄 생각이 없었던 나만의 것이다.

침대에 누워도 잠이 오지 않았다. 아무것도 먹지 않아 위는 텅 비어 있지만 조금만 방심하면 또다시 구역질이 날 것만 같았다.

나는 스마트폰으로 손을 뻗어 다시 한 번 그 소설을 읽기 시작했다.

한숨도 자지 못했지만 나쁜 꿈을 꾸고 있는 듯한 기분이었다.

『너와, 푸른 하늘을 유영하다』의 작가 루리쓰구미에 관해 공개된 정보는 그리 많지 않았다. 띠지에 적힌 '열네 살 소년의 통곡'은 집필 당시의 나이일까, 아니면 책으로 출간된 당시의 나이일까. 어느 쪽이든 현재 나이는 열여섯에서 열여덟. 출신지는 비공개. 잡지나 신문, 인터넷에 실린 사진은 전부 가면으로 눈을 가리고 있었다. 의상이나 포즈, 조명의 각도까지 전문가의 손길이 더해져 철저하게 계산된 것이었다. 보통 인터뷰 도중에 촬영이 이루어지는 다른 작가들의 스냅

숏처럼 자연스러운 표정을 담은 사진은 한 장도 없었다.

공개된 사진을 아무리 들여다봐도 그의 정체를 전혀 짐작할 수 없었다. 루리쓰구미라고 하는 이 소년은 도대체 언제 어떻게 내 이야기를 훔쳐 간 것일까. 확실한 것은 아무것도 없었다. 지금 이 순간에도 루리쓰구미에 의해 꾸며지고 다듬어진 내 이야기는 증쇄를 거듭하며 더 많은 독자들에게 퍼져나가고 있었다.

인생에 큰 의미를 두지는 않는 편이었지만 이대로 가만히 지켜보고 있을 수만은 없었다. 되도록 빨리 그를—— 혹은 그 소설을 이 세상에서 없애버려야 한다고 생각했다.

나는 일단 아쿠쓰에게 접근하기로 했다. 루리쓰구미에 대해 알아보던 중 나는 의도치 않게 아쿠쓰의 비밀을 알게 되었다. 처음 뮤지스에 관해 이야기를 나눈 뒤로 아쿠쓰는 내게 여러 차례 자신이 쓴 소설의 내용과 조회 수, 다른 유저들이 남긴 후기 등을 자랑하면서도 정작 필명이나 제목은 알려주지 않았는데, 그럴 만한 이유가 있었던 것이다.

내가 처음 그 책을 읽은 날로부터 두 달쯤 지났을까. 2학기가 끝나갈 무렵, 학년 주임에게 연말 회식 장소를 미리 예약해 두라는 지시를 받은 날이었다. 과학실에서 다음 날 수업 준비를 마치고 교무실로 돌아왔을 때 아쿠쓰는 이미 퇴근한 후였다. 창밖을 확인해보니 석양빛으로 붉게 물든 정문으로 이어진 길을 터벅터벅 걸어가는 아쿠쓰의 축 처진 뒷모습이 보였다.

나는 다른 교사들에게 대충 인사를 건넨 뒤 출퇴근용 백팩을 손에 들고 급하게 교무실을 나섰다. 자전거 전용 주차 공간에 세워두었던 로드 자전거를 타고 뒤쫓아 가자 2분도 채 되지 않아 아쿠쓰의 뒷모습이 보였다. 아쿠쓰는 나를 발견하고는 의외라는 표정을 지었다.

"오늘은 일찍 가네?"

"가끔은 정시에 퇴근 좀 해보려고요."

막내인 나는 온갖 잡일을 도맡아 하느라 이렇게라도 하지 않으면 아쿠쓰와 단둘이 대화할 기회가 없었다.

"매일 자전거로 출퇴근하는 거야? 전철 타는 게 더 편하지 않아?"

"집이 요요기우에하라 쪽이라 금방이에요. 그리고 전철 타는 걸 별로 안 좋아해서요."

우리는 의미 없는 대화를 나누며 에비스역 방면으로 걸었다. 학교 주변이 학업 환경 보호지구로 지정되어 있어서 시부야구라고 믿기 어려울 만큼 나무가 많고 한적했다. 메이지거리 건널목을 나란히 건너가며 아쿠쓰는 힐끔힐끔 내 표정을 살폈다. 아직 학교 사람들에게는 털어놓지 않은 '그쪽 세계'에 관한 이야기를 내게 다시 해도 괜찮을지 망설이고 있는 듯했다. 그 모습을 보며 내가 먼저 입을 열었다.

"저 책 잘 팔리는 것 같던데요? 저도 읽어봤어요."

마침 작은 서점 앞을 지나던 중이었다. 문제의 그 소설이 입구 쪽 매대에 산더미처럼 쌓여 있었다. 푸른색 표지와 홀로그램박으로 가공한 제목이 해가 저무는 거리를 지나가던 사람들의 시선을 끌고 있었다.

"그래? 어땠어?"

아쿠쓰의 눈이 기대감으로 반짝이고 있었다. 헬쑥한 그의 얼굴에서 내 말이 맞지? 별로였지? 어서 욕 좀 해봐, 라는 말이 금방이라도 새어 나올 것 같았다. 마음만 먹으면 얼마든지 나쁘게 말할 수도 있었지만 나는 난처한 듯 옅은 미소를 지으며 "글쎄요, 읽을 가치가 아예 없다고는 못 하겠지만…… 별로 꽂히지는 않더라고요."라고만 대답했다. 실제로는 별로 꽂히지 않는 정도가 아니었다. 처음 그 책을 읽던 날 밤, 내 가슴에 깊숙이 꽂힌 날카로운 가시가 나라는 인간 자체를 송두리째 바꿔놓은 듯한 기분이 들 정도였다.

"그래도 중학생치고는 꽤 잘 썼더라고요. 특히 풍경 묘사가 섬세하고 선명해서 이게 10대의 감성이구나 싶기는 했어요."

"돋보이는 부분이 있기야 하겠지. 하지만 실력 이상으로 다들 너무 띄워주고 있는 것 같지 않아? Z세대의 카리스마니 뭐니 하는데, 사실 내용이라고 해봤자 사람들을 억지로 울게 만드는 연애소설 재탕이잖아. 학교에서 겉도는 내성적인 소년 앞에 천진난만한 미소녀가 나타나는데, 알고 보니 그 소녀는 불치병이고—— 너무 뻔하잖아. 그래서인지 울리려고 작정한 장면에서 나는 오히려 웃음이 나오던데."

아쿠쓰는 얄미운 말투로 말하다 갑자기 의아하다는 듯 고개를 갸웃했다.

"우노하라 씨, 무슨 일 있어?"

"네? 뭐가요?"

"아니, 방금 엄청 무서운 눈으로 쳐다보길래."

"아, 요즘 안경 도수가 잘 안 맞는 것 같아요. 안 그래도 새로 맞추려고 생각 중이었어요."

나는 안경을 벗어 앞이 잘 보이지 않아 곤란하다는 양 눈을 깜빡거렸다. 나도 모르게 눈빛이 날카로워진 모양이었다. 스스로도 이해가 잘 가지는 않았지만, 그 소설에 대한 나쁜 평가를 들으면 마치 나 자신이 비웃음을 당하는 것 같은 기분이 들었다. 그렇지만 반대로 마냥 좋은 말을 듣는 것도 역겨웠다. 애초에 나는 그 이야기를 불특정 다수의 평가를 받는 위치에 올려놓을 생각이 없었다. 남몰래 감춰놓았던 것이 갑자기 밖으로 드러나 그럴듯하게 꾸며져 수많은 사람 앞에 내던져진 현실 자체가 이미 견딜 수 없이 괴로웠다. 내게 이런 기분을 맛보게 한 루리쓰구미라는 작가를 떠올릴 때마다 속이 부글부글 끓어올랐다.

"그 작가, 도대체 누구일까요? 아무리 가면으로 눈을 가렸다 해도 이렇게까지 화제가 되면 정체를 끝까지 숨기기는 어려울 텐데요."

"그러니까. 요새 인터넷에 누구 아니냐는 제보 글도 가끔 올라오고, 본인이 루리쓰구미인 척하면서 얼굴 사진을 올리는 사람들도 있기는 한데, 죄다 신빙성이 떨어지더라고. 그 나이대면 주변에 경솔한 친구 한두 명이 SNS 같은 데 정보를 흘려도 전혀 이상하지 않은데 말이야. 요즘은 연예인들 졸업 사진도 흔하게 돌아다니지 않나? 그래서 애초에 루리쓰구미가 아예 존재하지 않는 게 아니냐는 설도 있기는 하더라고. 프로필 사진은 아무 모델이나 섭외해서 대충 찍은 걸 수도 있다는 거지."

 확실한 정보가 아무것도 없어서인지 루리쓰구미는 진짜 파랑새가 아니냐는 소문까지 돌고 있었다. 실체가 없어서 그 누구도 잡을 수 없는 환상의 동물이라는 뜻이었다.

 아쿠쓰가 의기양양한 표정으로 다시 입을 열었다.

 "하지만 딱 하나 확실한 건 있어. 작가가 홋카이도 출신은 아니라는 거야. 적어도 삿포로 출신은 절대 아니야. 자기 고향을 배경으로 썼으면 적어도 지금보다는 나은 작품이 됐겠지."

 내가 딱히 유도하지 않아도 이야기가 자연스럽게 흘러가고 있었다. 나는 예상치 못한 말을 들은 사람처럼 눈을 깜빡이며 아쿠스를 바라보았다.

 "삿포로요? 그 소설의 배경이 삿포로였나요? 지명이 나오는 부분이 있어요? 제가 너무 대충 읽었나 보네요."

 "직접적인 언급은 없지만 중요한 장면에서 시계탑이 나오잖아. 허무한 관광명소, 그리고 시계탑이라고 하면 삿포로에 있는 시계탑밖에 없으니까."

 실제로 『너와, 푸른 하늘을 유영하다』에는 그런 대화가 오가는 장면이 있었다.

 히다카는 이미 병실 밖으로 나갈 수 없는 상태였다. 그런데도 말문이 막힌 내 모습에 아랑곳하지 않고 어떻게든 약속을 받아내려 했다.

"큰 시계 앞에서 만나자. 네가 올 때까지 몇 시간이고 기다릴 거야."

"일본 3대 허무한 관광명소 앞에서 만나자고?"

"응, 시한부 환자를 기다리게 하지는 않겠지?"

히다카는 밝게 웃으며 야윈 팔을 뻗어 내 코를 꼬집었다. 이쯤 되면 미소를 짓기 위해 두 볼을 움직이는 것조차 괴로울 터였지만 히다카는 끝까지 그런 자신을 포기하지 않았다.

특유의 자유분방함으로 선생님과 학생들의 여름을 제멋대로 헤집어 놓았던 체육관의 라흐마니노프의 모습 그대로였다.

"취향은 여전히 별로네."

그렇기에 나도 평소와 다를 바 없는 퉁명스러운 말투로 얄밉게 대답했다. 하지만 사실은 목 놓아 울고 싶은 심정이었다.

클라이맥스로 접어드는 중요한 장면이었다. 그 밖에도 길에 노면 전차가 다닌다는 점과 학생들이 전차를 타고 통학하는 것을 '기차통'이라고 부르는 것이 홋카이도 방언과 일치한다는 점을 근거로, 팬들은 소설의 배경이 삿포로일 것으로 추정했다. 삿포로로 성지순례를 가는 팬들까지 있는 모양이었다.

"그런데 루리쓰구미는 삿포로에 대해 제대로 아는 게 없어. 교정 교열을 제대로 거쳤다고 보기 어려울 정도로 엉성하다니까. 홋카이도에서 졸업식 시즌에 벚꽃 잎이 흩날린다니, 그런 일이 있을 수가 없잖아. 봄 바다에 발을 담그는 장면도 수온을 생각하면 말이 안 되고, 주인공이 한겨울에 자전거를 타고 전력 질주를 하는 것도 마찬가지고."

"근데 정말 배경이 삿포로인 걸까요? 작가나 출판사가 공식적으로 인정한 건 아니잖아요."

"그렇기는 한데 이제 와서 밝히기도 뭐하지 않겠어? 어디가 모순인지 여기저기서 떠들어대고 있으니까. 가만히 있으면 가상의 도시가 배경이라고 변명이라도 할 수 있잖아. 아니면 설마 어디 다른 지역에 허무하기로 유명한 시계탑이 또 있나?"

아쿠쓰는 어깨를 으쓱이며 농담처럼 말했지만 나는 웃지 않았다. 오히려 조금 과장되게 고개를 갸웃거리며 도무지 납득이 되지 않는다는 듯한 표정을 지어 보였다. 아쿠쓰의 웃음은 점점 불쾌한 기색으로 바뀌어 갔다.

"사실 저는 처음에 제 고향이랑 비슷하다는 생각이 들었어요. 거리를 묘사하는 부분에서 기시감이 들었거든요."

"그래? 우노하라 씨 고향이 어디라고 했지?"

"시코쿠의 고치현이요. 저희 지역에서도 JR을 기차라고 불렀거든요. 아마 시코쿠는 전철이 아니라 디젤 기동차가 다녀서 그랬던 것 같아요. 그래서 저는 아까 선생님이 말씀하신 모순점들이 전혀 이상하다고 생각을 못 했어요. 그 동네는 워낙 남쪽이라 벚꽃 개화 시기나 바닷물 수온이 삿포로와는 확실히 다르거든요. 한겨울에도 자전거를 타고 다니는 게 당연하고요."

아쿠쓰는 불쾌한 듯 미간을 찌푸렸다. 내 말이 루리쓰구미를 옹호

하는 것처럼 들린 모양이었다.

"그리고 클라이맥스에 노면전차가 나오는 장면이 있잖아요."

"아, 그래, 그 장면도 욕을 꽤 먹었지. 삿포로에 다니는 노면전차 창문으로는 시계탑이 보일 리가 없다던데. 그 소설에서 제일 중요한 장면인데 흥이 깨진다는 반응이 많았어."

아쿠쓰는 기다렸다는 듯 목소리를 높였다. 주인공 사쿠가 병원을 빠져나간 히다카를 찾으러 다니는 장면에서 노면전차를 탄 사쿠가 시계 밑에 서 있는 히다카를 발견한다. 평소 감정을 잘 드러내지 않던 사쿠가 창밖으로 몸을 내밀어 큰소리로 히다카의 이름을 부른다. 그 모습에 감동해 눈물을 흘렸다는 독자들의 평이 유독 많았다.

"삿포로라고 생각하면 그렇겠죠. 사실 고치에도 관광객들 사이에서 유명한 인형 나오는 시계가 있거든요. 거기는 노면전차가 바로 옆으로 지나가서 앞에 서 있는 사람의 얼굴이 똑똑히 보일 거예요."

"만약 그렇다고 해도 그 시계는 일본 3대 허무한 관광명소가 아니지 않아? 뭐가 있었더라, 삿포로에 있는 시계탑이랑 나가사키에 있는 네덜란드 언덕, 그리고——."

"고치에 있는 하리마야 다리예요. 제가 말한 시계 바로 맞은편에 있어요. 도로를 사이에 두고 있기는 하지만 바로 앞이라고 할 수 있을 정도예요. 소설에서 주인공이 '허무한 관광명소에서'가 아니라 '허무한 관광명소 앞에서'라고 하지 않았나요?"

아쿠쓰는 허를 찔린 듯한 표정으로 걸음을 멈추었다. 좁은 골목을 빠져나와 고가 밑을 지나가던 참이었다. 머리 위로 지나가는 열차가 내는 굉음에 자전거 핸들을 잡은 손끝이 차가워졌다.

역 앞 번화한 거리의 풍경이 시야에 들어왔다. 편의점 간판의 네온 불빛이 나를 바라보는 아쿠쓰의 얼굴을 한쪽만 비추고 있었다.

"…… 그러니까 그 소설의 배경이 삿포로가 아니라 고치라는 거야? 처음 들어보는 가설인데."

"하지만 삿포로라고 했을 때 생기는 여러 모순점이 고치라고 생각하면 말끔히 사라져요. 이게 과연 우연일까요?"

아쿠쓰는 몹시 혼란스러워 보였다. 머릿속에 그려 놓았던 소설의 이미지에서 배경만 송두리째 뽑다가 다른 것으로 교체하는 기묘한 감각을 맛보고 있는 듯했다. 맑고 서늘한 북쪽 지방의 풍경에서 뜨거운 태양이 살갗을 찌르는 남쪽 지방의 풍경으로 말이다.

"그게 사실이라면 작가는 왜 배경이 삿포로가 아니라고 밝히지 않는 걸까……."

아쿠쓰가 미간을 찌푸리며 혼잣말을 했다. 『너와, 푸른 하늘을 유영하다』는 많은 독자들의 사랑을 받았지만 동시에 비판적인 감상이나 신랄한 비평 또한 이어지고 있었다. 아쿠쓰가 지적한 배경 설정의 모순은 인터넷에 검색하면 셀 수 없이 쏟아져 나왔다. 작가의 나이가 어린 데다 출판사에서 주최한 공모전에서 상을 받고 데뷔한 것이 아니라 인터넷에 올린 글이 책으로 출간되었다는 점에서도 루리쓰구미의 작품은 적지 않은 사람들로부터 무시를 당했다. 만약 배경이 삿포로가 아니라 고치라고 발표한다면 그런 비판의 목소리를 단번에 잠재울 수 있었다. 그런데도 작가와 출판사는 계속해서 침묵을 지키고 있었다.

"선생님, 제 말이 이상하게 들리실 수도 있는데요……."

가만히 멈춰 서 있는 아쿠쓰의 옆에서 나는 이런 말을 해도 될지 망설여진다는 듯 입을 열었다.

"배경을 밝히지 않는 게 아니라, 밝히지 못하는 거 아닐까요? 어쩌면 작가도 그 이야기의 배경이 어디인지 모를 수 있다는 거죠. 독자들처럼 배경이 삿포로라고 착각한 것일 수도 있고요."

아쿠쓰는 오늘 중 가장 벙찐 표정을 지었다.

"그게 무슨 말이야? 작가가 자기가 쓴 작품의 배경을 착각한다는 게 말이 돼?"

"말이 안 되죠, 진짜 작가라면요."

나는 신중하게 말을 꺼냈다. 지금까지는 그리 나쁘지 않은 흐름이었다.

"사실 그 소설을 처음 읽었을 때부터 마음에 걸리는 게 있었어요. 그런데 오늘 선생님 말씀을 들으니까 역시 기분 탓이 아니었던 것 같아요. 선생님, 정말 그 작가가 직접 소설을 쓴 게 맞을까요?"

"…… 무슨 뜻이야?"

아쿠쓰는 크게 관심을 보이는 듯했다.

처음 그 소설을 읽은 날부터 나는 작가와 작품에 대해 최대한 많은 정보를 알아내기 위해 노력했다. 출판사 홈페이지나 SNS 계정, 비공식

팬 사이트, 심지어는 익명 게시판까지도 살펴보았다. 서점에서 종이책을 구매해 다시 읽어보며 조금이라도 위화감이 느껴지는 부분이 있으면 밑줄을 긋고 포스트잇을 붙였다. 그러던 중 루리쓰구미가 이 작품의 배경을 착각하고 있다는 사실을 알아챘다. 이것이야말로 이 이야기가 그의 순수한 창작물이 아니라는 증거였다.

우리는 역 앞에 있는 카페로 들어갔다. 보사노바풍으로 편곡된 크리스마스 음악이 흘러나오는 가게 안에서 나는 아쿠쓰에게 몇 가지 거짓말을 섞은 진실을 털어놓았다. 대학생 때 소설가 지망생인 친구가 있었던 것, 고치가 배경인 작품을 쓰고 있다고 해서 내가 조금 도와줬던 것, 그리고 그 소설이 루리쓰구미의 이름으로 발표된 작품과 매우 유사하다는 것 등이었다.

"그 친구의 소설을 읽은 게 몇 년 전이었으니까 저도 처음에는 설마 아니겠지 했어요. 그런데 기분 탓일 거라고 생각을 하면 할수록 당시의 기억이 점점 되살아나서—— 이대로 둬도 괜찮은 건가 싶더라고요."

아쿠쓰는 개미집을 발견한 개미핥기 같은 얼굴로 핏기없는 입술을 핥아댔다.

"그럼 루리쓰구미의 데뷔작이 표절이라는 거야?"

"문체가 전혀 다르기는 한데 스토리 전개나 등장인물들이 주고받는 대사가 거의 똑같아서 처음에는 그 친구가 작가로 데뷔한 줄 알고 깜짝 놀랐어요. 그런데 나이도 외모도 전혀 다르고, 그 친구 성격상 관심을 끌려고 중학생으로 속여서 데뷔한다는 것도 말이 안 돼요."

"곧이곧대로 믿기는 어려운데……. 그 친구랑은 지금도 연락해?"

아쿠쓰가 테이블 밑에서 다리를 심하게 떨어대는 탓에 컵 받침 위에 놓인 카페라테 잔이 미세하게 흔들렸다. 살이 깎여나간 것처럼 움푹 파인 아쿠쓰의 두 볼이 숨길 수 없이 실룩대고 있었다.

"졸업한 뒤로는 따로 연락을 주고받지는 않았는데, 해외에서 일하고 있다는 이야기는 들었어요."

"그럼 일본에서 이 소설이 히트를 쳤다는 걸 모를 수도 있겠네. 그 친구가 쓴 소설은 어디서 볼 수 있어?"

"처음에는 아마 직접 만든 홈페이지에 공개했었을 거예요. 그런데 조회 수가 전혀 늘지를 않아서 홈페이지에서는 내리고 신인상에 응모했다고 했었어요. 상을 받았다는 소식은 못 들었으니까 아마 떨어진 거겠죠."

"그럼 홈페이지에 올라와 있던 시기에 루리쓰구미가 그 소설을 읽었다는 이야기가 되겠네."

"친구가 그 작품을 공개한 건 5년 전이었어요. 루리쓰구미가 소설을 올리기 시작한 건 언제였어요?"

"뮤지스에 처음 글을 올린 건 4년 전이야. 시기적으로는 들어맞아."

아쿠쓰가 만면에 미소를 지었다. 이렇게 밝은 모습의 아쿠쓰를 본 것은 처음이었다.

"우노하라 씨, 그 친구가 썼던 원고를 어떻게 좀 구할 수 없을까?"

"일단 연락은 해보겠지만, 그 작품이 출판됐던 게 아니라서 누가 먼저 쓴 건지 증명하기는 어렵지 않을까요?"

"괜찮아. 그냥 그 원고를 한번 읽어보고 싶어서."

"알겠습니다. 그런데 이 이야기는 최대한 비밀로 좀 부탁드릴게요. 루리쓰구미가 아직 사춘기 학생이잖아요. 가상세계와 현실의 경계가 모호하고 망상도 심할 때죠. 인터넷에서 읽고 머릿속에 남아 있던 내용을 자기가 생각해낸 아이디어라고 믿고 아무 죄의식 없이 자기 작품으로 발표해버렸을 수도 있어요. 그 친구의 미래를 위해서도 되도록 이면 일을 크게 만들고 싶지 않아요."

"물론이야, 당연히 그래야지."

아쿠쓰는 작게 고개를 끄덕인 뒤 남아 있던 카페라테를 단번에 들이켰다. 그러더니 급하게 처리해야 할 일이 생각났다며 잰걸음으로 가게를 빠져나갔다. 산타클로스가 오기를 기다리는 어린아이처럼 두 볼이 상기되어 있었다. 한시라도 빨리 나와 헤어져 혼자가 되고 싶었던 것 같았다. 아니, 어쩌면 동료들을 만나러 가고 싶었다는 것이 더 정확할지도 몰랐다.

거리를 지나다니는 사람들 사이로 아쿠쓰의 모습이 사라진 뒤, 나는 스마트폰을 손에 들었다. 예상대로 일이 진행되고 있는 것을 확인한 후에 식어버린 블렌드 커피를 한 모금 마셨다. 창밖으로 분주한 연말 저녁의 풍경이 펼쳐졌다. 거리 곳곳의 크리스마스 일루미네이션 장식이 번잡스럽게 빛을 뿜어내고 있었다.

뮤지스에서 아쿠쓰가 사용하는 닉네임은 '하이지루'였다. 본명의 한자를 따다 발음을 바꿔 지은 듯했다.

나는 루리쓰구미에 대해 알아보는 과정에서 우연히 아쿠쓰—— 아니, 하이지루를 발견했다. 뮤지스에 개설된 루리쓰구미의 개인 페이지에는 루리쓰구미가 직접 올린 글은 거의 없었고, 그 대신 흔히 안티라고 불리는 유저들이 쓴 글만 가득했다. 작품에 대한 비판이 주를 이루었는데 대부분이 근거 없는 모함이나 트집이었다. 그런 가운데 나는 한 유저가 남긴 댓글에서 도무지 무시할 수 없는 기시감을 느꼈다.

— "작가 흉내나 내는 어린애가 쓴 읽을 가치도 없는 낙서 수준이다."

— "신발 밑창에 묻은 똥이나 닦아내는 정도의 가치밖에 없다."

닉네임 하이지루. 개인 페이지로 들어가 보니 일상 글을 자주 올리는 듯했다. 과거로 거슬러 올라가며 내용을 확인해보니 '귀찮은 술자리'에 대한 글을 올린 날은 학기말 회식 날짜와 일치했고, 또 내가 처음으로 아쿠쓰와 『너와, 푸른 하늘을 유영하다』에 대해 대화를 나누었던 날에는 '줏대 없는 옆자리 후배의 무지함에 할 말을 잃었다. 철 지난 인터넷소설과 뮤지스의 차이를 설명해줬다.'라고 쓰여 있었다.

프로필에는 자세한 신상을 밝힐 수는 없지만 젊은 친구들에게 소설 쓰는 법을 가르치며 먹고 산다고 나와 있었다. 그러면서 자신이 저명한 작가이며 지망생들에게 존경받는 존재라는 뉘앙스를 풍겼다.

아쿠쓰가 문예부 고문을 맡고 있는 것은 사실이었다. 그리고 교육자인 우리가 SNS에 동료나 상사에 대한 부정적인 글을 올리고 있다는 사실이 밝혀지면 문제가 될 것도 분명했다. 나는 아쿠쓰의 의외의 재능에 놀랐다. 아쿠쓰는 거짓말을 하지 않으면서도 교묘하게 자신을 대단한 사람인 양 포장하는 데 성공한 듯 보였다.

하지만 하이지루로 활동하는 아쿠쓰가 뮤지스에서 다른 유저들에게 인정을 받고 있는지는 의문이었다. 아쿠쓰는 종종 타인의 작품에 대한 비판적 고찰이라는 형식을 빌려 자기애로 가득한 창작론을 늘어놓았다. 그리고 반대로 자신이 쓴 글에 조금이라도 비판적인 댓글이 달리면 분노를 참지 못하고 집요하게 반론을 늘어놓기도 했다. 게다가 루리쓰구미뿐만이 아니라 책으로 출간된 작품은 무조건 깎아내리지 않고는 못 배기는 듯했다. 아쿠쓰와 비슷한 성향의 사람들이 제법 많은지 동조자가 나타나기 시작하면 비판의 목소리는 점점 더 거세졌고, 때로는 작가에 대한 비방이나 인신공격으로 번지기도 했다. 아쿠쓰와 동조자들은 아무래도 자신들과 같은 처지에 있던 아마추어가 전문 작가로 데뷔하는 것을 일종의 배신행위로 여기는 듯했다. 출간이 확정된 작품에 유독 부정적인 글이 많이 달렸고, 적지 않은 작가들이 댓글 창을 닫기도 했다.

아홉 명의 예술의 여신을 모티프로 한 뮤지스 내에서 적어도 소설 분야만큼은 질투심으로 가득 찬 불구덩이 같았다. 특히 아쿠쓰의 주변 분위기는 최악이었다. 창작이라는 것이 이렇게까지 사람의 마음을 비뚤어지게 만들 수 있다는 사실에 간담이 서늘해졌다. 교무실 옆자리에 앉아 있는 아쿠쓰가 평범한 남자의 탈을 쓴 괴물처럼 느껴졌다.

하지만 나도 아쿠쓰와 별반 다르지 않았다. 그런 아쿠쓰의 실체를 알게 된 후, 그를 이용해야겠다고 생각했으니 말이다.

나는 그 소설과 아쿠쓰에 관해 조사하는 동시에, 과거에 제삼자가 제기한 소송에 의해 책의 발행이 중단된 사례가 있었는지 찾아보았다. 표절 의혹이 있다거나 혹은 작가가 멋대로 자신을 모델로 삼았다며 소송을 걸어 재판까지 간 사례는 이전에도 들어본 적이 있었지만, 실제로 찾아보니 출판 중지로까지 이어진 경우는 극히 드물었다. 하지만 최근 몇 년 사이에 라이트노벨이나 라이트문학 같은 장르를 주로 출간하는 레이블에서 절판이나 회수 결정을 하는 사례가 늘어나고 있다는 사실을 알게 되었다. 루리쓰구미처럼 상을 받지 않고 인터넷에 올린 글을 곧바로 책으로 출간한 경우가 대부분이었다. 전문 작가로서가 아니라 취미 삼아 올린 글이었기 때문에 권리 침해에 대한 인식이 부족했던 것인지, 아니면 아쿠쓰 같은 사람들에게 밉보인 탓에 문제가 된 것인지는 알 수 없었지만, 어찌 됐든 뮤지스 같은 창작 사이트에서는 늘상 표절 의혹이 제기되며 유사점에 관한 분석이 이어지고 있었다.

그래서 나는 아쿠쓰의 힘을 빌려 파랑새를 자극해 보기로 했다.

카페에서 아쿠쓰와 헤어지고 몇 분도 채 지나지 않아 루리쓰구미의 개인 페이지에 하이지루가 남긴 표절 의혹 글이 올라왔다. 그 내용은 순식간에 번져 나가 익명 게시판을 뜨겁게 달구었다. 사실 여부를 따져볼 새도 없이 수많은 사람이 Z세대의 카리스마를 공격하며 자신들이 있는 곳으로 그를 다시 끌어내리는 흥분감에 취해 있었다. 내 예상이 대체로 맞아떨어지고 있었다.

인터넷에 표절 의혹이 퍼진다고 해서 출판사가 곧바로 움직일 일은 없을 것이다. 실제로 증거를 모아 소송을 제기한다 해도 메가 히트를 기록한 작품을 출판사에서 손쉽게 포기할 리도 없었다. 나에게 중요한 것은 이 소문이 작가의 귀에 들어가는 것이었다. 그 소설이 루리쓰구미가 생각해낸 이야기가 아니라는 것은 나와 그 글을 쓴 본인만 아는 사실이었다. 표절 의혹이 커질수록 그는 동요할 것이다. 잘하면 출판사에 그가 직접 진실을 털어놓을지도 몰랐다.

아쿠쓰가 쓴 '루리쓰구미, 종말의 시작'이라는 문구는 온라인상에서 끊임없이 재사용되었다. 하지만 실제로 종말을 맞이한 것은 루리쓰구미가 아닌 아쿠쓰였다.

그날 이후로 아쿠쓰는 한동안 나를 마주칠 때마다 친구가 쓴 원고에 대해 물었다. 나는 매번 "메일을 보내기는 했는데요."라는 대답만 반복했다. 초조한 기색을 감추지 못하는 아쿠쓰에게 "왜요? 무슨 일 있으세요?"라고 묻자 아쿠쓰는 횡설수설하며 "아니, 그게, 뭐, 일단 연락 오면 알려 줘."라며 물러났다.

아쿠쓰는 점차 출근을 하지 않고 쉬는 날이 늘어나더니 끝내 학교를 그만두었다. 공식적으로는 개인 사정에 의한 퇴직으로 처리되었지만, SNS에 올린 글 때문에 명예훼손과 협박으로 고소를 당했다는 소문이 순식간에 교무실 전체로 퍼져나갔다.

나는 출판사의 신속한 대응에 놀라기도 했고, 또 약간의 죄책감도 느꼈다. 하지만 자업자득이라고도 볼 수 있었다. 나는 아쿠쓰에게 최대한 비밀로 해달라고 미리 못을 박아두었으니 말이다.

아쿠쓰가 쓰던 교무실 책상이 말끔히 치워지던 날 점심시간에 나는 동관 옥상에 있었다.

스마트폰 홈 화면에 꺼내 놓은 뮤지스 아이콘을 눌러 루리쓰구미의 개인 페이지로 접속했다. 첫 화면에는 출판사에서 올린 공식 입장문이 크게 걸려 있었다. 작가와 작품에 관한 비방이 지속될 경우 법적 대응을 하겠다는 뻔한 내용이었지만, 그 후로 이상한 글을 올리던 사람들이 감쪽같이 자취를 감추었다. 하이지루—— 아니, 아쿠쓰의 계정은 이미 삭제되고 없었다.

아쿠쓰에게서 연락이 오는 일은 없었다. 애초에 우리는 서로의 연락처를 알지 못했다. 개인 물품을 챙기러 온 아쿠쓰가 전부 다 네 탓이라며 나를 몰아붙이는 모습을 상상해보기도 했지만, 현실은 시설 관리 직원이 기계적으로 책상 위에 놓인 물건들을 종이 상자에 쓸어 담을 뿐이었다. 아무래도 아쿠쓰는 더 이상 학교 사람들과 만날 생각이 없는 듯했다.

나는 아쿠쓰에게 몇 가지 거짓말을 했다. 소설가가 꿈이었지만 지금은 해외에서 근무하고 있는 친구는 애초에 존재하지 않았다. 표절을 당했다고 주장할 원고도 없었다. 물론 나도 직접 만든 홈페이지에 소설을 올린 적이 없었다. 그 이야기는 나만의 것이다. 내 머릿속에만 존재하는 것이다.

나는 난간에 몸을 기댄 채 아무렇게나 방치된 뒤뜰을 내려다보았다. 혹시 이 모든 것이 나의 망상은 아닐까? 루리쓰구미가 지어낸 뻔한 스토리를 내 이야기라고 착각하고 있는 것은 아닐까?

우울한 나날을 보내던 사춘기 소년 앞에 시한부 소녀가 나타나 생명의 소중함과 첫사랑을 알려주고 덧없이 사라진다. 등장인물의 이름도 성격도 다르다. 세부적인 에피소드까지 완벽히 일치하는 것도 아니었다.

어쩌면 우연이 아닐까? 혹시 나도 모르는 사이에 내 정신이 조금씩 녹아내려 무너져가고 있는 것은 아닐까?

그때 등 뒤에서 옥상 문이 열리는 소리가 들렸다. 돌아보니 교복 차림의 소년이 서 있었다. 와이셔츠에 반팔 조끼, 그리고 짙은 먹색 바지는 이 주변에서 보지 못한 교복이었다. 전학생인 것 같았다.

"학생은 옥상 출입 금지인데."

내 말에 소년은 눈이 부신 듯 옅은 색 눈동자를 가늘게 떴다. 놀라울 만큼 단정한 외모였다. 머리색도 피부색도 하나같이 옅어서 초여름의 뜨겁고 습한 공기에 녹아버릴 듯했다.

"전학생이야? 길을 잃은 거면 교실까지 데려다줄게."

"괜찮아요. 찾고 있던 걸 방금 찾았거든요."

그는 바지 주머니에서 반듯하게 접힌 종이를 꺼냈다. 내가 고문을 맡고 있는 천문기상부의 가입 신청서였다.

"우노하라 선생님 맞으시죠? 저는 새로 전학 온 쓰마도리 도와라고 합니다."

미소를 띤 소년의 얼굴을 가만히 바라보았다. 어디선가 본 적이 있는 것 같았다. 내 손끝이 가입 신청서에 닿은 순간, 강한 바람이 불어왔다. 반으로 접힌 종이가 마치 도망치는 흰 나비처럼 하늘로 날아올랐다. 수없이 반복해 읽고 또 읽었던 문장이 번쩍이는 섬광처럼 뇌리를 스쳐 갔다.

—— *히다카는 그 자리에 쭈그리고 앉아 가느다란 손가락으로 나비의 날개를 집어 들었다. 두 날개가 운동장 쪽에서 불어온 건조한 바람을 타고 파란 하늘로 흩날리며 사라졌다.*

"아아, 다시 써야겠네요."

소년은 안타깝다는 듯 중얼거리며 바람에 흩날리는 머리카락을 쓸어 넘겼다. 긴 앞머리가 눈가를 가리며 반듯한 코와 입술, 그리고 매끈한 턱선이 도드라졌다. 와이셔츠 깃 사이로 움푹 파인 쇄골이 들여다보였다. 오른쪽 쇄골 끝에 세로로 나란히 박힌 점이 두 개. 그리고 목젖 위에 작은 점이 한 개.

나는 그동안 작가 루리쓰구미의 사진을 셀 수 없이 보고 또 봤다.

인위적으로 찍어낸 그 사진에 아무런 단서도 없다는 것을 알면서도 멈추지 못했다.

그러니 내 생각이 틀렸을 리 없었다. 눈앞에 서 있는 이 소년이 바로 루리쓰구미다.

역시 내 머리가 어떻게 된 것이 아니었다. 이렇게까지 완벽한 우연이 있을 리 없었다. 루리쓰구미는—— 아니, 쓰마도리 도와는 나를 만나기 위해 이 학교에 온 것이다.

처음 그 소설을 읽었던 날의 감정이 생생하게 되살아났다. 한숨도 못 자고 스마트폰 화면을 노려보며 같잖은 가면을 쓴 사진 속 루리쓰구미의 목을 붙잡아 꺾어버리고 싶었던 그날 밤의 기억이 말이다.

"미안, 교무실에서 새로 가져다줄게."

나는 두 볼을 억지로 끌어 올려 가까스로 미소를 지어 보였다. 그것이 불과 두 달 전의 일이었다.

"선생님은 고치현 출신치고는 하얀 편이시네요."

쓰마도리가 팔에 선크림을 바르며 나를 바라보았다. 햇빛을 받으면 금세 피부가 빨개진다며 긴 손가락 끝으로 꼼꼼히 팔을 문지르고 있었다.

"내가 너한테 고치현 출신이라고 말했었나?"

"기억 안 나세요? 내 고향인 고치와는 다르게 도쿄에는 하늘이 없다, 라고 하시지 않았어요?"

"그건 내가 아니라 시집 『지에코초』의 다카무라 지에코가 한 말이겠지."

"그래요?"

이렇듯 싱거운 대화를 주고받고 있는 곳은 우리가 처음 만난 그날과 마찬가지로 동관 옥상이었다. 학생은 출입이 금지되어 있었지만, 천문기상부 활동의 일환으로 고문인 내가 동행하는 경우에 한해 출입이 가능했다.

쓰마도리는 천체망원경 아래에 쭈그리고 앉아 투영판에 스케치 용지를 고정하고 있었다. 나는 접안렌즈의 고정 나사를 돌려 투영판에 비친 태양의 상이 흐려지지 않도록 초점을 맞췄다. 쓰마도리가 천문기상부에 들어온 후로 내 점심시간은 태양의 흑점을 관측하는 데 허비되고 있었다. 얼마 전까지만 해도 제대로 참여하는 부원이 아무도 없어 동아리 활동이라고 할 것이 없는 상태였기 때문에 솔직히 말해 귀찮아진 것이 사실이었다.

나는 쓰마도리의 흰 목덜미를 내려다보며 생각에 잠겼다. 쓰마도리가 아쿠쓰에게서 어떠한 단서를 얻어 나에게 접근해 온 것은 분명했다. 아마 내가 그 이야기의 진짜 주인이 아닐까 하는 의심을 품고 왔을 것이다. 아쿠쓰는 무엇을 어디까지 들킨 것일까? 쓸데없는 말을 한 것은 아닐까? 자신의 죄를 덜기 위해 내가 시켜서 표절 의혹을 퍼트린 거라고 나에게 책임을 떠넘겼을 가능성도 있었다. 아쿠쓰를 장기 말로 쓰고 버린 대가가 결국 이렇게 되돌아온 셈이었다. 아쿠쓰가 학교를 그만두기 전에 그를 걱정하는 척 이야기를 들어주었다면 대략적인 상황은 파악이 되었을 텐데 하는 아쉬운 마음이 들었다.

지금이라도 아쿠쓰에게 연락해볼 방법이 없는 것은 아니었지만 괜히 부자연스러운 행동을 했다가 내가 정말로 아쿠쓰를 부추겼다는 사실을 들킬지도 몰랐다. 쓸데없이 적을 늘리는 것은 위험했다.

쓰마도리가 굳이 내가 근무하는 학교로 전학을 온 목적은 무엇일까? 입막음, 견제, 감시, 아니면 협박일까? 끊임없이 이런 생각을 하는 나는 역시 제정신이 아닌 것일까?

"선생님, 파인더를 직접 들여다보면 실명한다는 게 정말이에요?"

"돋보기로 실험하는 것처럼 연기가 나거나 하지는 않겠지만, 확실히 안 좋기는 할 거야."

나를 올려다보는 쓰마도리의 눈동자가 태양 빛을 빨아들여 연기를 내며 타오르는 모습을 떠올렸다. 하지만 속이 시원하지는 않았다. 타오르는 불길 사이로 드러난 것은 쓰마도리도, 다른 누구도 아닌, 나 자신이기 때문이었다.

제 2 화

히다카를 만나기 이전부터 나는 소리로 이미 그녀의 존재를 알고 있었다.

매년 우리 학교에서는 축제 전날에 합창대회가 열렸다. 그래서 1학기가 끝나갈 무렵이 되면 방과 후 학교 곳곳에서 축제 부스를 제작하는 망치 소리와 합창대회를 준비하는 불협화음이 동시에 들려오고는 했다. 아마 교사들의 의도는 학생들이 아직 들떠 있는 1학기 중에 중요한 행사를 모두 끝내버리고 2학기부터는 공부에만 집중하게 하려는 데 있었을 것이다. 매년 반이 바뀌는 문과생들 입장에서는 조금 바쁘고 정신이 없기는 해도 그만큼 더 친해질 수 있다며 호평인 모양이었다. 하지만 한 학년에 한 반뿐인 우리 이과생들 입장에서는 번거롭고 귀찮기만 할 뿐이라 따로 연습 시간을 마련하기는커녕 리허설도 없이 무대에 올라 가장 뻔한 합창곡을 대충 부르고 끝내기 일쑤였다. 그 후에는 관객석에 앉아 적당히 박수를 치거나 꾸벅꾸벅 졸면서 다른 반의 노래가 끝나기를 기다렸다. 그마저도 하기 싫어하는 녀석들은 화장실 칸에 틀어박혀 스마트폰을 보거나 교사들의 눈을 피해 몰래 체육관을 빠져나가기도 했다.

그해에 나는 체육관 뒤편의 수영장 바로 옆에 있는 남자 탈의실에 숨어 있었다. 이 시기에는 땡땡이를 치는 다른 학생들은 잘 찾지 않는 장소였는데, 작년부터 제대로 환기를 시키지 않아 바닥에 밴 락스 냄새가 코를 찔렀다. 미리 챙겨 온 영어 단어장을 펼쳐 볼 마음도 들지 않아 나는 체육관 쪽으로 난 창문을 열었다. 탈의실 안에 갇혀 있던 갑갑한 공기가 바람에 씻겨나가며 먼지가 날렸다. 그다음 순간 말라 버린 벚꽃잎과 함께 마치 소용돌이가 치는 듯한 강렬한 소리가 흘러들어왔다.

합창대회가 한창이었으니 피아노 반주와 노랫소리가 들려오는 것은 당연했다. 하지만 그 소리는 지금까지 살면서 내가 들어왔던 음악과는 전혀 다른 것이었다.

두 손을—— 아니, 온몸을 피아노 건반에 내리꽂는 듯한, 될 대로 되라는 식의 거칠고 난폭한 소리였다. 건반에서 잇따라 튕겨져 나오는 음들이 한데 뒤엉켜 싸우는 것처럼 격렬한 소리의 홍수를 만들어 냈다. 반주라고 부를 수 있을 만한 평범한 것이 아니었다. 모든 것을 내던진 채 혼자서 전력 질주를 하는 듯한 엄청난 연주였다.

소리에 속도가 있다는 것은 알고 있었다. 하지만 소리에 무게도 있는 줄은 몰랐다. 물론 실제로는 소리에 무게가 없다는 것을 머리로는 이해하고 있지만, 그 순간 내 마음을 거칠게 두드려댔던 소리의 무게와 질량을 인정하지 않을 수 없었다.

음악이 갑자기 멈추고 숨 막히는 정적이 흘렀다. 잠시 후 당황스러운 듯한 박수가 나오더니 다시 평범한 합창대회가 시작된 것 같았다.

그해 합창대회에서 어느 반이 우승했는지 기억하는 사람은 별로 없을 것이다. 하지만 합창 도중에 즉흥 연주를 선보인 여학생에 대해서라면 모두가 기억하고 있지 않을까.

누가 처음 시작했는지는 모르지만 그 후로 그 여학생은 '체육관의 라흐마니노프'라는 별명으로 불리게 되었다. 베토벤이라고 부르는 녀석들도 있었다.

그 여학생의 이름을 아는 사람은 거의 없었다. 하지만 그 난폭한 피아노 소리만큼은 나를 포함한 많은 학생들의 귓가에 생생하게 남아 있었다.

눈을 떠도 여전히 피아노 소리가 귓가에 맴돌았다. 침대에 누운 채로 멍하니 천장을 바라보고 있는데 스마트폰 알람이 울렸다. 이 소리에 눈을 뜨지 않게 된 지 얼마나 되었을까. 밤늦게까지 뒤척이다가 수면 보조제의 도움을 받아 겨우 얕은 잠이 들지만 결국 악몽을 꾸고 깨어난다. 줄곧 이런 상태였다. 오늘은 평소보다 두 시간이나 더 누워 있었지만 머리가 무거운 건 여전했다.

고막에 들러붙은 피아노 소리는 내 기억이 만들어낸 것일까, 아니면 쓰마도리가 쓴 소설의 묘사가 불러일으킨 것일까. 이쯤 되니 구분해내는 것이 불가능할 만큼 내 기억은 쓰마도리의 소설에 침식당해 융

합되어 가고 있었다. 그 사실이 무엇보다도 섬뜩했다.

아침 식사 대신 커피를 내리며 텔레비전을 켰다. 여성 신인 리포터가 여름철 필수 아이템 순위를 발표하고 있었다. 혀 짧은 발음이 거슬리기는 했지만 머릿속에서 피아노 소리를 몰아낼 수 있다면 무엇이든 상관없었다.

화면이 바뀌며 심리상담 클리닉과 과오납금 환급 신청 광고가 이어졌다. 업종은 달라도 자막은 거의 동일했다. 혼자 고민하지 말고 우선 상담을 받아 보세요.

상담을 받으면 해결되는 것일까? 알지도 못하는 사람이 내 머릿속에 있던 이야기를 훔쳐 가는 바람에 요즘은 밤에 잠도 제대로 못 자고 밖에 나가면 누군가가 나를 감시하고 있는 것 같다고 털어놓으면 과연 진지하게 들어줄까? 하지만 내가 원하는 것은 심리상담도 항불안제도 아니었다. 애초에 의사가 나설 만한 일이 아니었다. —— 아니, 정말 그럴까? 정상이 아닌 것은 내가 처한 이 상황이 아니라 나 자신인 것은 아닐까?

세면대 거울에 비친 수척한 얼굴에 면도날을 갖다 대며 어제 아침에도 스스로에게 했던 질문을 또다시 되뇌었다. 날이 갈수록 나의 판단력에 대한 신뢰가 무너져갔다. 꼼꼼히 면도를 하고 세수를 해도 눈 밑의 짙은 그림자와 칙칙한 피부색은 나아지지 않았다. 깔끔함과는 거리가 멀어 보였다. 안색이 많이 안 좋았는지 어제는 학년 주임에게 하루 쉬는 게 어떻겠냐는 권유까지 받았다. 일단 오늘은 오전 반차를 냈는데, 미리 집에서 가까운 병원을 예약해 두지 않은 것을 후회했다. 항불안제까지는 아니어도 수면유도제 정도는 처방받을 수 있을 터였다. 병원 몇 곳을 검색해 홈페이지를 확인해봤지만 안타깝게도 이미 예약이 꽉 차 있었다.

출근 준비를 마치고 밖으로 나가자 눈부신 아침 햇살에 머리가 핑 돌았다. 나는 문을 잠그며 곁눈질로 옆집의 낌새를 살폈다. 낡은 알루미늄 문 너머에서는 아무 소리도 들리지 않았다.

지은 지 40년이나 된 이 오래된 아파트는 요요기우에하라라는 입지에 비해 월세가 저렴했다. 2층짜리 건물에 집은 세 채뿐이고, 1층에는 옛날식 이발소가 있었는데 지금은 운영을 하지 않아 늘 셔터가 내려가 있었다. 과거에 이 아파트에서 흉흉한 사고가 있었다는 소문이 돌아서 그런지 꽤 오랫동안 나 말고는 세 들어 사는 사람이 없었다. 옆집에 세입자가 새로 들어온 것은 불과 두 달 전의 일이었다.

"우노하라 선생님, 안녕하세요! 오늘은 출근이 늦으시네요?"

주차해 둔 자전거의 자물쇠를 풀고 있는데 이누카이 쇼코가 말을 걸어왔다. 역에서부터 뛰어온 모양인지 눈썹 위로 가지런히 자른 앞머리가 땀에 젖어 이마에 달라붙어 있었다.

"안녕하세요. 또 밤 새신 거예요?"

"어머, 티 나요?"

이누카이와는 일주일에 두 번쯤 마주쳤다. 하지만 생활 패턴은 정반대였다. 그녀가 집에 있을 때 나는 학교에 있었고, 내가 집에 있을 때 그녀는 대체로 회사에 있는 것 같았다. 오늘도 이누카이는 구김이 간 블라우스에 얇은 바지 정장 차림이었다. 어깨까지 오는 머리는 아무 장식도 없는 검은색 고무줄로 질끈 묶고 있었다. 나이는 나보다 몇 살 위였지만 화장을 거의 하지 않아서인지 구직 활동 중인 학생처럼 보였다. 잠이 부족한 건 우리 둘 다 마찬가지였지만, 이누카이는 언제나 부담스러울 만큼 에너지가 넘쳤다.

"선생님, 매일 자전거로 출퇴근을 하시는 거예요? 대단하시네요. 몸을 움직이는 걸 좋아하시나 봐요?"

"아니요, 역이나 전철이 혼잡한 걸 별로 안 좋아해서요."

"그치만 이 동네는 언덕이 많아서 힘드실 것 같은데……."

이누카이는 곧장 집으로 들어갈 생각이 없는지 웃는 얼굴로 가만히 서 있었다. 그 모습에 질려버린 나는 아무 말 없이 슬랙스의 발목 부분을 가죽 밴드로 고정했다. 그다지 보기에 좋지는 않지만 타이어체인에 바짓단이 끼지 않도록 방지하기 위함이었다.

"아, 맞다! 그…… 엉덩이 같은 데는 괜찮으세요?"

"네?"

"얇은 슬랙스를 입고 자전거를 타면 엉덩이 부분이 찢어지거나 하지 않나요?"

"안장에 전용 커버를 씌워 놓아서 아직까지는 괜찮습니다만."

"그런 것도 있군요! 저도 자전거로 출퇴근을 해볼까 봐요. 혹시 추천해 주실 만한 메이커가 있으세요?"

"죄송합니다, 저도 잘 아는 건 아니라서요."

나는 대충 고개를 숙여 인사를 한 뒤 자전거에 올라탔다. 몇 미터쯤 가서 뒤를 돌아보니 이누카이는 여전히 아파트 앞에 서서 이쪽을 바라보고 있었다.

정신건강의학과 홈페이지에 있던 자가 진단 문항 중 '누군가에게 감시를 당하고 있는 것 같은 기분이 든다.'라는 항목에 머릿속으로 체크 표시를 했다. 이누카이의 그 눈빛도, 부자연스럽게 대화를 이어가며 나를 파악하려는 듯한 모습도, 정말 나의 착각이었을까.

주택가를 빠져나와 이노카시라거리로 들어섰다. 요요기공원 주변을 따라 자전거를 타고 달리자 수목이 울창한 공원에서 숨이 막힐 듯한 여름 냄새가 풍겨왔다. 하지만 시부야 시내에 가까워질수록 주변 풍경이 인공적인 것들로 바뀌며 인구 밀도도 높아졌다. 나는 평소처럼 자전거에서 내려 핸들을 밀며 걷기 시작했다. 길가에는 빈 캔이나 먹다 버린 편의점 음식이 버려져 있었다. 어젯밤에 누군가 남기고 간 토사물 주위로 까마귀들이 모여들었다.

스크램블 교차로 앞에서 신호가 빨간불로 바뀌었다. 내 옆에 서 있던 젊은 여자가 아, 하는 탄성과 함께 옆에 있던 남자의 어깨를 두드렸다.

"저거 쓰루시게 세이아 아니야? 새로 나오는 영화인가?"

여자가 손가락으로 가리킨 것은 역 앞 건물 옥상에 설치된 대형 스크린이었다. 벚꽃이 흩날리는 거리에 교복을 입은 소년이 서 있었다.

수수한 헤어스타일에 투박한 디자인의 안경을 쓰고 있었지만 단정한 이목구비는 숨겨지지 않았다. 카메라가 소년의 시선을 따라 여름 교복을 입은 소녀의 뒷모습을 쫓았다. '눈물을 자아내는 러브스토리'라는 자막이 뜨자 남자가 코웃음을 쳤다.

"또 아이돌 나오는 시한부 스토리 아니야? 이제 슬슬 지겹지 않아?"

"막상 가서 보면 무조건 울 거면서."

두 사람의 장난스러운 대화를 들으며 나는 출근길에 늘 챙겨 다니는 물병의 뚜껑을 열었다.

누군지도 모르는 저 남자의 말대로, 내성적인 소년 앞에 시한부 소녀가 나타나며 굳게 닫혀 있던 소년의 마음이 조금씩 열려 간다— — 그런 스토리는 영화에서도 드라마에서도 소설에서도 지겨울 만큼 반복적으로 그려지고 있었다. 그러니 어쩌면 내가 틀린 것일지도 몰랐다. 내 머릿속에 있던 이야기를 쓰마도리가 훔쳐 갔다고 하는 것은 나의 피해망상에 불과하며, 쓰마도리가 내 앞에 나타난 것도 그저 우연이었던 것이다. 그렇게 받아들일 수도 있지 않을까.

나는 한때 그 소설이 절판되거나 전량 회수되게 하는 방법이 없을까 고민하기도 했다. 하지만 그것은 실현 가능성이 낮을 뿐 아니라 딱히 의미도 없었다. 인터넷에 유출된 사진이 평생 사라지지 않듯이 사람들의 기억에서 그 작품을 지우는 것은 불가능했다. 만약 내가 쓰마도리를 고발한다면 나는 사람들의 호기심 가득한 시선을 한 몸에 받으며 그 작품과 엮이게 될 것이다. 그것만은 원치 않았다. 지금 내가 할 수 있는 일은 세상을 떠들썩하게 만들 새로운 히트작이 등장해 사람들의 기억을 덮어씌우기를 바라는 것뿐이었다. 내가 피해를 입지 않으려면 이 방법밖에는 없었다. 그렇다면 차라리 이 모든 것이 나의 착각이고 피해망상이라고 생각하는 편이 지금보다는 평온한 일상을 보낼 수 있을 것 같았다.

물병에 든 차가운 보리차를 마시려고 고개를 뒤로 젖힌 순간, 대형 스크린에 비친 소녀와 눈이 마주쳤다.

'── 사쿠, 내 옆에 있어 줘.'

새로운 자막이 뜨며 또렷하게 쌍꺼풀이 진 눈이 나를 똑바로 응시했다. 주변 소음이 점차 멀어지며 심장이 불규칙하게 뛰기 시작했다.

'살날이 고작 일 년밖에 안 남은 내가 이 거지 같은 세상에 분풀이할 때, 네가 내 옆에 있어 주면 좋겠어.'

카메라가 위쪽을 향하며 끝없이 펼쳐진 푸른 하늘을 비추었다. 소녀의 흰 팔이 물을 가르듯 부드럽게 허공을 휘저었다. 『너와, 푸른 하늘을 유영하다』라는 제목과 함께 물방울이 반짝이는 듯한 화면 연출이 이어지더니 마지막으로 영화 배급사 로고와 '내년 봄 개봉'이라는 문구가 등장했다.

"뭐야, 저거 진짜야? '너하유' 영화로 나오나 봐!"

"와 그러네. 근데 예전에 원작 작가가 영화화를 별로 원하지 않는다는 기사를 봤던 것 같은데."

"그래도 캐스팅이 세이아면 완전 잘 어울리겠는데? 노래도 잘하고 연기도 잘하잖아! 근데 히다카 역은 너무 차분한 거 아닌가."

"그래? 모델 고미나미 하루카 아니야? 귀여운데, 왜."

"히다카 가나데는 귀엽기만 하면 안 된다니까!"

눈앞의 광경이 녹아내린 엿가락처럼 뒤틀려 보였다. 모공에서 뿜어져 나온 땀이 피부를 타고 끈적하게 흘러내렸다. 벌레가 피부 위를 기어 다니는 듯한 기분이었다.

뒤에서 걸어오던 누군가에게 강하게 등을 떠밀려 순간적으로 자전거와 함께 몸이 휘청였다. 어느새 신호는 파란불로 바뀌어 있었다. 이 정도 인파에는 익숙해졌다고 생각했는데, 눈의 초점을 어디에 두어야 할지 망설여졌다. 몸을 움직여야 한다는 것을 알면서도 발이 떨어지지 않았다. "괜찮으세요?"라는 목소리가 귓가에 들려왔다. 정신을 차려 보니 수많은 시선이 나를 향하고 있었다. 또다시 헛구역질이 나왔다.

이 중에서 몇 명이나 그 소설을 읽었을까? 방금 그 영상을 몇 명이나 봤을까? 나는 앞으로 얼마나 많은 사람에게 내 이야기를 들켜야 하는 걸까?

"죄송해요, 괜찮습니다."

나는 혼잣말처럼 중얼거리며 자전거 핸들을 다시 움켜쥐었다. 반팔 소매 밖으로 드러난 팔에 소름이 돋아 있었다. 뜨겁게 내리쬐는 여름 햇볕 아래에서 나 혼자만 온몸이 얼어붙은 듯 떨고 있었다.

내가 체육관의 라흐마니노프와 처음 마주친 것은 축제 2일 차가 끝나고 뒷정리를 하고 있을 때였다. 나는 도서부 후배인 하야카와 미모리와 함께 그해 도서부의 기획 부스였던 북카페의 외부 장식과 간판을 철거하던 중이었다. 거의 마무리가 되어 갈 무렵, 도서실 밖 게시판에 원래 붙어 있었던 포스터—— 도서 프레젠테이션 행사의 홍보용 포스터였던 것으로 기억한다 ——를 다시 붙이고 있을 때였다. 내 뒤에서 압정이 담긴 통을 들고 있던 하야카와가 꺅, 하고 짧은 비명을 지르더니 복도 바닥에 압정이 쏟아지는 소리가 들렸다. 나는 손으로 포스터를 고정한 채 어깨 너머로 뒤를 돌아보았다. 키가 큰 여학생과 하야카와가 마치 서로를 부둥켜안은 듯한 자세로 서 있었다. 복도 모퉁이를 급하게 돌아 나오던 여학생이 하야카와와 부딪힌 모양이었다.

"미안, 내가 앞을 못 봤어."

여학생치고는 낮고 허스키한 목소리였다. 뒷모습이라 얼굴은 보이지 않았지만 교복 상의의 옷깃 사이로 보이는 스카프 끝부분이 초록색인 것으로 보아 나처럼 2학년인 듯했다. 그녀는 복도 바닥에 무릎을 꿇고 앉아 마치 모래 장난을 하는 것처럼 무심하게 압정을 쓸어 모았다. 손이 찔리지 않도록 손끝으로 조심스럽게 압정을 집어 드는 하야카와의 모습과 대조적이었다.

"됐다, 다 주운 것 같지?"

"아, 고맙습니다……."

하야카와가 위축된 듯 작은 목소리로 중얼거렸다. 그녀는 하야카와가 들고 있던 통에 자신이 주운 압정을 쏟아붓더니 내가 서 있는 쪽으로 고개를 휙 돌렸다. 그때 처음으로 얼굴이 보였다. 길게 자란 앞머리 밑으로 드러난 커다란 눈동자가 나를 뚫어지게 쳐다보았다. 쳐다본다기보다는 노려본다는 표현이 편이 더 적절한 것 같기도 했다.

그녀는 나에게 성큼성큼 다가오더니 갑자기 오른손을 높이 들어 올렸다. 맞을 만한 짓을 한 것도 아닌데 나는 반사적으로 눈을 감았다. 바람이 귓가를 스쳐 가는 느낌에 살짝 눈을 떠 보니 내 얼굴 옆으로 창백한 팔이 보였다. 포스터 모서리에 압정이 깊숙이 박혀 있었다.

"약간 기울었나? 이 정도면 됐지, 뭐."

그녀는 새하얀 이를 드러내며 활짝 웃어 보이더니 그대로 교복 치맛자락을 휘날리며 복도를 뛰어갔다. 내 코끝에는 아직 그녀의 데오드란트 스프레이 향이 남아 있었다.

"진짜 깜짝 놀랐어요. 선배가 한 대 맞는 줄 알았잖아요."

하야카와가 과장된 제스처로 가슴을 쓸어내렸다.

"저 근데 히다카 선배랑 이야기한 거 엄청 오랜만인 거 같아요. 제가 누군지 전혀 기억 못 하는 것 같았죠?"

"아는 사이야?"

"초등학교 때 같은 피아노 학원에 다녔었어요. 저 선배가 피아노를 진짜 잘 쳤거든요—— 아니, 근데 모르세요? 어제 합창대회에서 난리 났던 체육관의 라흐마니노프요. 그거 히다카 선배잖아요."

"아, 그래?"

나는 어제 탈의실에서 들었던 피아노 소리를 다시 떠올렸다. 건반에서 튕겨져 나오던 소리 하나하나가 지금 당장이라도 폭발해버릴 것처럼 뜨거운 열기를 머금고 있었다.

"어제 진짜 대단하기는 했죠. 초절기교 같은 걸 연주하나 싶더니, 갑자기 의자를 걷어차고 무대에서 내려가 버렸잖아요."

내가 애매하게 고개를 끄덕이자 하야카와는 "설마 못 보셨어요? 또 땡땡이치신 거예요?"라며 눈살을 찌푸렸다. 또라니, 누가 들으면 오해할 만한 표현이었다. 사실 나는 학교에서 꽤나 성실한 모범생으로 통하고 있었다. 학교생활을 하는 데 있어 힘을 빼도 되는 부분에서는 힘을 빼고, 내신에 직접적으로 영향을 미칠 만한 부분에서는 성실하게 임하는 것이 당시 나만의 처세술이었다.

어쨌든 하야카와의 말로는 2학년 문과반 순서 때 문제가 발생한 모양이었다. 반주 담당이었던 히다카가 피아노 앞에 앉자 사회자가 곡명을 발표했는데, 그 순간 히다카가 화들짝 놀란 듯 보였다는 것이다.

"그러더니 갑자기 그 반 학생들이 아카펠라로 노래를 시작하는 거예요. 화음이 얼추 맞았던 걸 보면 즉흥으로 한 것 같지는 않았어요. 듣기에는 별로였지만 아카펠라용으로 편곡된 부분도 있었고요. 지휘하던 선생님은 가만히 서 있기만 하고 히다카 선배도 피아노 앞에 앉아서 꼼짝을 안 하니까 저희도 어떻게 반응을 해야 할지 모르겠더라고요."

"그럼 반주자랑 지휘자만 모르게 곡이 바뀌었다는 거야?"

"소문에는 반주자를 정할 때 갈등이 좀 있었던 것 같더라고요. 반주를 하고 싶어 하던 다른 학생이 있었는데 담임이 억지로 히다카 선배한테 시켰나 봐요. 근데 정작 히다카 선배는 별로 안 하고 싶어 해서 연습에도 안 나오고 학교도 자주 빠지니까 괜히 더 반감을 사게 됐던 거겠죠."

무대 위에서 히다카는 창백해진 얼굴로 같은 반 친구들의 아카펠라 합창을 듣고 있었다. 하지만 1절이 끝나고 2절이 시작되려던 순간, 히다카가 느닷없이 두 손으로 피아노 건반을 내리쳤다고 했다. 마치 하기 싫은데 억지로 피아노 학원에 끌려가 심통을 부리는 어린아이처럼 두세 번 건반을 아무렇게나 두드리더니 갑자기 물 흐르듯 연주를 시작했다는 것이다.

"무대 위에 있던 학생들도 선생님도 다 멍하니 보고만 있었어요. 어제 연주한 건 아마 히다카 선배가 직접 작곡한 곡이었을 거예요. 원래도 피아노를 잘 치기는 했지만 저는 솔직히 좀 감동이더라고요. 다들 라흐마니노프니 베토벤이니 아무렇게나 부르지만, 피아노만으로 록 음악을 연주하는 게 가능하구나 싶었거든요."

하야카와는 감탄했다는 듯 중얼거리더니 다시 도서실 안으로 들어갔다. 나는 그제야 게시판에서 손을 떼고 포스터를 바라보았다. 종이의 표면을 파고들 듯 깊숙이 박힌 압정이 그녀의 난폭한 피아노 소리를 다시 떠올리게 했다. 그 순간 나는 복도 바닥에 덩그러니 놓여 있는 종이 한 장을 발견했다. 히다카가 나타나기 전까지만 해도 그 자리에 없었던 것이었다.

구겨진 종이를 손에 들어 펼쳐보니 히다카의 이름이 적혀 있었다. 지난주에 우리 반에서도 나눠줬던 희망 진로 조사서였다.

히다카를 다시 만나게 된 것은 그다음 날 수업이 끝난 뒤였다. 도서실로 향하던 나는 복도 창문 너머로 히다카의 모습을 발견했다. 백팩을 멘 히다카는 정문을 향해 터덜터덜 걸어가다가 가끔 한 번씩 걸음을 멈추고 바닥에 쪼그려 앉기도 하고 잡초를 걷어차기도 했다. 나는 발걸음을 돌려 히다카를 뒤쫓았다.

"혹시 뭐 찾고 있어?"

히다카는 정문 바로 앞에 서 있었다. 내가 말을 걸자 깜짝 놀란 듯 눈을 동그랗게 떴다. 구겨진 자국을 잘 펴서 반으로 접은 종이를 내밀자 히다카는 적개심이 어린 눈빛으로 나를 노려보며 종이를 낚아채듯 빼앗아 갔다.

"…… 봤어?"

"뭐, 대충은. 쓰레기인지 아닌지 구분이 안 돼서. 안 버리길 잘했네."

사실 그날 아침에 나는 히다카의 교실을 찾아갔었다. 히다카의 모습이 보이지 않아 근처에 있던 다른 학생에게 물어보니 "몰라, 또 지각이거나 결석이겠지."라는 퉁명스러운 대답이 돌아왔다.

히다카의 이름이 적힌 진로 희망 조사서에는 *1순위가 '천국', 2순위가 '지옥'*이라고 쓰여 있었다.

"그렇게 장난처럼 쓰면 오히려 선생님한테 불려가서 더 귀찮아지지 않아?"

"나는 사실대로 썼을 뿐이야."

히다카는 손에 든 희망 진로 조사서를 펼치더니 보란 듯이 다시 구겨버렸다.

"나 곧 죽는대."

내일 비 온대, 라고 말하는 것처럼 아무렇지도 않은 말투였다. 실제로 죽는다는 말은 고작 열일곱인 우리에게 사랑, 꿈, 행복 같은 말보다 훨씬 더 일상적인 것이었다. 대학 입시만 생각하면 죽고 싶다든지, 같은 반 친구의 농담에 배꼽을 잡으며 웃겨 죽겠다든지, 마음에 들지 않는 선생님이 죽어버렸으면 좋겠다고 험담을 한다든지. 그렇게 우리는 닳아 없어질 만큼 셀 수 없이 죽는다는 말을 쓰면서도 그 말의 진짜 의미를, 그 말의 무게를 알지 못했다.

사랑이나 꿈이나 행복 같은 말들과 크게 다를 바가 없었다.

학교에서 그리 멀지 않은 오래된 신사는 아직 오전인데도 마치 하루가 끝난 것처럼 고요한 분위기가 감돌고 있었다. 신사 주변에서 시간을 보내는 노인들은 하품을 하며 신문을 읽거나 자갈 위를 걸어 다니는 비둘기에게 먹이를 던져 주었다. 남아도는 시간을 때우고 있는 노인들의 모습을 보니 고향의 바닷가 마을에서 함께 살았던 할아버지가 떠올랐다. 밤 9시 전에 잠자리에 들어 해가 뜨는 시간에 일어나던 할아버지는 휴일 오전이면 언제나 저런 표정으로 안락의자에 기대어 앉아 있었다.

돌로 만든 벤치에 앉아 물병을 열었다. 물은 거의 남아 있지 않았다. 아직 녹지 않은 얼음이 물병 안에서 굴러다니며 혀끝에 싱거워진 보리차 한두 방울이 떨어졌다. 여전히 속이 좋지 않았다. 시야 한켠에서 나뭇잎 사이로 쏟아져 들어오는 햇살이 흔들리기만 해도 머리가 어지러웠다.

스마트폰 화면에는 반듯한 이미지의 소년 소녀가 나란히 서 있었다. 인기 아이돌 그룹의 리더인 쓰루시게 세이아와 패션모델로 활약하고 있는 고미나미 하루카였다. 베스트셀러 소설 『너와, 푸른 하늘을 유영하다』가 영화로 제작된다는 소식은 이미 온갖 매체를 통해 퍼져나가고 있었다. 주요 타깃층인 학생들의 등교 시간을 노려 오늘 아침에 일제히 정보를 공개한 모양이었다. SNS에는 캐스팅이 원작 이미지와 맞지 않는다느니 기획사에서 무리하게 출연시키는 거 아니냐느니 하는 비난과, 벌써부터 개봉이 기다려진다는 기대의 목소리 등 찬반 여론이 들끓고 있었다.

개봉은 내년 봄. 거대 영화 제작사와 연예 기획사, 원작 출판사인 슌에이샤 외에도 수많은 사람들이 참여하는 대형 프로젝트가 시작되고 있었다. 평범한 고등학교 선생에 불과한 나에게 그 흐름을 막아설 힘은 존재하지 않았다. 그 이야기는 다른 누구도 아닌 나의 것인데도 말이다.

…… 차라리 그냥 솔직하게 털어놓을까? SNS나 주간지 기자에게 루리쓰구미가 저지른 짓을 폭로해 버릴까? 만약 그렇게 되면 그 작

품에 의혹의 화살이 쏠리며 정의감에 불타는 익명의 누리꾼들이 서로 앞다투어 루리쓰구미의 푸른 날개를 꺾으려 들 것이다. 그래, 그러면 분명——.

스마트폰 화면이 꺼지자 검은 화면에 공허한 얼굴이 비쳤다. 볼이 움푹 팬 유령 같은 모습에 소스라치게 놀라고 말았다. 분명 내 얼굴인데 나의 희생양이 되어 학교를 떠난 아쿠쓰의 얼굴이 겹쳐 보였다.

그래, 나는 이미 한 번의 실수를 저질렀다. 아쿠쓰로 인해 쓰마도리에게 내 정체를 들킨 것도 스스로는 이성적으로 판단했다고 생각했지만 실제로는 욱하는 마음을 억누르지 못했기 때문이었다. 같은 실수를 되풀이할 수는 없었다.

그 소설이 나의 이야기라고 밝힘으로써 쓰마도리를 비판하는 사람들이 늘어나고 인터넷에서 논란이 된다고 한들 무엇이 바뀌겠는가. 영화 제작이 취소될 가능성은 매우 낮다. 오히려 영화 제작사나 출판사에서는 소설이 화제가 되는 것을 반길지도 모른다. 평소에 책을 읽지 않는 사람들도 그 논란을 계기로 소설을 읽게 될지도 모른다. 폭로자인 나에게도 관심이 쏟아지며 얼마 지나지 않아 신상이 까발려질 것이다. 심지어 나는 호기심 왕성한 SNS 세대에 둘러싸여 직장 생활을 하고 있지 않은가.

교단에 서 있는 나에게 40여 명의 학생들이 일제히 스마트폰 카메라를 들이대는 모습을 상상해 보았다. 한순간에 핏기가 가시는 듯했다. 내가 목소리를 낸다 한들 상황은 더 안 좋은 쪽으로 흘러갈 뿐이다. 그렇다면 그저 고개를 숙이고 숨을 죽인 채 사람들의 관심이 다른 곳으로 옮겨가기를 기다리는 수밖에 없다. 아무리 큰 인기를 얻은 작품이라도 결국에는 잊히기 마련이다.

이미 몇천 번이고 몇만 번이고 머릿속으로 되뇌었던 말을 다시 마음에 새기며 스스로를 타일렀다. 그 순간 자갈을 밟는 소리가 들리더니 비둘기 떼가 일제히 하늘로 날아올랐다. 고개를 들자 쓰마도리가 나뭇잎 사이로 비치는 햇살을 받으며 서 있었다. 나는 놀랄 힘조차 남아 있지 않았다.

"나한테 GPS라도 달아 놓은 거야?"

"스토커 취급은 너무하신 거 아니에요? 여기는 제가 찾은 명당이라고요. 학교랑 가까운데 저희 또래 애들은 잘 안 오거든요. 선생님도 혹시 땡땡이치시는 거예요?"

"그럴 리가. 오늘은 담당 수업도 없고 해서 오전 반차를 냈을 뿐이야."

"그러시구나. 저는 오늘 4교시 체육 수업이 수영이라 그거 끝날 때쯤 가려고요."

우리 교사들 사이에서는 쓰마도리 도와에 관한 주의사항 몇 가지가 공유되어 있었다. 작가 활동에 대해서는 철저히 함구할 것, 체육 수업은 기본적으로 참관만 하게 할 것, 수업 외 활동은 몸에 무리가 가지 않는 선에서 참여할 것. 쓰마도리의 말로는 워낙 귀하게 자라서 허약 체질이라고 했지만, 학교 측에서 그에게 특별 대우를 해주고 있다는 것은 말단 교사인 내 눈에도 뻔히 보였다.

"수업에 참여는 안 하더라도 참관 정도는 하는 게 좋지 않겠어? 안 그래도 평소에 바빠서 결석이 잦은데 학년말에 출석 일수가 모자라면 어떡하려고."

"그러게요, 고1 생활을 세 번이나 하는 건 아무래도 좀 그렇겠죠?"

쓰마도리는 내 옆에 앉더니 우울한 듯 한숨을 내쉬었다. 쓰마도리는 가나가와현에 있는 사립학교에서 전학을 왔는데, 이전 학교에서 이미 한 학년을 유급했다. 게다가 개인 사정으로 고등학교 입학 자체도 일 년이 늦어져 지금은 만 18세에 고등학교 1학년이었다.

"솔직히 적응을 잘 못 하고 있다는 자각은 있어요. 학교를 제대로 다니는 게 처음이기도 하고, 단체 생활이라는 게 약간 숨이 막히기도 하고요."

자세한 사정은 알지 못했지만 쓰마도리는 초등학교와 중학교 때 학교에 잘 나가지 않은 모양이었다. 루리쓰구미에 관한 정보가 학교 친구들 사이에서 전혀 흘러나오지 않는 것이 이상하다고 했던 아쿠쓰의 말도 아마 그 때문이었을 것이다.

"이건 교사로서가 아니라 그냥 개인적으로 하는 조언인데, 예체능 코스가 있는 학교로 전학을 가는 게 어때? 교외 활동을 출석으로 인정해주는 학교에 다니는 편이 작가 활동을 병행하기에 훨씬 수월할 거야. 앞으로 더 바빠질 거잖아."

사실은 내 앞에서 사라져 주기를 바랄 뿐이었지만 그럴듯한 말로 둘러댔다. 쓰마도리는 그런 내 말에 고개를 갸웃했다. 일부러 모르는 척을 하는 것일까? 나는 짜증을 억누르며 "데뷔작이 영화로 나온다며. 아까 역 앞에서 보니까 티저 영상이 나오던데."라고 직접 이야기를 꺼냈다.

"아아, 오늘이 티저 발표되는 날이었군요. 그러고 보니 그런 메일을 받았던 것 같기도 하고……."

쓰마도리는 "그럼 이제 말해도 되는구나." 하고 중얼대며 내 쪽으로 몸을 돌려 앉더니 유리구슬처럼 예쁜 눈동자로 나를 바라보며 물었다.

"선생님은 그 티저를 보신 거네요? 어떠셨어요?"

── 어떠셨어요?

눈앞이 붉게 일렁였다. 스테인리스 물병을 들고 있던 손가락에 잔뜩 힘이 들어갔다.

지금 나는 쓰마도리를 향한 충동을 억누르지 못하고 있었다. 하지만 쓰마도리의 표정에 변화가 없는 것을 보면 등 뒤로 쏟아지는 햇빛이 역광이 되어 분노가 서린 내 얼굴을 가려주고 있는 듯했다.

"…… 글쎄, 순식간에 지나가서 자세히는 못 봤어."

"제가 생각했던 느낌이랑은 좀 다른 것 같아서요……. 주연 배우들의 예쁜 모습을 보여주는 데만 신경을 쓴 홍보 영상 같아서 솔직히 불만이에요. 사실 영화로 제작하는 게 별로 내키지 않았는데 출판사에서는 꼭 해야 한다고 하지, 영화 PD님이랑 감독님도 평범한 아이돌 영화처럼은 안 만들겠다고 약속을 해 주셔서, 그럼 어른들을 믿고 맡겨볼까 했던 거거든요."

긴 다리 위에 팔꿈치를 얹어 턱을 괴고 앉은 쓰마도리의 모습은 마치 진지하게 나에게 고민 상담을 하는 것처럼 보였다.

"근데 지난주에 보내주신 대본을 보니까 로맨틱코미디 같은 대사가 잔뜩 들어가 있고, 정작 원작에서 중요한 장면들은 죄다 잘려 나갔더라고요. PD님 말로는 주연 배우들의 팬들은 그런 장면을 기대하고 극장을 찾는 거라서 어쩔 수 없다고 하시는데…… 그럼 처음부터 제 작품이 아니라 다른 원작을 선택하면 됐잖아요. 저 진짜 화가 나서…… 아, 아닌가. 실망한 건가. 저 진짜 실망했어요. 저는 사쿠와 히다카의 관계를 연애 감정 같은 뻔한 틀에 가두고 싶지 않거든요. 저는 그 작품 전체를 통해서 우정도 사랑도 아닌 더 절실한 유대감을 표현하고 싶었어요. 근데 그런 제 마음이 깡그리 무시당한 것 같아요."

쓰마도리는 미간을 찌푸리며 나를 바라보았다.

"제가 글을 제대로 못 쓴 걸까요? 선생님은 사쿠와 히다카의 관계에 대해 어떻게 생각하세요? 선생님의 솔직한 감상을 듣고 싶어요."

쓰마도리는 나를 도발하는 데 천재성이 있는 듯했다. 눈앞의 이 고운 얼굴을 원형이 남아 있지 않을 만큼 때려주고 싶은 심정이었다.

"…… 잘 모르겠네. 나는 국어 선생도 아니잖아. 영화화 방향이 그렇게 마음에 안 들면 그만두면 되지 않아?"

"선생님, 오늘 왠지 좀 차가우시네요."

"제대로 대답을 못 해줘서 미안하긴 한데, 그런 이야기는 네 담당 편집자한테 하는 게 낫지 않겠어?"

잠시라도 더 함께 있다가는 머리가 어떻게 되어버릴 것 같았다. 자리에서 일어나려던 순간, 스마트폰 벨소리가 울렸다. 교감에게서 걸려온 전화였다. 나는 교감의 말에 적당히 맞장구를 치며 자전거 자물쇠를 풀었다. 최대한 빨리 학교로 와 줬으면 하는 듯했다. 통화 종료 버튼을 누르며 옆을 돌아보니 쓰마도리가 부자연스럽게 고개를 갸웃거리고 있었다.

"무슨 문제라도 생겼대요?"

"슌에이샤에서 학교로 항의 전화를 했다는데, 뭐 들은 거 있어?"

"어젯밤에 SNS에 제 도촬 사진이 올라온 것 때문일까요? 사진 배경이 학교 교실이라서 아마 저희 반 학생일 거 같기는 했는데, 역시 대형 출판사답게 일 처리가 빠르시네요."

"잘나가는 작가님을 보호하는 데 아주 필사적이시네. 진짜 예체능 코스가 있는 학교로 전학 가는 게 낫지 않겠어? 우리보다 보안도 훨씬 철저할 텐데."

"싫어요. 그럼 선생님이랑 못 만나잖아요."

쓰마도리는 태연하게 답하며 자전거를 끌고 걸어가는 내 뒤를 따라왔다. 얼굴을 타고 흘러내리는 땀과 지면에서 피어오르는 아지랑이 탓에 시부야 거리가 흐릿하게 보였다.

문제가 된 도촬 사진이 처음 올라온 곳은 SNS의 비공개 계정인 듯했다. 하지만 누군가 그 사진을 캡쳐해 아무나 볼 수 있는 곳에 다시 올리는 바람에 많은 사람들에게 공개되고 말았다.

사진은 고개를 숙이고 있는 쓰마도리의 옆모습을 찍은 것이었다. 얼굴이 선명하게 찍힌 것은 아니었지만 단정한 옆얼굴의 윤곽이 루리쓰구미의 프로필 사진과 매우 닮아 있었다. 다만 그런 식의 사진──루리쓰구미의 정체를 알아냈다고 주장하거나 혹은 본인이 루리쓰구미인 척하는 사람들이 올리는 사진들이 워낙 많이 올라오는 탓에 이번에도 역시 루리쓰구미와 닮은 사람 중 한 명으로 여겨지고 있었다.

출판사에서 SNS 운영사에 연락을 취해 사진은 이미 내려갔지만, 같은 일이 반복되지 않도록 학교 측에서도 대책을 마련해야만 했다. 그리고 그 일은 내가 떠맡게 되었다. 교감은 쓰마도리가 나를 잘 따르는 데다 나이도 어리니 SNS에 대해 잘 알지 않냐며 그럴듯한 이유를 가져다 붙였다.

결국 나는 오전에 쉰 것보다 더 오랜 시간 초과 근무를 할 수밖에 없었다. 늦은 밤 시부야의 인파를 헤치며 자전거를 끌고 걸어가는데 깊은 한숨이 새어 나왔다. 재발을 방지할 수 있는 확실한 방법 같은 것은 존재하지 않았다. 일시적으로 학생들의 스마트폰 소지를 제한하고 연대책임으로 학생 전원에게 페널티를 준다고 해도 결국 교사들의 부담만 늘어날 뿐이었다. 등교할 때 스마트폰을 걷었다가 하교할 때 돌려주는 학교도 있다고는 하지만, 기기가 바뀌거나 없어지는 일도 있고, 또는 고의로 다른 학생의 스마트폰을 가져가 악용하는 등의 문제들이 끊이지 않는 듯했다.

무거운 몸을 이끌고 집에 도착했을 때, 마침 옆집에서 나오는 이누카이 쇼코와 마주쳤다. 아침에 봤을 때와 똑같은 정장 차림이었지만 머리띠를 해서 이마가 훤히 드러나 있었다. 마치 세수를 하자마자 바로 나온 것처럼 보였지만 어깨에는 항상 들고 다니는 가방을 메고 있었다.

"우노하라 선생님! 오늘도 퇴근이 꽤 늦으셨네요."

"…… 덕분에 그렇게 됐네요. 이누카이 씨도 이제 퇴근하시나 봐요. 수고 많으십니다."

어떻게든 미소를 지어보려 했지만 어색한 티가 났던 것일까. 이누카이는 머쓱한 듯 눈동자를 굴리며 내 눈치를 살폈다.

"혹시 화나셨어요?"

"그럴 리가요. 폐를 끼친 건 저희 쪽인걸요."

"사실은 아침에 선생님을 뵀을 때 상의를 드릴까 했는데, 이런 건 아무래도 정식으로 학교를 통해서 처리하는 게 나을 것 같더라고요. 그게 서로한테도 좋지 않을까 싶어서……."

지금은 억지웃음을 짓는 것조차 고통이었다. 한시라도 빨리 대화를 마무리 짓기 위해 나는 오히려 더 과장되게 고개를 숙였다. 그 모습에 이누카이가 놀란 듯 뒷걸음질을 쳤다. 평소에 구두를 험하게 신었는지 여기저기 가죽이 벗겨지고 앞코도 뭉개져 있었다.

"일단 제가 먼저 사과드리겠습니다. 학교 측에서도 곧 정식으로 사과를 드리러 찾아뵐 예정이지만, 이번 일은 진심으로……."

"아니에요, 얼른 고개 드세요! 선생님께 사과를 받고 싶었던 게 아니에요. 저희로서는, 그게 그러니까……."

어쩔 줄을 몰라 하는 이누카이의 뒤에서 옆집 문이 요란하게 열렸다. 문 앞에는 슬리퍼를 신은 쓰마도리가 서 있었다.

"역시 선생님이셨군요! 잘 다녀오셨어요?"

해맑은 미소가 지쳐 있던 신경을 긁어댔다. 쓰마도리는 클립으로 고정한 서류 뭉치를 내밀며 "편집자님, 시나리오 두고 가셨어요."라며 어깨를 으쓱였다.

"어머, 정말이네. 큰일 날 뻔했잖아!"

"그렇게 정신이 없어서 내일 미팅 괜찮으시겠어요?"

"걱정하지 마! 네 요구가 최대한 반영될 수 있게 잘 싸워 볼 테니까!"

"최대한……. 제가 그렇게 어려운 요구를 하는 거예요? 제 소설이 마음에 들어서 제안을 주신 걸 텐데, 왜들 그렇게 여기저기 손을 대고 싶어 하시는 걸까요. 이제 문고판 표지도 배우들 사진으로 바뀌는 거잖아요. 저는 표지 디자인까지 포함해서 마지막 장면이 완성되게 쓴 거였는데, 솔직히 좀 그래요."

"그치만 영화가 개봉하면 지금보다 더 많은 사람들이 네 작품을 읽게 될 거야. 데뷔작이 많이 팔리면 팔릴수록 다음 작품에 대한 주목도도 올라갈 거고, 요즘 같은 시대에 전업 작가로 살아가려면 아무래도 ──."

"그 이야기는 벌써 백 번도 넘게 들었어요. 그리고 그 머리띠 제 거 거든요."

"어머, 이러고 전철을 탈 뻔했네! 청소할 때 머리가 거슬려가지고······."

"청소나 빨래 정도는 제가 알아서 할 테니까 굳이 안 오셔도 돼요. 편집자가 할 일은 아니잖아요."

"그럴 수는 없어. 내가 보호자 역할을 하는 조건으로 네가 도쿄에서 혼자 사는 걸 어머님이 허락해 주신 거니까."

이누카이가 동안이어서 그런지 두 사람은 마치 사이좋은 남매처럼 보였다. 하지만 나는 그런 그들의 대화보다 이누카이가 받아든 서류 뭉치에서 눈을 뗄 수 없었다.

"······ 그게 실사화 시나리오인가요?"

"아, 맞아요. 아직 최종본은 아니지만요. 혹시 선생님도 티저 영상 보셨어요? 발표 시점이 좀 이르기는 했는데, 열심히 홍보해서 꼭 성공시키자고 제작사 PD님이 감사할 정도로 의욕적이셔서······."

이누카이는 시나리오를 가방에 밀어 넣으며 말했다. 그녀가 가방에서 팔을 빼는 순간, 무언가가 딸려 나와 콘크리트 바닥에 떨어졌다. 그 모습을 지켜보던 쓰마도리가 "아아, 뭐 하시는 거예요!"라며 얼굴을 찌푸렸다. 작은 직사각형 모양의 아크릴 키링이 내 발밑에 떨어져 있었다.

"영화 홍보용 굿즈 샘플이에요. 귀엽지 않아요?"

"저는 별로라고 생각해요."

"또 그런다."

이누카이가 집어 든 키링은 소설에 등장하는 희망 진로 조사서를 본떠서 만든 것이었다. 여자 주인공의 이름과 1지망 '천국'이라는 글자를 손글씨로 적어 넣은 디자인이었다.

"영화 개봉 일정에 맞춰서 문고판도 출간될 거예요. 그 김에 작품의 후일담이라고 해야 하나, 어른이 된 사쿠의 이야기를 짧게 덧붙이면 어떨까 싶어서 도와랑 상의 중이에요."

"그러시군요. 그럼 저는 이만."

내가 간신히 내뱉은 말에 두 사람은 미소를 지으며 인사를 건넸다. 내가 이상한 것일까? 아니다, 정상이 아닌 건 저들이다.

시중에 판매되는 수면 보조제를 먹었지만 좀처럼 잠이 오지 않았다. 겨우 잠이 들려고 하는데 귓가에 키보드를 연신 두드려대는 소리가 들려왔다. 얇은 벽 너머에서 쓰마도리가 컴퓨터 화면 앞에 앉아 있는 모습이 눈에 선했다.

작품의 후일담이라고? 어른이 된 주인공 사쿠의 이야기를 쓰겠다고?

쓰마도리의 긴 손가락이 피아노 건반 위를 미끄러지듯 키보드를 두드려대며 나의 이야기를 폭력적으로 왜곡하고 있었다. 타이핑 소리는 새벽까지 이어졌고, 나는 오늘도 잠을 설친 채 피곤한 얼굴로 출근용 와이셔츠의 단추를 채웠다.

제 3 화

파랑새는 행복의 상징이다. 그러고 보니 오래전 어린 남매가 파랑새를 찾아 여행을 떠나는 내용의 동화를 읽은 적이 있었다. 결말은 기억나지 않는다. 두 사람은 끝내 행복을 손에 넣었을까——.

"너는 잘못한 거 없어! 선생님은 항상 네 편이야, 알지?"

창밖을 바라보며 현실도피를 하고 있던 내 옆에서 음악 교사인 다나미 가즈하가 날카롭게 목소리를 높였다. 그녀의 앞에는 쓰마도리가 입술을 깨문 채 고개를 숙이고 앉아 있었다. 헐렁한 티셔츠 사이로 드러난 목덜미가 유독 창백해 보였다.

"죄송해요. 정말 그러려던 게 아니었는데, 요즘 이것저것 신경 쓸 게 많다 보니까 마음의 여유가 없어서……."

"아니야, 그런 표정 하지 마. 너는 피해자라니까!"

다나미는 나보다 다섯 살 정도 나이가 많은 선배 교사이지만, 이런 발언을 해도 괜찮은가 싶었다.

"다나미 선생님, 사정이 어떻든 간에 쓰마도리가 다른 학생의 물건을 파손한 건 사실이잖아요."

내가 현실을 상기시키자 다나미는 불만스러운 듯 입술을 삐죽였다.

쓰마도리가 같은 반 여학생의 스마트폰을 빼앗아 책상 모서리에 내리쳐서 액정을 산산조각 낸 것은 오늘 2교시 음악 시간이었다. 도촬을 당해 화가 났다는 것이 쓰마도리의 주장이었으나 상대 여학생은 결백을 주장하고 있었다.

"저는 누가 동의 없이 제 사진을 찍는 게 정말 싫어요. 그래서 저도 모르게 반사적으로……."

쓰마도리는 평소답지 않게 기가 죽은 모습이었다. 반성하는 태도를 보이면 교사들이 화를 덜 낼지도 모른다고 생각하는 것일까.

문제가 된 여학생에게는 교감과 담임이 다른 교실에서 이야기를 듣고 있었다. 쓰마도리 쪽에는 나와 목격자인 다나미가 배정되었는데, 솔직히 말해 문제가 많은 인선이었다.

"우노하라 선생님, 제가 두 눈으로 똑똑히 봤다니까요! 합창을 하는 도중에 쓰마도리 바로 뒤에 서 있던 하마다가 스마트폰을 꺼내서 카메라를 들이댔다고요! 셔터 소리가 잘 안 들리게 하려고 일부러 피아노 반주에 맞춰서 찍은 거예요. 이건 계획범죄라니까요!"

다나미가 거센 콧김을 내뿜으며 말하자 블라우스 가슴 부분의 리본타이가 흔들렸다. 화려한 옷차림과 짙은 화장에 비해 회의 중에는 좀처럼 의견을 내지 않는 소극적인 성격이라고 생각했는데, 지금은 전혀 다른 사람처럼 열을 올리고 있었다. 동관 4층에 있는 좁은 상담실 안은 다나미의 진한 향수 냄새로 가득 차 있었다.

"저희가 쓰구를 지키지 못하면 누가 지키겠어요?!"

"쓰구……?"

내가 눈살을 찌푸리며 되묻자 다나미는 흠칫 놀라며 얼굴을 붉혔다.

"그게, 저는 책이 출간되기 전부터 루리쓰구미의 작품을 계속 읽어온 팬이라서, 저도 모르게 그만……."

그런 이유였구나. 하지만 아무리 그래도 학교에서만큼은 교사로서 공정함을 지켜주었으면 하는 마음이었다. 쓰마도리는 기뻐하는 기색도 없이 "감사합니다."라고만 짧게 답했다. 자신의 열성 팬을 만나는 일은 일상다반사라는 듯한 태도였다. 쓰마도리는 두 볼이 발그스름해진 다나미에게는 눈길조차 주지 않고 오히려 눈동자를 굴리며 내 눈치를 살폈다. 마치 주인에게 혼나는 고양이 같은 얼굴이었다.

"우노하라 선생님, 혹시 편집자님한테 연락하셨어요?"

"이누카이 씨가 네 보호자나 다름없으니까. 다른 작가분이랑 홍보차 서점을 돌아다니느라 지금은 오사카에 계시지만 최대한 빨리 오시겠대."

"요즘 안 그래도 이런저런 일이 많아서 얌전히 있으라고 하셨는데, 또 혼나겠네요."

"그럼 부모님께 오시라고 할까? 가나가와에 사신다고 했지?"

"그건 더 싫어요. 아, 정말 최악이네요."

이번만큼은 나도 같은 마음이었다. 나는 책상 위에 놓인 이누카이 쇼코의 명함으로 시선을 돌렸다. 며칠 전 쓰마도리를 몰래 찍은 사진이 SNS에 올라왔던 일로 슌에이샤에서 거센 항의를 받았었다. 이번에는 또 어떤 말을 듣게 될지 걱정이었다. 하지만 쓰마도리가 일방적인 피해자가 아니라는 점을 고려하면 우리 쪽에서 어떻게 대응하느냐에 따라 적당한 선에서 마무리할 수도 있을 것이다. 그렇다고 해서 이 답답한 마음이 가벼워지지는 않겠지만 말이다.

미간 주름을 만지작대는 나에게 다나미는 "우노하라 선생님, 요즘 분위기가 좀 달라지신 것 같아요."라며 속삭였다.

"그런가요?"

"혹시 여자친구랑 헤어지셨나?"

대꾸하고 싶지 않아 못 들은 척을 했다. 며칠 전 다른 교사에게도 같은 질문을 받았었다.

눈 밑에 드리운 다크서클은 나날이 짙어져 가고 있었다. 면도만큼은 매일 하고 있지만, 머리는 자면서 뻗친 부분만 대충 수습하는 정도였다. 와이셔츠를 다리는 것도 귀찮아 대학생 때 산 폴로셔츠 차림으로 출퇴근을 하고 있었다. 교무실 책상 위에는 서류 더미가 쌓이다 못해 무너져 내려 어디서부터 손을 대야 할지 엄두가 나지 않았다. 오늘도 온종일 이 문제를 해결하는 데 시간을 허비하게 될 것이 뻔했다. 동료에게 억지로 웃어줄 여유 따위 남아 있지 않았다.

'외모에 신경을 쓰지 않는다.'

'업무에 집중하지 못한다.'

'사소한 일에도 쉽게 짜증을 낸다.'

날이 갈수록 병원 홈페이지에서 본 자가 진단 항목들에 체크 표시가 늘어갔다. 참고로 여전히 병원 예약은 하지 못했고, 수면 부족 상태도 계속 이어지고 있었다.

"어쨌든 선생님은 끝까지 쓰구랑 함께 싸울 거야, 알겠지?"

무거운 분위기의 상담실에서 다나미가 뜬금없이 목소리를 높였다. 소설가가 아닌 아이돌 가수에게 열광하는 것 같은 모습이었다. 대충 고개를 숙여 감사 인사를 하는 쓰마도리는 조금도 기뻐 보이지 않았다.

베스트셀러 작가인 루리쓰구미에 대한 사회적 비난이 거세지기 시작한 것은 지난달부터였다. 사건의 발단은 수백만 명의 구독자를 보유한 인플루언서의 라이브 방송이었다. 평소 유명인의 스캔들을 폭로하는 방송으로 인기를 끌고 있던 그에게 한 여중생이 메시지를 보냈다. 메시지의 내용은 인기 소설가인 루리쓰구미를 자칭하는 인물이 SNS로 자신에게 먼저 접근을 해 왔고, 몰래 대화를 주고받는 과정에서 나체 사진을 보내라는 요구를 받았다는 것이었다. 피해 학생은 라이브 방송 중 전화 연결을 통해 상대가 루리쓰구미라고 믿었기 때문에 그의 요구에 응했으나 실제로 만나보니 전혀 다른 사람이었고, 사진을 유포하겠다고 협박을 당해 육체관계까지 가지게 되었다고 호소했다. 이 방송은 큰 파장을 일으켰고 경찰이 수사에 나서며 얼마 지나지 않아 가해

남성이 체포되었다.

가해자가 SNS에 올렸던 사진은 쓰마도리와 제법 비슷해 보였다. 하지만 체포 당시에 보도된 그의 실제 얼굴은 사진과 전혀 달랐던 탓에, 비교 사진이 온라인상에서 비웃음거리로 소비되며 또다시 화제를 모았다. 같은 피해를 당한 것으로 추정되는 여학생은 수십 명에 달했다. 누가 먼저 시작했는지는 알 수 없지만, 루리쓰구미가 가면을 벗고 얼굴을 공개하지 않는 한 모방범들은 계속해서 어린 소녀들을 노릴 것이라는 주장이 퍼져나가기 시작했다. 정의 구현을 위해서라고 하지만 사실은 다들 가면 뒤에 숨겨진 루리쓰구미의 얼굴이 보고 싶을 뿐이었다.

온라인상에서는 진짜 루리쓰구미 찾기가 열기를 더해가고 있었다. 어처구니없게도 SNS에는 자신이 루리쓰구미임을 암시하는 듯한 계정이 여러 개 존재했다. 그들이 직접 찍어 올린 셀카나 혹은 닮았다고 거론되는 모델과 배우의 사진을 모아 루리쓰구미의 프로필 사진과 비교 분석하는 내용의 글도 여기저기 올라왔다. 그 안에는 쓰마도리를 몰래 촬영한 사진도 포함되어 있었다. 원본은 삭제되었지만 한 번 인터넷에 게시된 사진을 완벽히 없애는 것은 불가능했다. 그나마 다행인 것은 쓰마도리의 사진이 지나치게 잘 나온 탓에 AI로 만들어낸 가짜 이미지라고 생각하는 사람이 많다는 점이었다.

최근에는 학교 안에서도 쓰마도리 도와가 루리쓰구미가 아니냐는 소문이 점차 퍼져나가고 있었다. 애초에 전학 온 첫날부터 쓰마도리의 수려한 외모가 학생들 사이에서 화제였던 것이 문제이기도 했다.

"우노하라 선생님, 잠시만……."

상담실 문이 열리더니 교감이 조심스럽게 손짓을 하며 나를 밖으로 불러냈다. 늘 바르던 장밋빛 립스틱 색이 오늘따라 유난히 선명해 보이는 것은 피곤에 절어 어두워진 안색 탓인 듯했다. 나는 쓰마도리와 다나미를 남겨둔 채 자리에서 일어섰다. 밖으로 나가 상담실 문을 닫자 교감이 목소리를 낮춰 속삭였다.

"조금 전에 보호자 동의를 받아서 학생의 스마트폰을 확인했어요. 역시나 쓰마도리의 사진이 여러 장 저장되어 있더군요. 날짜를 보니까 오늘만 찍은 게 아니에요. 그동안 상습적으로 도촬을 했던 것 같아요."

"그럼 며칠 전에 SNS에 올라왔던 사진도 그 학생이 찍은 건가요?"

"아니요. 여럿이서 같이 이런 짓을 벌인 것 같아요. SNS에 올린 건 다른 학생이라고 주장하고 있어요. 다 같이 한 일인데 왜 자기한테만 뭐라고 하냐는 식으로 나와 버리니까 골치가 아프네요. 게다가 학생 아버님도 지금 차분하게 대화를 할 수 있는 상태가 아니셔서……."

쓰마도리가 파손한 스마트폰의 주인인 여학생의 아버지는 서럽게 우는 딸의 모습에 분노를 참지 못한 듯했다. 사춘기 소녀가 좋아하는 친구의 사진을 몰래 간직하는 것이 뭐가 이상하냐면서 이번 일로 스마트폰뿐만이 아니라 딸의 마음도 다쳤다며 어떻게 책임을 질 생각이냐고 소리를 질러댔다고 했다. 학교 입장에서는 가장 성가신 유형의 보호자였다.

"학생 부모님은 쓰마도리가 작가로 활동하고 있다는 사실은 모르시는 거죠?"

"네, 차라리 솔직하게 말하는 게 나을까요?"

교감의 눈빛에 계산기를 두드리는 듯한 기색이 스쳤다. 쓰마도리의 배후에 슌에이샤라는 대형 출판사가 있다는 사실을 알게 되면 보호자 측에서 쉽게 나서지 못할 것이다. 일이 커지면 초상권 침해 등으로 고소를 당할 가능성도 있었다. 그러한 점을 우려해 보호자 측에서 일단 화를 가라앉힌다면 학교 입장에서는 이번 사안을 쉽게 정리할 수 있었다.

"그게 나을 수도 있겠네요. 그래도 먼저 쓰마도리의 담당 편집자에게 양해를 구하는 게 좋을 것 같습니다. 저희 판단만으로 쓰마도리의 개인정보를 밝혔다가 혹시 나중에 문제가 될 수도 있으니까요."

"아, 그럼요. 그건 당연하죠!"

교감이 고개를 끄덕이는 순간, 귀를 찢을 듯한 날카로운 비명이 들려왔다. 다나미였다. 황급히 상담실 문을 열어보니 쓰마도리와 다나미가 창가에 서 있었다. 쓰마도리는 태연한 말투로 "우노하라 선생님, 들킨 것 같아요."라고 했다. 새파랗게 질려 입술을 바들바들 떨고 있는 다나미의 모습과 대조적이었다.

"교, 교감 선생님, 스나모리가…… 2학년 A반의 스나모리가……!"

다나미의 다급한 목소리에 창가로 달려간 교감도 비명을 내질렀다. 바로 아래층 교실 창틀에 남학생이 위태롭게 걸터앉아 있었다.

내가 작년에 담임을 맡았던 반의 학생이었던 스나모리 이쓰키였다. 스나모리는 셀카봉에 스마트폰을 끼워 위층 창문을 향해 필사적으로 팔을 뻗고 있었다. 높은 곳을 무서워하는 편인지 스나모리의 얼굴이 백지장처럼 창백했다.

스나모리의 스마트폰에는 음성 녹음 화면이 떠 있었다. 우리가 나누는 대화를 도청하면 쓰마도리가 루리쓰구미라는 증거를 잡을 수 있을 것이라고 생각한 듯했다. 스나모리는 성적이 좋고 얌전한 학생이었다. 이렇게까지 대범한 짓을 저지를 만한 아이가 아니었다.

"스나모리, 어서 창문에서 내려가! 거기서 떨어지면 뼈가 부러지는 정도로 끝나지 않을 거야!"

"교감 선생님, 저는 쓰마도리와 같은 학교에 다니는 사람으로서 세상에 진실을 알릴 의무가 있어요!"

이런 짓을 벌여서 스나모리가 얻는 것이 무엇이란 말인가. 당황해하는 내 옆에서 쓰마도리가 "사람들 관심을 끌려는 거 아니겠어요?"라며 귀찮다는 듯 말했다.

"편의점 계산대 옆에 있는 어묵을 몰래 집어 먹거나 패밀리 레스토랑에 있는 핫소스 병을 핥아대는 영상을 찍어서 올리는 것처럼 저 애도 조회수를 위해서라면 수단과 방법을 가리지 않는 관심종자겠죠. 지금 이 타이밍에 제 정체를 폭로하면 꽤 많은 사람들한테 영웅 대접을 받게 될 테니까요."

"무, 무시하지 마! 그딴 건 나한테 아무 상관 없다고!"

스나모리가 눈썹을 치켜세우며 쓰마도리를 노려보았다.

"네가 치사하게 숨지 않고 빨리 얼굴을 공개했으면 피해를 입은 여자애들이 그런 끔찍한 일을 겪지 않아도 됐을 거야! 아직 중학생인 내 여동생도 너인 척하는 가짜한테 속아서 사진을 보내는 바람에······. 내 동생은 매일매일 그 사진이 유출되면 어떡하나 벌벌 떨면서 방에서 한 발짝도 못 나오게 됐다고!"

다나미와 교감은 말문이 막힌 듯했다. 사칭 범죄가 끊이지 않고 일어나며 피해자가 계속해서 늘어나고 있다는 사실은 알고 있었지만, 설마 학생의 가족이 피해를 입었을 것이라고는 생각하지 못했다. 하지만 쓰마도리는 오히려 불쾌하다는 듯 미간을 찌푸렸다.

"그게 내 잘못이라는 거야? 모르는 사람한테 자기 사진을 보내면 안 된다는 건 요즘 초등학생도 아는 상식이야. 네 동생한테 그런 일이 생긴 건 안타깝지만 내 탓을 하는 건 책임 전가일 뿐이라고."

"네가 어떻게 감히 그런 말을 할 수가 있어! 내 동생은 진심으로 너를 좋아했다고! 근데 그런 순수한 마음을 이용해먹다니······."

"그러니까 네 여동생을 속인 건 내가 아니잖아. 차분하게 생각을 해보라고. 아니면 원래 머리가 좀 나쁜 건가?"

교감이 새파랗게 질린 얼굴로 "쓰, 쓰마도리, 너무 자극하지 마."라고 속삭였다. 하지만 이미 늦은 듯했다.

"닥쳐! 지금 당장 이 음성을 공개할 거야! 출판사니 편집자니 떠들어대던 게 여기에 전부 다 녹음됐으니까!"

스나모리는 보란 듯이 팔을 쭉 뻗어 스마트폰 화면을 들이밀었다. 그 순간 셀카봉의 균형이 무너지며 옆으로 기울었고, 스나모리의 상체도 셀카봉과 함께 불안정하게 흔들렸다.

다나미와 교감, 그리고 스나모리의 비명이 동시에 터져 나왔다. 나는 상담실을 뛰쳐나갔다. 계단을 다급히 뛰어 내려가 바로 아래층 교실 문을 연 순간 등골이 오싹해졌다. 창가에는 아무도 없었다. 바깥쪽 창틀에 간신히 매달려 있는 손이 눈에 들어왔다. 피가 쏠려 검붉어진 손가락 끝이 바들바들 떨리고 있었다.

"살려주세요! 선생님, 제발요!"

양손으로 겨우 창틀에 매달려 있는 스나모리가 필사적으로 나에게 도움을 청했다. 두려움에 울부짖는 얼굴은 마치 갓난아이처럼 새빨갰지만 섬뜩할 만큼 강렬한 빛을 뿜어내는 핏발 선 눈동자만은 누렇게 떠 있었다.

순간 다리가 굳어버렸다. 나는 이 얼굴을 알고 있었다. 눈물과 콧물로 뒤덮인 스나모리의 얼굴에 다른 사람의 얼굴이 겹쳐 보였다.

"괜찮아, 스나모리. 그대로 절대 손을 놓으면 안 돼."

어떻게든 교사로서의 얼굴을 유지하며 창문 밖으로 몸을 내밀었다. 스나모리의 두 손목을 붙잡아 끌어올리려 했지만 손바닥에 맺힌 땀 때문에 스나모리의 왼손이 내 오른손에서 미끄러져 빠져나갔다. 스나모리의 몸이 중력에 이끌려 비스듬히 아래로 떨어졌다. 사람들의 비명이 들려왔다. 교사들과 학생들이 다른 교실 창문을 통해 우리의 모습을 지켜보고 있었다. 스마트폰으로 촬영을 하고 있는 듯한 학생도 보였다.

"안 돼요, 선생님, 살려주세요! 살려주세요, 살려줘요!"

스나모리는 두 손으로 내 왼팔을 꽉 움켜쥔 채 필사적으로 매달렸다. 죽고 싶지 않다는 삶에 대한 집착이 고스란히 전해졌다. 그 순간 소름이 끼치며 시야가 뿌옇게 흐려졌다. 나에게 매달려 오는 그 육체와 함께 아래로 추락하는 장면이 머릿속에 떠올랐다.

—— 그렇게 아무것도 못 하고 보고만 있을 거면 그냥 나랑 같이 죽자, 우노하라.

살려달라는 말만 되풀이하는 스나모리의 다급한 외침과 먼 과거로부터 들려온 속삭임이 마치 피아노 연주처럼 겹쳐졌다.

그래, 나는 이미 오래전에 그렇게 했어야 했다. 살려줄 수 없다면 차라리 함께 떨어졌어야 했다. 하지만 나는 나에게 매달리던 그 손을 뿌리치고 혼자 도망쳤다——.

의식이 점차 희미해져 가던 와중에 누군가 내 허리와 어깨를 감싸는 듯한 느낌이 들었다. 그대로 몸이 강하게 뒤로 잡아당겨졌다. 나는 흉한 자세로 엉덩방아를 찧었고 동시에 환호성이 터져 나왔다. 내 몸을 당겨 스나모리를 구해낸 것은 체육 교사인 가지하라였던 것 같았다. 나도 모르는 사이에 안경이 벗겨져 시야가 흐릿했다. 스나모리가 바닥에 주저앉아 울고 있는 듯했지만, 교사들에게 둘러싸여 있어 그의 모습은 보이지 않았다. 어쨌든 생명에는 지장이 없는 것 같았다.

"들것! 어서 들것을 가져와요!"

누군가 소리쳤다. 나도 일어나려고 바닥에 손을 짚은 순간, 평형감각이 무너지며 몸이 옆으로 기울었다.

"우노하라 선생님? 어머, 괜찮으세요?"

바로 옆에서 다나미가 소리쳤다. 옆머리에 둔탁한 통증이 느껴지더니 이내 바닥의 차가운 감촉이 얼굴에 전해졌다. 일어나려다 그대로 옆으로 쓰러진 모양이었다. 팔다리가 마음처럼 움직이지 않았다.

"우노하라 씨, 괜찮아? 다나미 선생님, 머리 흔들지 마요!"

"구급차! 어서 구급차 불러요!"

더는 누구의 목소리인지 구분할 수 없었다. 나는 괜찮으니 스나모리부터 챙기라고 말하고 싶었지만 목소리가 나오지 않았다. 의식이 사라지기 직전, 바닥에 떨어져 있던 내 안경이 누군가의 발에 짓밟히는 광경이 이상하리만큼 또렷하게 보였다.

병원 옥상에서 히다카는 하늘을 바라본 채 누워 있었다. 세탁을 마친 침대 시트가 요트의 돛처럼 바람에 펄럭였다. 그 아래로 보이는 히다카의 하늘색 병원복은 마치 빨랫줄에서 떨어진 세탁물 같았다. 그만큼 히다카의 몸은 야위었고 팔다리는 마른 나뭇가지처럼 가늘었다. 눈을 감은 얼굴은 미술실에 놓여 있는 석고상만큼이나 창백했다. 속이 텅 빈 모형 같았다. 그래서였을까, 살짝 벌어진 입술 사이로 희미한 노랫소리가 새어 나왔을 때 나는 다리의 힘이 풀려버릴 만큼 안도했다.

"죽은 줄 알았지?"

내 기척을 눈치챈 히다카가 고개를 뒤로 젖힌 채 웃어 보였다. 눈꺼풀마저도 살이 빠져 눈두덩이가 움푹 들어갔고 속눈썹도 거의 다 빠져버린 상태였다. 나는 신을 믿지 않았다. 히다카를 만나게 된 뒤로 더욱 그랬다. 그럼에도 요즘에는 하루에도 몇 번이고 신이시여, 하고 소리 없이 되뇌지 않을 수 없었다. 신이시여, 제발 히다카에게서 속눈썹 한 올이라도 더는 빼앗아 가지 말아 주세요, 하고 말이다.

"이런 데서 뭐 하는 거야? 몰래 병실을 빠져나와서 간호사분들을 귀찮게 하는 것도 적당히 좀 해라."

나는 평소처럼 성가시다는 표정으로 히다카 옆에 앉았다. 히다카가 내게 원하는 것이 이런 모습이라는 사실을 나는 잘 알고 있었다.

"햇볕에 몸을 말리는 거야? 아니다, 일광욕이라고 해야 되는 건가."

히다카가 귀에 꽂혀 있던 이어폰을 뺐다. 무엇을 듣고 있었냐고 물었지만 가르쳐주지 않았다. 그 대신 "여기 말이야, 거기랑 비슷하지 않아?"라고 물었다.

"모래사장에 하얀 티셔츠가 수백 장 널려 있는 바닷가. 예전에 같이 가자고 했었잖아. 이렇게 누워 있으면 하늘이랑 하얀 시트밖에 안 보이니까 파도 소리만 나면 완벽하겠어."

나는 히다카의 귀 가까이에 손바닥을 가져다 대고 손가락을 둥글게 모아 손으로 귀를 감쌌다. 히다카가 의아한 표정으로 나를 바라보았다.

"소라 껍데기 안에 파도 소리가 갇혀 있다고 하잖아. 근데 사실은 소용돌이처럼 생긴 소라 껍데기에 귀를 갖다 대면 그 사이에 생긴 틈으로 잡음이 들어가면서 파도 소리처럼 들리는 것뿐이야."

"이런 순간마저 분위기를 깨는 게 정말 너답다."

히다카는 낮게 웃으며 "뭐, 파도 소리 같기도 하고."라며 중얼거렸다. 우리는 한동안 그대로 가만히 있었다.

"우리가 처음으로 같이 갔던 곳도 바다였잖아."

"같이 간 게 아니라 네가 멋대로 따라온 거지."

그때까지만 해도 나는 자꾸만 내게 따라붙는 히다카를 귀찮게만 생각했다. 그날도 히다카는 수업이 끝난 뒤 굳이 나를 따라 전철을 타고 학교에서 한참 떨어진 바닷가 마을까지 따라왔던 것이다.

"그때 진짜 좋았는데——."

"그 쓰레기로 가득한 더러운 해변이?"

"그때의 나는 전력 질주를 할 수 있었으니까. 방파제 위에서 뛰어내리기도 하고 파도에 떠내려온 나뭇가지를 발로 걷어차기도 했잖아. 지금보다 훨씬 내 몸을 자유롭게 움직일 수 있었어."

히다카는 쏟아지는 햇살을 향해 팔을 뻗었다. 그날 해변으로 떠밀려왔던 나뭇가지처럼 바싹 말라버린 히다카의 팔은 금방이라도 부러질 것만 같았다. 입 안에 히다카가 베어 먹던 막대 아이스크림 맛이 되살아났다. 질렸다며 먹다 남은 부분을 내게 떠넘겼었다. 나도 히다카를 따라 팔을 뻗었다. 그날 뜨거운 여름 햇살에 검게 그을렸던 피부는 이미 원래의 색으로 돌아와 있었다. 선크림도 바르지 않은 채 해변을 뛰어다닌 탓에 피부의 화끈거림이 꽤 오랫동안 이어졌다. 그 얕은 통증을 느낄 때마다 나는 히다카의 웃는 얼굴을 떠올렸다. 그렇게 조금씩 히다카는 내 안으로 스며들어왔다.

"교무실 컴퓨터를 해킹했을 때도 그렇고, 밤에 수영장에서 시끄럽게 놀던 애들을 개구리 작전으로 쫓아냈을 때도 그렇고, 진짜 재밌었는데."

"진짜 환자라고는 믿기 힘든 난동이었지."

"미친개 취급은 하지 말라니까."

"비슷하지, 뭐. 해킹이나 개구리까지는 그렇다 쳐도, 마음에 안 드는 선생을 진짜로 물어뜯은 건 너밖에 없잖아."

"그것만큼은 나도 반성하고 있어. 팔을 깨물었을 때 진짜 토할 뻔했거든."

따분했던 전교생의 여름을 눈이 부실 만큼 반짝이게 만들었던 체육관의 라흐마니노프는 언제나처럼 하얀 이를 드러내며 웃었다.

"사쿠, 나 먼저 갈게."

어디로 가냐고 묻지 않아도 나는 히다카가 바라보고 있는 곳이 어디인지 알 수 있었다. 알고 싶지 않았는데도 알 수 있었다.

히다카를 처음 만났던 날, 복도에서 발견했던 희망 진로 조사서가 떠올랐다.

"거기서 기다리고 있을 테니까 최대한 천천히 와. 그게 더 재밌으니까."

"뭐야, 그게."

평소처럼 받아치려 했지만 목소리가 갈라졌다. 히다카는 한숨 섞인 웃음을 내뱉었다.

"내가 다녔던 중학교는 작년에 동창회를 했다더라. 나는 안 갔어. 2, 3년밖에 안 지났으니까 다들 비슷할 거잖아. 이왕 할 거면 할머니 할아버지가 돼서 누가 누군지 몰라볼 정도로 변해 있는 게 더 재미있지 않아?"

더는 아무 말도 할 수 없었다. 입술을 조금이라도 움직이면 나는 히다카가 원치 않는 말을 해버릴 것 같았다. 그래서 눈도 깜빡이지 않고 그저 맑게 갠 하늘만 올려다보았다.

방금 막 세탁한 침대 시트의 습기를 머금은 바람이 얼굴을 스치자 부드럽고 달달한 향이 났다. 눈 부신 햇살이 히다카의 머리카락과 솜털을 옅은 갈색빛으로 물들였다.

만약 천국이 있다면 이런 모습이기를 바랐다. 히다카가 나보다 먼저 가게 될 그곳이 따뜻하고 깨끗해서 누워만 있어도 졸음이 밀려오는 그런 곳이었으면 했다.

"거기서 지겨울 만큼 오랫동안 기다리고 있을 테니까, 사과하는 셈 치고 와서 재미있는 이야기 많이 들려줘——

—— 같은 소리를 내가 하겠냐? 이 바보야."

농담처럼 내뱉은 말투와는 달리 히다카의 목소리에는 깊은 어둠이 배어 있었다. 맑고 투명했던 푸른 하늘이 흐려지며 짙은 어둠이 주변 풍경을 집어삼켰다. 히다카는 어느샌가 내 몸 위에 올라타 있었다. 무게는 느껴지지 않았지만 내 배를 누르고 있는 허벅지 뼈의 감촉이 섬뜩할 만큼 생생했다.

"사실은 내가 죽으면 후련해할 거잖아. 원래 예정대로라면 벌써 한참 전에 죽었어야 하니까. 근데 좀처럼 죽지를 않으니까 이제는 감당이 안 되는 거잖아. 내 말이 틀려? 뭐라고 말 좀 해 봐!"

앙상한 손가락이 내 목을 감쌌다. 히다카는 집요하게 대답을 요구하면서도 내 목소리뿐만 아니라 내 호흡까지도 앗아가려 했다.

"다들 지긋지긋하겠지. 가족들도 의사도 간호사도, 그리고 너도. 빨리 좀 죽어, 언제까지 살 건데, 하는 얼굴이잖아. 나도 그 정도는 알 수 있다고."

히다카의 버석한 머리카락 끝이 내 얼굴에 닿았다. 나는 허공에 뻗은 팔을 허우적대면서도 히다카의 몸을 밀어내지 못했다. 그랬다가는 손발에 묶인 줄이 모두 끊어져 버린 꼭두각시 인형처럼 히다카의 몸이 조각조각 부서져 버릴 것만 같았다.

"그러니까 차라리 그냥 나랑 같이 죽어 줘. 나랑 같이 죽자, 우노 하라!"

히다카는 내 목을 조르며 소리쳤다. 벌어진 윗니와 아랫니 사이로 타액이 실처럼 늘어졌고, 그 안으로 깊고 어두운 구멍이 들여다보였다.

나쁜 꿈을 꾸는 듯한 기분이었다. 아니, 이 말은 틀렸다. 지금까지가 예쁘게 만들어진 가짜 꿈이고, 이쪽이 진짜다.

이것이 진짜 나의 이야기다.

눈을 뜨자 코앞에 낯선 여자의 얼굴이 보였다. 꿈이 그대로 이어지는 듯한 광경에 등골이 서늘해졌다.

"죄송해요, 놀라셨죠? 주삿바늘이 빠지지 않았는지 확인 좀 하려고요."

흰색 유니폼을 입고 있는 것으로 보아 간호사인 듯했다. 그렇다면 여기는 병원일까. 커튼으로 둘러싸여 어둑한 이곳은 학교 양호실보다 훨씬 짙은 소독약 냄새가 났다. 왼쪽 손등에 꽂혀 있는 바늘이 가느다란 관을 통해 머리 위 수액 주머니와 이어져 있었다.

"학교에서 쓰러지셔서 응급실로 실려 오셨어요. 바로 보호자분을 모시고 올게요."

간호사로 보이는 여자가 빠져나간 커튼 틈 사이로 얼마 지나지 않아 다나미가 얼굴을 들이밀었다.

"우노하라 선생님, 정말 다행이에요. 괜찮으세요? 어디 불편한 데 없으세요?"

"죄송해요, 무슨 상황인지 이해가 잘 안 돼서——."

간신히 상체를 일으키자 왼쪽 머리에서 묵직한 통증이 느껴졌다. 학교에서 있었던 일을 떠올려 보았다. 스나모리를 구한 뒤 나는 동료 교사들이 보는 앞에서 정신을 잃고 말았다. 침대 옆 작은 협탁 위에 다리가 휘어진 안경이 놓여 있었다.

다나미의 말에 따르면 나는 스나모리와 함께 가까운 종합병원으로 이송되었다. 스나모리는 다행히 팔이 살짝 빠지고 가벼운 찰과상만 입은 정도라 보호자와 함께 이미 귀가했고, 쓰마도리의 도촬 사건과 관련해서는 추후 다시 조치를 취하기로 한 듯했다.

"쓰마도리가 선생님을 걱정하면서 로비에서 계속 기다리고 있어요."

"…… 그렇군요. 저는 괜찮으니까 집에 가라고 해주세요. 다나미 선생님께도 폐를 끼쳤네요."

"아니에요, 선생님께서 먼저 나서서 스나모리를 구하지 않으셨으면 정말 큰일이 날 뻔했어요."

다나미는 과장되게 손사래를 치더니 "그럼 저는 이만 가보겠습니다."라며 커튼 밖으로 나갔다.

시계를 보니 저녁 여덟 시가 넘은 시간이었다. 의사의 진단으로는 과로에 영양실조, 그리고 스트레스가 원인이었던 듯했다.

일반 접수창구는 이미 문을 닫아서 자동정산기를 이용했다. 지갑에서 지폐를 꺼내는데 왼쪽 손목에 남아 있는 검붉은 손가락 자국이 눈에 들어왔다. 스나모리가 내게 매달렸을 때 생긴 것임을 알면서도 눈을 뜨기 직전까지 꾸었던 꿈의 여운이 선명함을 더해갔다. 히다카의 목소리가 아직도 귓가를 맴돌고 있었다.

"우노하라 선생님!"

누군가 내 이름을 부를 것이라는 예상은 어느 정도 하고 있었다. 에너지 절약을 위해서인지 병원 로비의 조명은 최소한으로 켜둔 상태였다. 1인용 소파의 그림자가 가지런히 이어지는 가운데 하나뿐인 사람 그림자가 나를 향해 다가왔다.

"괜찮으세요? 머리를 다치셨다고 들었는데······."

쓰마도리의 목소리는 마치 진심으로 나를 걱정하고 있는 것처럼 들렸다.

"······ 괜찮을 것 같아?"

이제는 한계였다. 경직된 두 볼이 마음처럼 움직이지 않았다. 어쩌면 나는 지금 웃고 있는 것처럼 보일지도 몰랐다.

"쓰마도리, 이제 그만하자. 그 이야기의 주인공은 나잖아."

언젠가 이런 순간이 오면 나는 차오르는 분노를 억누르지 못할 것이라고 생각했다. 하지만 실제로는 절박하게 애원하는 듯한 목소리가 새어 나올 뿐이었다.

그것은 나의 이야기다. 7년 전 여름, 당시 고등학생이었던 나──우노하라 사쿠야와, 같은 학년이었던 히무라 지아키 사이에서 일어났던 이야기다.

"처음 읽었을 땐 정말 놀랐어. 너한테 그 이야기를 해준 건 히무라야?"

히무라의 이름을 꺼낸 순간, 쓰마도리의 얼굴에 환한 미소가 번졌다. 어두운 불빛을 반사하듯 커다란 눈동자가 반짝였다.

"맞아요! 뮤지스라는 창작 사이트에서 친해졌는데, 지아키 누나가 여자 주인공 이름을 히다카로 하자고 했어요. 지금 생각해보면 본명에서 한 글자를 따온 거였더라고요. 사쿠도 마찬가지고요."

쓰마도리는 한없이 천진난만한 목소리로 말했다.

"그럼 그 작품은 너랑 히무라가 그 사이트에서 같이 쓴 거야?"

"같이 썼다기보다는, 제가 누나한테 이야기를 듣고 그 내용을 소설로 쓴 다음에 누나의 감상을 바탕으로 세부적인 부분을 손보는 식이었는데—— 아, 그래도 뮤지스에 작품을 올린 기간은 누나가 훨씬 더 길어요. 그 사이트가 처음 만들어졌을 때부터 피아노 연주 영상을 올렸거든요. 누나의 연주를 듣고 저도 뭔가를 해보고 싶어져서 처음에는 누나가 올린 곡에 시를 붙이는 것부터 시작했어요. 노래 가사처럼 음에 맞춰서 쓴 건 아니고 곡의 전체적인 이미지를 말로 표현한 거였는데, 누나가 엄청 좋아해 줘서 나중에는 같이 영상 편집도 하고……."

감정이 앞섰는지 쓰마도리는 한참을 떠들어대다 작게 헛기침을 했다. 그러더니 "죄송해요, 제가 말이 너무 많았죠."라며 머쓱하게 웃어 보였다.

"사실은 예전부터 선생님이랑 이런 이야기를 하고 싶었어요. 근데 편집자님이 아직 선생님이 어떤 분인지 잘 모르니까 신중하게 다가가야 한다고 하시더라고요. 선생님이 먼저 이야기를 꺼내실 때까지 기다리는 게 좋겠다면서요. 그래서 계속 참고 있었던 거예요."

그런 거였구나. 현명한 판단이었다. 달콤한 꿀에는 벌레가 꼬이는 법이다. 담당 편집자인 이누카이의 입장에서는 대히트작을 써낸 작가 루리쓰구미가 '당신이 제 작품의 모델이에요.' 같은 경솔한 말을 먼저 꺼내게 할 수는 없었을 것이다. 만약 내가 그 대가로 금전을 요구하기라도 한다면 일이 복잡해졌을 테니 말이다.

"편집자님이 평소에는 좀 덤벙대는 것 같아도 의외로 신중한 면이 있으시더라고요. 선생님이 그럴 분이 아니라는 걸 뻔히 아실 텐데 말이에요."

"나를 잘 아는 것처럼 말하네?"

"그야 저는 누나랑 연락이 끊긴 뒤로도 계속 혼자서 글을 써 왔으니까요. 선생님을 알게 됐을 땐 진짜 기뻤어요. 누나가 없는 세상에서 마음이 통하는 사람을 또 한 명 찾았다고 생각했거든요. 그래서 제가 ──."

"마음이 통한다고? 나는 지금 이해할 수 없는 것투성이야. 도대체 네가 어떻게 내 앞에서 그렇게 아무렇지 않게 웃을 수 있는 건데?"

쓰마도리가 이상하다는 듯 눈을 깜빡였다. 마치 내가 갑자기 다른 언어를 사용하기라도 한 듯한 반응이었다. 그 순간 내 머릿속에 인터넷에서 봤던 일반 독자들의 리뷰가 떠올랐다.

── 뜨거운 눈물을 흘리게 만든 순수한 러브스토리. 나도 이렇게 진심으로 누군가를 사랑해 보고 싶다.

── 마지막까지 히다카의 곁을 지키려 했던 사쿠의 모습에 눈물이 멈추지 않았다.

── 누군가를 사랑한다는 것의 숭고함을 가르쳐 주는 이 시대 최

고의 걸작이다.

—— 몇 번을 읽었는데도 어젯밤에 또다시 이 책을 손에 들었다. 따뜻한 눈물이 마음을 적신다. 살아갈 용기를 주는 이야기다.

이런 말들에 내가 지금까지 얼마나 많은 고통을 받아 왔던가.

"그런 거짓말뿐인 이야기의 주인공이 되어 버린 바람에 나는 지금 내 존엄이 처참하게 짓밟힌 기분이라고."

그제야 나의 적대감이 전해졌는지 쓰마도리의 얼굴이 창백해졌다. 처음 보는 표정이었다. 하지만 생각했던 것만큼 기분이 후련하지는 않았다.

"거짓말뿐인 이야기요……? 물론 사실과 다른 부분도 있었을 거예요. 특히 마지막 챕터는 제가 혼자 썼으니까요. 하지만 누나가 완성하지 못한 이야기에 제가 마침표를 찍어서 세상에 내보내겠다고, 저는 줄곧 그런 마음이었는데……. 혹시 마음에 안 드셨어요?"

"…… 진심으로 하는 말이야?"

쓰마도리의 눈동자에는 혼란스러운 감정만이 담겨 있었다. 헛웃음이 나왔다. 나는 쓰마도리가 모든 사실을 알고 있으면서도 나를 괴롭히려고 일부러 그 소설을 발표했다고 믿고 있었다. 다른 가능성은 전혀 생각하지 못했다.

지독한 피해망상 탓에 시야가 좁아져 있었다. 나는 진작부터 제정신이 아니었던 것이다.

"그렇구나. 너는 아직 그 이야기의 진실을 모르는 거구나."

"이야기의 진실…… 이요?"

그 순간 "우노하라 선생님!" 하고 누군가 멀리서 내 이름을 불렀다. 어두운 로비 반대편에 이누카이 쇼코의 모습이 보였다. 쓰마도리에게 주려고 사 왔는지 페트병 음료와 마시는 젤리를 품에 안고 있었다. 강렬한 눈빛과는 달리 "그만 하세요."라고 말하는 목소리는 힘없이 떨리고 있었다.

"도와한테는 아직 말하지 않았어요. 그 이야기를 해야 한다면 제가 먼저……."

적어도 이누카이는 쓰마도리보다 더 많은 것을 알고 있는 듯했다. 하지만 무엇을 어디까지 알고 있는 것일까? 머리가 잘 돌아가지 않았다. 나는 말라붙은 입술을 간신히 움직였다.

"히무라 지아키는 병으로 죽은 게 아니야. 내가 죽였어."

지금까지 몇 번이고 머릿속에 떠올렸다 지워버리기를 반복했던 말이었다. 결국 입 밖으로 내뱉어 인정하고 나니 묘한 해방감이 느껴졌다. 쓰마도리와 이누카이는 그 자리에 얼어붙은 듯 가만히 서 있었다. 두 사람의 표정이 의미하는 바가 무엇인지 파악할 여유조차 없었다. 그저 한시라도 빨리 이 모든 것을 끝내버리고 싶었다.

"쓰마도리, 네가 조금이라도 나를 좋게 생각했다면, 부탁이니까 다시는 내 앞에 나타나지 마."

나는 그동안 머릿속으로 수도 없이 쓰마도리에게 상처를 입혀 왔다. 그렇게라도 해야 내 마음이 조금은 편해진다고 생각했다. 하지만 내 말에 상처를 받은 쓰마도리의 모습을 직접 보게 되니 오히려 마음이 무겁게 가라앉을 뿐이었다.

이누카이가 내 팔을 붙잡았다. 그녀가 품에 안고 있던 페트병이 커다란 소리를 내며 바닥에 떨어져 어두운 로비 바닥을 굴러갔다.

"잠시만요! 도와는 정말 순수한 마음으로 선생님을 좋아해서 가까이에 있고 싶어 했을 뿐인데, 그런 식으로 말씀하시면——!"

"제발 이제 저 좀 그냥 내버려 두세요."

나는 이누카이의 손을 뿌리치고 야간 출입구의 자동문을 빠져나왔다. 택시 승강장에 세워져 있던 검은색 세단에 올라탔다. 어둑한 뒷좌석 시트에 깊숙이 몸을 기대자 운전기사는 나를 쳐다보지도 않고 어디로 가는지 물었다. 눈으로 전해지는 뻐근한 통증에 손가락으로 미간을 문질렀다.

가야 할 곳은 어디에도 없었다. 어디로 도망쳐야 하는지 더는 알 수 없었다.

목에 걸린 말을 내뱉지 못하는 나를 운전기사가 귀찮다는 듯 돌아보았다.

제 **4** 화

히무라 지아키는 단 한 번도 내게 정확한 병명을 알려준 적이 없었다. 만난 지 얼마 되지 않았을 무렵에 "고등학교에 입학하자마자 이쯤에 안 좋은 게 발견됐어."라며 명치 부근에 손가락으로 원을 그려 보였을 뿐이었다.

하지만 수술이 어려운 부위인데다 특효약이 아직 없고, 몸속에서 조용히 퍼져나가는 탓에 발견했을 때는 이미 늦은 경우가 많다는 것까지 알게 되니 조금만 찾아봐도 어떤 병인지 금세 짐작할 수 있었다.

도서관에서 찾은 책에 나와 있던 설명대로 병이 계속 진행되어도 히무라의 겉모습에 극적인 변화는 나타나지 않았다. 특효약이 없다는 것은 강한 부작용을 동반하는 약물 치료를 받지 않는다는 뜻이기도 했다. 하지만 겉모습과는 다르게 히무라의 내면은 조금씩 변해갔다. 벌레에게 속을 갉아 먹힌 나무처럼 금방이라도 내 쪽으로 쓰러질 듯 위태로워 보였다.

"빨리빨리 좀 와."

히무라와 내가 마지막으로 만난 곳은 쓰마도리의 소설에 나오는 바로 그 외벽 시계 밑이었다. 급하게 달려온 나를 보자마자 히무라는 불평을 늘어놓았다. 주변이 어두워 표정은 잘 보이지 않았지만 목소리에서 짜증이 전해졌다. 히무라는 유카타처럼 생긴 환자복 차림으로 맨발에 고무 슬리퍼를 신고 있었다. 계속되는 히무라의 탈출 시도에 결국 부모님이 신발을 숨겨두기에 이른 듯했다. 그해 봄에 고등학교를 자퇴한 뒤로 히무라는 점점 더 거칠어져만 갔다.

"오늘은 에다가와에서 모의고사가 있었어. 지난번에 내가 말했잖아."

나는 분명 일정을 미리 말해두었고 히무라도 기억하고 있을 터였다. 기억하고 있으면서도 일부러 오늘 나를 불러낸 것이다. 내가 어느 쪽을 선택할지 시험해보기 위해서였다.

"아, 그러세요? 입시가 엄청나게 중요하신가 보네요."

"당연히 중요하지. 나는 다른 애들처럼 재수를 할 수 있는 상황이 아닌 거 너도 알잖아."

히무라는 나를 비웃듯 코웃음을 쳤다. 큰길을 달리는 자동차 불빛이 히무라를 비추자 헐렁한 환자복 밑에 감춰져 있던 몸의 실루엣이 드러났다. 나는 그 앙상한 몸에서 시선을 돌렸다. 도저히 보고 있을 수가 없었다.

거리는 이미 짙은 어둠에 잠겨 있었다. 히무라와 함께 보낸 두 번째 여름이 끝나가고 있었다. 머리 위 시계에 조명이 켜지고, 주변 가게의 네온사인과 노면전차에도 불이 들어왔다. 큰길 건너의 하리마야 다리에서는 관광객으로 보이는 남녀가 나란히 서서 사진을 찍고 있었다.

우리보다 한두 살 정도 많아 보였다. 대학생은 아직 여름방학이 한창일 터였다. 내년 이맘때쯤에는 나도 저들과 같은 자리에 서 있을 수 있을까. 낯선 이들의 웃는 얼굴을 보며 이유 모를 초조함을 느꼈다. 오늘 본 시험의 자체 채점 결과가 좋지 않았던 탓인지도 몰랐다.

내 옆에 서 있던 히무라도 그들을 발견했는지 혀를 차며 "진짜 짜증나게 하네. 빨리 좀 꺼져라."라고 말했다. 그 무렵 히무라는 아무에게나 예민하게 날을 세웠다. 내가 아무 말도 하지 않자 히무라는 핑계를 대듯 장난스러운 말투로 덧붙였다.

"뭐야, 이 정도 욕은 할 수도 있지. 나는 쟤네랑 다르게 내일 당장 어떻게 될지 모르는 목숨이잖아. 근데 말만 이렇게 하고 좀처럼 죽지를 않아서 가족들한테도 너한테도 귀찮은 존재가 되어버렸지만."

농담조로 말하며 내 반응을 살피는 히무라의 모습은 비굴해 보이기까지 했다. 전혀 귀찮지 않다고 말하면 된다. 그게 아니면, 어이없다는 듯 바보 같은 소리 하지 말라고 하면 된다. 그걸 알면서도 내 입술은 움직이지 않았다. 고3 여름이 끝나가고 있었다. 그 무렵 내 성적은 급격히 떨어지고 있었고, 1지망 대학의 합격 예상 등급도 A에서 C로 바뀐 상태였다.

"…… 그렇게 질린 표정 하지 마. 이 상황이 가장 지긋지긋한 건 나니까. 아아, 언제쯤 끝나려나. 예정대로라면 이미 진작에 죽었어야 하는데."

히무라는 시계가 달린 건물 바로 앞에 있는 벤치에 앉아 쭉 뻗은 다리를 앞뒤로 흔들어대며 말했다. 환자복 밑으로 드러난 다리는 살이 깎여나간 것처럼 가늘어서 슬리퍼를 신은 발이 섬뜩할 만큼 커 보였다. 의사는 히무라에게 올해 벚꽃은 보기 힘들 것 같다고 말했다. 하지만 이미 벚꽃은 지고 여름마저 끝나가고 있었다.

여전히 침묵을 지키고 있는 내 모습에 히무라는 인내심이 한계에 다다랐는지 벤치에 앉은 채 "그래, 알겠어!"라며 오른손을 내밀었다.

"우노하라, 내 휴대폰 내놔."

당시 나는 고등학생치고는 드물게 내 명의의 휴대전화를 갖고 있지 않았다. 그런 내게 히무라는 연락용이라며 장난감처럼 생긴 분홍색 휴대폰을 빌려주었다. 초등학생인 여동생 명의로 개통한 것이었는데, 딱히 쓸 일이 없어 집에서 먼지만 뒤집어쓰고 있었다고 했다.

"…… 그건 왜?"

"싫어졌거든. 내가 불러낼 때마다 짜증 난 얼굴로 오는 너도, 그런 얼굴을 보게 될 걸 알면서도 자꾸만 너를 불러내는 나도."

그 순간 머리 위에서 금속 톱니바퀴가 맞물리는 듯한 소리가 났다. 외벽 시계에서 음악이 흘러나오자 지나가던 사람들이 발걸음을 멈추었다. 한 시간에 한 번씩 시계에서 인형들이 나와 춤을 추는 작은 공연이 시작되었다. 그 밑에서 우리는 서로만을 바라보고 있었다.

어둠 속에서도 알 수 있었다. 히무라는 살짝만 건드려도 무너져내릴 만큼 위태롭게 금이 간 상태였다. 그런 히무라의 모습을 나는 더이상 보고 싶지 않았다.

힘을 빼고 가만히 늘어뜨려 놓았던 팔을 천천히 들어 올렸다. 히무라의 야윈 어깨가 경련하듯 작게 떨려왔다. 나의 미세한 움직임 하나까지도 놓치지 않으려는 듯 히무라는 가만히 숨을 죽이고 있었다.

나는 교복 바지 주머니에서 분홍색 휴대폰을 꺼냈다.

"자."

종잇장처럼 얇은 목소리가 새어 나왔다. 자신이 내놓으라고 했으면서 히무라는 내 행동에 오히려 충격을 받는 듯했다.

이런 일이 처음은 아니었다. 나를 시험해보기 위한 평소와 다를 바 없는 행동이었다. 그러니 아직 늦지 않았다. 지금이라도 휴대폰을 다시 주머니에 넣으며 못마땅한 말투로 쓸데없는 소리 하지 말라고 히무라를 나무라면 그만이었다.

하지만 내 손은 히무라를 향해 내밀어진 채 꼼짝도 하지 않았다.

어느샌가 시계에서 나오던 음악은 끝나 있었다. 손바닥에 날카로운 통증이 전해졌다. 히무라가 휴대폰을 낚아채 가는 순간, 히무라의 손톱에 긁힌 것이었다.

히무라는 휴대폰을 손에 꼭 쥔 채 팔을 번쩍 들어 올렸다. 그대로 내동댕이쳐진 휴대폰은 돌바닥에 부딪히며 튕겨 오르더니 차도로 날아갔다. 지나가던 사람들이 깜짝 놀라 소리를 질렀다.

"입시가 그렇게 중요해?"

히무라는 벤치에서 일어나 나를 정면으로 노려보았다.

"가! 당장 꺼져! 이젠 네 얼굴 보기도 싫으니까!"

나는 아무 말 없이 돌아섰다. 이제는 나도 한계였다. 히무라에게서도, 이런 나 자신에게서도 도망치고 싶었다.

경찰 제복을 입은 남자가 역으로 향하던 내 옆을 다급하게 스쳐 지나갔다. 저쪽에 난동을 부리는 여자가 있다고 누군가 외치는 소리가 들렸다.

"우노하라! 네가 시험을 보는 날까지 만약 내가 살아 있다면, 너 보란 듯이 찻길에 뛰어들어 죽어버릴 거야!"

어떻게 되는지 두고 보라는 비명에 가까운 외침이 마지막이었다. 나는 속도를 늦추지 않고 계속 걸었다. 뒤를 돌아보지도 않았다. 연락 수단이 사라진 우리는 그 후로 두 번 다시 만나지 못했다. 이과반이었던 내 귀에 문과반이었던, 심지어 이미 학교를 자퇴한 히무라의 소식이 들려오는 일은 없었다.

히무라가 죽었다는 사실을 알게 된 것은 대학에 입학하고 몇 달쯤 지났을 무렵이었다. 다들 고향으로 돌아오는 여름방학 시기에 맞춰 동창회를 하자며 같은 반이었던 친구에게 연락이 왔다. 나와 같은 대학에 지원했다 떨어지고 예비로 넣었던 고향 사립대에 다니고 있다던 그는 마치 잡담을 하듯 "근데 너 혹시 문과에 히무라라고 알아?"라며 이야기를 꺼냈다. 우리가 시험을 보던 날, 히무라가 고치역 플랫폼에서 떨어져 죽었다고 했다. 이제는 얼굴도 기억나지 않는 그 친구에게 나는 뭐라고 대답했더라.

동창회에는 가지 않았다. 그 후로 나는 단 한 번도 고향인 고치 땅을 밟지 않았다.

*

스마트폰 스피커를 통해 흘러나오는 이모부의 목소리는 여전히 힘이 없고 단조로웠다. 오랜만에 듣는 고향 사투리가 외국어처럼 낯설게 느껴져 나는 음성 메시지를 몇 번이고 반복해서 다시 들어야 했다. 용건은 8월에 있을 할아버지의 13주기 제사에 맞춰 오랜만에 고향에 내려오지 않겠냐는 것이었다.

"집을 철거하기로 했으니까 마지막으로 한번 보고 가는 게 어때?"라는 이모부의 말에 고향 집에 대한 기억이 생생하게 되살아났다. 습기를 머금어 헐거워진 미닫이문과 썩어가는 과일처럼 색이 바래고 군데군데 움푹 꺼진 마룻바닥. 기름때와 먼지로 가득했던 부엌과 이모에게서 나던 화장품 냄새. 떠올리는 것만으로도 숨이 막혀오는 듯했다.

음성 메시지를 삭제하고 아침 햇살이 들어오는 원룸을 둘러보았다. 매일 보던 익숙한 공간인데도 평소보다 훨씬 더 밝고 깨끗하게 느껴졌다. 할아버지의 7주기 때도 적당히 핑계를 대며 참석하지 않았다. 이제 와서 고향에 내려갈 생각은 더더욱 없었다.

커피를 내리며 옆방과 맞닿아 있는 벽을 바라보았다. 그날 밤 이후로 나는 한 번도 쓰마도리의 얼굴을 보지 못했다. 벽 너머에서 아무 소리도 들리지 않는 것으로 보아 가나가와에 있는 본가로 돌아간 것 같았다.

스나모리 사건이 일어났던 날 이후로 나는 출근도 하지 않고 집안에만 틀어박혀 있었다. 하지만 막상 학교에 나가지 않은 것은 주말을 제외하면 나흘 정도였다. 이미 1학기가 끝나고 여름방학이 시작된 후였다. 작년에는 보충 수업이 있든 없든 매일 학교에 나갔지만, 지금은 그럴 기력이 없었다. 학교에는 정신건강의학과에서 받은 진단서를 제출해 두었기 때문에 교감도 학년주임도 딱히 내게 뭐라고 하지 않았다. 가끔 전화가 걸려오는 정도였다.

처방받은 약이 효과가 있는지 조금씩 식욕도 돌아오고 예전보다 잠도 잘 잤다. 평온한 일상을 되찾았다고 볼 수 있었다. 딱 한 가지만 모른 척한다면 말이다.

"자꾸 이러시면 진짜 경찰을 부를 거예요."

집요하게 울려대는 초인종 소리에 질려버린 나는 체인을 걸어둔 채 현관문을 열었다. 그러자 기다렸다는 듯 이누카이 쇼코가 좁은 문틈 사이로 얼굴을 들이밀었다.

"우노하라 선생님, 제발 부탁이니까 이야기만이라도 좀 들어주세요."

이누카이는 앵무새처럼 같은 말만 되풀이했다. 그날 이후로 이누카이는 밤만 되면 집으로 찾아와 초인종을 누르거나 문을 두드리기를 반복했다. 내가 반응하지 않으면 한 시간쯤 지나 돌아가기는 했지만 며칠째 계속되니 더는 참을 수가 없었다.

"그래요, 들어봅시다."

나는 체인을 풀어 문을 활짝 열고 이누카이를 향해 말해보라며 손짓했다. 이누카이는 당황한 듯 눈을 동그랗게 떴다.

"어, 그게, 여기서요?"

"집 안에서 하는 게 나을까요? 당연한 이야기지만 집에는 저밖에 없어요. 밀실에 둘만 있는 셈이죠. 이누카이 씨는 그 정도로 저를 신뢰하고 있지는 않은 걸로 알고 있는데요."

이누카이는 순간 겁먹은 표정을 보였다. 하지만 이내 마음을 다잡듯 어깨에 걸친 토트백의 가방끈을 손으로 꽉 쥐었다.

"선생님은 지금 도와에 대해 오해하고 계세요. 그 아이는 정말로 순수한 마음으로 선생님을 잘 따랐을 뿐이에요. 이 집도 애초에 도와가 진심으로 원해서 작업실로 쓰기 위해 빌렸던 거예요. 전학을 가는 것도 부모님은 반대하셨지만 여름방학에는 본가로 돌아가 생활하는 것을 조건으로 겨우 허락을 받았던 거고요. 근데 이대로라면 도와는 방학이 끝나도 도쿄로 돌아오지 않을 거예요. 학교 자체를 그만둘지도 모르고요."

"그렇군요. 다시는 나타나지 말라고까지 한 건 조금 심했는지도 모르겠네요. 제가 어른답지 못했어요."

"그러시면……!"

눈에 띄게 밝아진 이누카이의 표정을 보며 나는 "제가 나가는 걸로 하죠."라고 말했다.

"학교도 그만두고 이사를 가겠습니다. 애초부터 한곳에 오래 머무를 생각은 없었거든요."

교토에서 대학을 나와 도쿄에 있는 고등학교에 지원한 것도 같은 이유에서였다. 인간관계를 최소한으로 줄이려 해도 같은 환경에 오래 머무르다 보면 사람들과의 관계가 자연스럽게 형성되기 마련이다. 그런 것들이 내게는 전부 성가시기만 했다.

"그건 안 돼요! 그렇게 되면 도와는 더 큰 상처를 받게 될 거예요. 도와는 선생님이 생각하시는 것보다 훨씬 더 섬세한 아이예요. 그래서 그런 작품을 쓸 수 있는 거라고요. 그리고 그만큼 타인의 좋은 마음도 나쁜 마음도 더 크게 받아들이는 아이라서…… 그러니까 이런 상태가 계속되면 도와는 두 번 다시 소설을 쓰지 못할 수도 있다고요!"

그건 내가 알 바가 아니었다. 이딴 말이나 하려고 그동안 집요하게 나를 찾아왔던 것이었다고 생각하니 더욱 짜증이 치밀어올랐다.

"아까부터 계속, 당신을 좋아해서 따르는 거니까 호의를 보이라느니 쓰마도리가 소설을 못 쓰게 되면 안 되니까 화해하라느니 그런 말만 하시는데, 너무 이기적인 거 아닙니까? 베스트셀러 작가가 그렇게 중요한가요? 소설이라는 예술을 위해서라면 일반인의 감정 따위는 무시해도 된다는 말처럼 들리는데요."

이누카이가 얼굴을 붉혔다. 감정이 얼굴에 잘 드러나는 편인 건지, 아니면 일부러 그러는 건지 알 수 없었다. 어느 쪽이든 나는 이누카이 같은 사람이 불편했다.

"그건…… 저한테 그런 면이 전혀 없다고는 못 하겠네요. 하지만 이번 일은 정말 오해예요. 그 작품을 발표한 건 악의를 가지고 선생님의 사적인 이야기를 폭로하려고 한 게 아니라, 갑자기 연락이 끊긴 히무라 씨에 관한 단서를 어떻게든 찾아내려고——!"

그 무렵 이누카이는 쓰마도리의 부탁으로 홋카이도에 있는 고등학교를 샅샅이 조사한 듯했다. 우리와 비슷한 나이대로 보이는 사람을 발견하면 졸업 전에 사망한 여학생이 없었는지 일일이 묻고 다닌 모양이었다.

"그게 제가 도와의 작품을 담당하는 조건이기도 했어요. 하지만 단서가 전혀 나오지 않아서 포기하려던 차에 그 일이 터졌던 거예요."

아쿠쓰가 뮤지스에 올린 표절 의혹 글. 작품의 실제 배경은 고치이기 때문에 삿포로라고 오해하고 있는 루리쓰구미는 진짜 저자가 아니라는 주장이었다.

"난리가 난 걸 알게 됐을 때 도와의 반응이 어땠는지 선생님께 보여드리고 싶을 정도예요. 충격을 받기는커녕 눈을 반짝이면서 그 글을 올린 사람을 만나보고 싶다고 했어요. 제가 도와의 웹소설을 읽고 직접 연락을 취해서 처음 만난 게 도와가 열세 살 때였는데—— 그렇게 기뻐하는 모습은 처음 봤어요."

"그래서 이누카이 씨가 아쿠쓰를 만나 이야기를 들었고, 제가 그 정보의 출처였다는 걸 알게 되었던 거군요. 제가 나온 고등학교를 알아내서 졸업 전에 사망한 학생을 찾는 것도 그리 어렵지 않으셨겠죠.

전문 조사업체에 의뢰하면 그 정도는 식은 죽 먹기였을 테니까요. 그래서요? 이누카이 씨는 히무라 지아키에 대해서 어디까지 알고 계신 건데요?"

"…… 선생님의 고등학교 동창이었고, 고등학교 3학년이었던 겨울 아침에 고치역에서 사망했다는 것까지요."

"쓰마도리는 그 소설의 결말처럼 병으로 죽은 걸로 알고 있던데요."

"…… 도와한테는 말하지 않았어요."

"그렇군요. 제가 생각하는 것보다 훨씬 더 섬세한 쓰마도리의 마음을 헤아려 주시느라 그런 건가요?"

비꼬는 듯한 내 말투에 이누카이는 불쾌한 기색을 내비쳤다. 하지만 검은 눈동자는 흔들림 없이 나를 똑바로 바라보고 있었다.

"하지만 히무라 씨는 승강장에서 추락해서 사망했다고 들었어요. 선생님은 히무라 씨를 본인이 죽였다고 하셨는데, 그날 선생님은 대입 시험이 있으셨잖아요. 시험을 앞두고 전날에 미리 교토로 가서 그 주변 호텔에서 주무시지 않았나요? 시험 당일 아침에 고치역 플랫폼에서 히무라 씨를 만난 후에 교토로 향하셨다 해도 시험이 시작되는 시간에 맞춰 도착하는 건 불가능했을 테고요."

"제법이시네요. 하기야 추리소설 작가를 담당하게 되면 트릭 검증을 해보시기는 하겠군요."

"그런 식으로 말씀하지 마세요. 도대체 도와한테 왜 그런 거짓말을 하신 거죠?"

"그게 사실이니까요. 마지막으로 저를 만났던 날, 히무라가 그랬거든요. 자신이 아니라 시험을 택한다면 제가 시험을 보는 날 찻길에 뛰어들어 죽어버릴 거라고요. 히무라는 그 다짐대로 플랫폼에서 뛰어내렸어요. 그래서 그렇게 말한 거예요."

이누카이는 말문이 막힌 듯했다. 현관문 앞 복도 천장에 달린 형광등이 이누카이의 창백해진 얼굴을 비추고 있었다.

"하지만 그건 선생님께도 그럴 만한 이유가 있으셔서……."

"저는 절대로 재수를 하고 싶지 않았어요. 그뿐이에요. 아름다운 이야기 속 주인공이라면 그런 선택은 절대 하지 않았겠지만, 안타깝게도 저는 그런 사람이 아니니까요."

당황스러워하는 이누카이의 모습을 보며 나는 내가 어리석었음을 다시금 깨달았다.

나는 쓰마도리와 이누카이가 모든 사실을 알고 있다고 믿어 의심치 않았다. 히무라가 죽기 전에는 그녀와 공모해서, 지금은 죽은 히무라의 뜻을 이어 나를 비난하고 책망하는 것이라고 생각했다. 추잡한 진실을 아름다운 이야기로 꾸며 세상으로부터 찬사를 받게 함으로써 작품 속 사쿠처럼 행동하지 못한 나를 고통받게 하려는 것이라고 믿었다.

"그렇지만…… 사실은 선생님도 히무라 씨와의 기억을 소중하게 간직하고 계셨던 거 아닌가요? 고등학교 선생님이 되신 것도 히무라 씨와 함께한 학창 시절의 추억 속에 머무르고 싶으셨던 거라든지……."

좀처럼 현실을 받아들이지 못하는 이누카이의 모습에 나는 혀를 내둘렀다. 어떻게 해서든 나를 아름다운 이야기 속에 끼워 넣고 싶은 모양이었다.

"이누카이 씨는 소설 쪽 편집을 담당하고 있다고 하셨죠? 혹시 어릴 때부터 소설을 좋아하셨어요? 직접 소설을 써 보신 적은요?"

"네? 아, 그게 그러니까, 맞아요. 학생 때는 공모전에 몇 번 응모도 해봤는데, 잘해야 1차 심사를 통과하는 정도였어요. 그래서 작가들의 재능에 더 각별한 존경심을 느끼기도 하고——."

"역시 그랬군요. 이누카이 씨가 하는 말이 그래서 그렇게 진부했던 거네요. 제가 교사가 된 이유는 어릴 때부터 할아버지한테 선생님이라고 불리는 직업을 가지라는 말을 듣고 자라서예요. 할아버지는 원하던 만큼의 교육을 받지 못하셨기 때문에 손자인 저는 당신과 다르게 살기를 바라셨던 거겠죠. 의사도 변호사도 선생님이라고 불리기야 하겠지만, 인간의 생사에 직접적으로 관여하지 않으면서도 안정적인 직업이 뭘까 생각했을 때 소거법으로 교사가 남았을 뿐이에요."

이누카이는 입술을 깨물었다. 상처받은 얼굴로 고개를 숙이면서도 자신의 주장을 꺾을 생각은 없어 보였다. 역시 보통은 아니었다.

"이제 그만 돌아가시죠. 그 작품을 쓴 쓰마도리에게도 편집자인 이누카이 씨에게도 악의가 없었다는 건 이해했습니다. 하지만 그렇다고 해서 계속 이렇게 살 수는 없어요. 저는 그 작품이 이 세상에 존재한다는 것 자체가 용납이 안 된다고요."

"…… 그래서였나요? 그래서 아쿠쓰 하루키 씨를 부추겨서 표절 의혹을 제기하게 만드신 거예요?"

"그렇다면 어쩔 겁니까? 애초에 그쪽은 지금 무슨 자격으로 저한테 그런 말을 하는 거죠? 저는 마음만 먹으면 출판사를 상대로 소송을 걸 수도 있었어요. 부당하게 소설의 모델로 쓰여서 사생활 침해를 당했다고요."

"그래서 저도 조심했어요. 도와한테도 섣불리 말을 꺼내지 말라고 주의를 줬고요. 하지만 선생님은 그렇게 하지 않으셨죠."

당연한 일이었다. 그런 짓을 했다가는 나와 히무라의 과거가 파헤쳐지며 여기저기에 사진이 돌아다니게 될 테고, 생각했던 이미지와 다르다느니 뭐라느니 하며 사람들에게 조롱을 당할 것이 뻔했다.

"사실은 저도 도와가 선생님과 만나는 걸 원치 않았어요. 하지만 선생님을 향한 도와의 마음을 막을 수 없었어요. 도와에게 사쿠는—— 선생님은 또 한 명의 자신이니까요."

이누카이는 불쾌해하는 내 반응에 아랑곳하지 않고 들뜬 목소리로 이야기를 이어갔다.

"선생님이 도와에게 거부감을 느끼는 건 도와의 작품이 선생님의 내면 깊은 곳에 있는 무언가를 들춰낸 기분이 들어서가 아닌가요? 재능이 있는 작가일수록 글을 쓰는 과정에서 소설 속 인물에 자신을 동화시켜요. 그러니까 도와에게 선생님은 일심동체나 다름없는 존재예요. 그리고 선생님께도 도와가 분명——."

"진짜 그만 좀 하세요. 소설에 자아의탁이나 하는 그쪽한테 더 이상 휘둘리고 싶지 않다고요. 아, 그래요, 그쪽도 쓰마도리한테 한번 써달라고 해 봐요. 그러면 조금은 제 기분을 이해하게 될지도 모르죠. 미소년 작가의 재능을 눈여겨보던 여성 편집자가 그루밍 범죄나 다름없는 방법으로 작가를 길들이는 내용으로요."

"그루밍……? 무슨 말씀을 하시는 거예요! 그 말 당장 취소하세요!"

나는 대답 없이 문고리를 잡아당겼다. 그러자 이누카이는 문틈 사이로 재빠르게 발을 밀어 넣었다. 악덕 사채업자 못지않은 집요함이었다. 이누카이의 구두가 왜 그 모양이었는지 이해가 갔다.

"제 말을 듣기 싫으시면 대신 도와의 목소리를 들어 주세요!"

이누카이는 가방에서 종이 뭉치를 꺼내 내게 들이밀었다.

"도와가 처음 쓴 웹소설이에요. 책으로 출간되지는 않았지만 저는 이 작품을 읽고 도와를 만나보고 싶다고 생각했어요. 『너와, 푸른 하늘을 유영하다』가 선생님의 이야기라면, 이건 도와의 이야기예요!"

"진짜 경찰을 부를 겁니다."

여자를 상대로 이래도 되나 싶었지만 나는 무릎으로 이누카이의 다리를 거칠게 밀어낸 뒤 현관문을 닫았다. 한동안 문밖에서 인기척이 느껴졌으나 이내 계단을 내려가는 발소리가 들렸다.

현관 바닥에는 이누카이가 억지로 밀어 넣은 원고가 흩어져 있었다. 어쩔 수 없이 원고를 주워 모으던 중 유일하게 페이지 번호가 적혀 있지 않은 종이 한 장을 발견했다. 흰색 A4용지 한가운데에 『괴물의 오르골』이라는 제목이 한 줄로 인쇄되어 있었다.

시부야역의 도큐 도요코선 승강장으로 가나가와행 쾌속 열차가 들어왔다. 굉음을 내며 다가오는 열차가 나에게는 거대한 흉기처럼 느껴졌다. 열차에 올라타는 순간에 다리가 살짝 풀릴 뻔했지만 걱정했던 것보다는 마음이 차분했다. 병원에서 처방받은 약 덕분인지도 몰랐다.

나는 자리에 앉아서 자전거를 타고 달릴 때보다 훨씬 빠르게 지나쳐 가는 창밖 풍경을 가만히 바라보았다.

—— 네가 시험을 보는 날까지 만약 내가 살아 있다면, 너 보란 듯이 찻길에 뛰어들어 죽어버릴 거야.

히무라의 사고 소식을 들은 이후로 나는 전철을 타지 않게 되었다. 과거에 나를 알았던 사람들의 연락처를 전부 차단하고 동창회는 물론, 고향에도 내려가지 않았다. 사적으로 누군가와 깊은 관계를 맺는 일 없이 조용히 숨을 죽인 채 하루하루를 보내왔다. 쓰마도리가 쓴 그 책을 읽기 전까지는 말이다.

나일론 소재의 토트백에서 얼마 전 이누카이가 떠넘기고 간 원고를 꺼냈다. 쓰마도리의 첫 작품인 『괴물의 오르골』은 동화 같은 단편이었다.

주인공은 '아름다운 인간'에게 사육을 당하는 괴물 소년이었다. 괴물은 가슴에 나쁜 씨앗을 품고 태어났다. 괴물을 사랑한 인간은 그

씨앗을 어떻게든 제거하려 했다. 어른이 되기 전에 제거하지 않으면 씨앗에 싹이 트고 괴물은 죽게 될지도 몰랐다.

씨앗을 도려내기 위한 이런저런 처치를 하는 사이, 괴물의 가슴은 찢어지고 갈라지기를 반복했다. 고통에 몸부림치던 괴물은 한 가지 사실을 깨닫게 된다. 괴물의 고통이 점점 커질수록, 괴물의 몸에 상처가 늘어날수록, '아름다운 인간'의 얼굴에는 행복한 미소가 번지며 점점 더 아름다워진다는 사실을——.

거기까지 다시 읽었을 때 열차가 목적지에 도착했다. 개찰구를 빠져나오자마자 바다 냄새가 났다. 고향의 바닷가 마을과는 또 다른 맑고 상쾌한 바닷바람이 얼굴을 스쳤다.

스마트폰 지도 어플의 경로 안내에 의지해 오래된 주택가에 다다랐다. 목적지에는 눈에 띄게 큰 규모의 서양식 주택이 기다리고 있었다. 철제 대문 너머에서는 형형색색으로 만발한 여름꽃 주위로 물줄기가 포물선을 그리고 있었다. 호스를 쥐고 있는 것은 쓰마도리였다. 챙이 넓은 밀짚모자를 쓰고 티셔츠에 반바지를 입은 편한 차림이었다.

"쓰마도리."

내가 이름을 부르자 쓰마도리는 빠르게 몸을 돌려 이쪽을 바라보았다. 호스에서 뿜어져 나온 물이 대문 너머로 날아왔다. 재빨리 옆으로 피했지만 오른쪽 어깨와 메고 있던 가방이 살짝 젖었다.

"너 설마 일부러 그런 건 아니지?"

"아니에요! 갑자기 선생님 목소리가 들려서 너무 놀라가지고……."

허둥대며 뛰어오는 쓰마도리의 얼굴은 평소보다 한결 어려 보였다. 이목구비가 더 순해 보이고 눈동자 색도 평소와 달랐다. 내 시선을 의식했는지 쓰마도리는 다급히 모자를 내려 얼굴을 가렸다.

"저 지금 민낯이니까 너무 쳐다보지 마세요."

"평소에는 민낯이 아니었어?"

"요즘은 남자애들도 다들 화장하고 다녀요."

쓰마도리는 못마땅하다는 듯 고개를 돌리며 "왜 오셨어요?"라며 작게 중얼거렸다.

"여기까지 찾아온 사람한테 너무한 거 아니야?"

"다시는 나타나지 말라고 한 건 선생님이었잖아요."

토라진 아이 같은 말투였다. 나는 가방에서 원고를 꺼냈다. 대문 너머로 표지를 보여주자 쓰마도리가 깜짝 놀란 듯 숨을 들이마셨다.

"너랑 정답을 맞춰 보고 싶어졌어."

두 번 다시 보고 싶지 않았던 쓰마도리를 만나기 위해 나는 평소에 타지 않던 전철까지 타고 이곳에 왔다. 조금 분하기는 해도 쓰마도리가 만들어낸 이야기의 힘 때문이었다는 것을 인정하지 않을 수 없었다.

쓰마도리가 입을 열려던 순간, 정원 안쪽의 나무 데크 쪽에서 누군가가 쓰마도리의 이름을 불렀다. 목소리가 들려온 곳에는 흰색 원피스를 입은 작은 체구의 여자가 서 있었다. 웨이브를 넣은 긴 머리와 가냘픈 체형 때문인지 소녀 같은 앳된 느낌이 들었다. 여자는 대문 밖에 서 있는 나를 발견하고는 놀란 듯 몸을 움츠렸다. 쓰마도리의 누나인지 얼굴이 매우 닮아 보였다.

"손님이 오셨니?"

"아니요, 길을 물어보셔서요! 괜찮아요! …… 으음, 그 카페라면 이 길을 따라서 쭉 가시다가 막다른 곳에서 오른쪽으로 꺾으시면 돼요."

쓰마도리는 유난히 상냥한 말투로 길을 설명하더니 여자가 나를 보지 못하게 몸을 살짝 옆으로 이동했다. 그리고는 목소리를 낮춰 "저도 금방 갈 테니까 거기서 기다려 주세요."라며 속삭였다. 기분 탓인지 표정이 굳은 것처럼 보였다.

당혹스러웠지만 쓰마도리가 말한 카페로 발걸음을 옮기려던 나는, "엄마."라는 쓰마도리의 목소리에 다시 멈춰 설 수밖에 없었다. 결국 참지 못하고 뒤를 돌아보았다.

"안 돼요, 오늘은 햇살이 강해서 정원에 나올 거면 양산을 써야죠."

아들의 잔소리에 그녀는 어쩐지 기쁜 듯 살짝 웃어 보였다.

절로 미소가 지어질 만한 광경이었지만 왠지 모르게 위태로워 보인 것은 내가 이미 그 소설을 읽어버렸기 때문인지도 몰랐다.

앤티크 찻잔에 담긴 홍차를 절반쯤 마셨을 무렵이 되어서야 쓰마도리가 카페로 들어왔다. 흰 셔츠에 베이지색 바지를 매치한 수수한 차림이었지만 오버사이즈 디자인 덕에 골격의 아름다움이 한층 도드라져 보였다. 머리는 밀짚모자를 썼던 흔적을 찾아볼 수 없을 정도로 아주 자연스럽지만 빈틈없이 세팅되어 있었다. 유리구슬 같은 밝은 갈색 눈동자는 이제 보니 컬러 렌즈였다. 타고난 눈동자 색이 옅은 줄 알았는데 아니었던 것이다.

"그렇게 빤히 쳐다보지 마세요."

쓰마도리는 얼굴을 찌푸리며 내 맞은편 자리에 앉더니 "아, 진짜 최악이에요."라며 두 손으로 머리를 감쌌다.

"오시면 오신다고 미리 말씀 좀 해주세요. 민낯은 편집자님한테도 잘 안 보여드리는 건데."

"한참 기다리게 하지 말고 그냥 민낯으로 와줬으면 더 고마웠을 텐데 말이야."

"선생님 때문에 메이크업한 거 아니거든요. 교무실에서는 꽤 젊은 축에 속하시는 것 같던데, 생각하시는 건 그냥 옛날 사람이시네요."

평소에 비해 가시 돋친 말투였다. 쓰마도리는 메뉴를 보지도 않고 "늘 마시던 걸로요."라며 주문을 받으러 온 점원에게 말했다. 점원이 돌아가는 것을 확인한 뒤, 나는 쓰마도리의 원고를 꺼내 테이블 위에 올려놓았다.

"네가 이누카이 씨한테 이것 좀 돌려줄래?"

"읽으셨나 보네요"

"여기 나오는 주인공이 너야?"

쓰마도리는 대답 대신 가느다란 손가락으로 셔츠의 가슴 쪽 단추

세 개를 풀었다. 살짝 색이 바랜 흰 셔츠가 투명할 만큼 하얀 피부를 더욱 돋보이게 했다. 오른쪽 쇄골 끝에 세로로 나란히 박힌 점이 두 개. 그리고 가슴 한가운데에 커다란 흉터가 있었다.

"선천적으로 심장이 안 좋아서 어렸을 때부터 여러 번 수술을 받았어요. 이식 수술을 받은 지는 7년쯤 됐고요."

"이제는 괜찮은 거야?"

"네, 일단은요. 이식 받은 장기를 몸이 잘 받아들일 수 있게 면역억제제도 계속 복용해야 하고, 미리 끓여 놓은 보리차나 냉장고에 넣어 둔 아이스커피, 전날에 만든 카레 같은 건 못 먹기는 하지만요. 약이랑 궁합이 안 맞아서 감귤류도 안 되고요. 외식은 위생 관리를 철저히 하는 곳이 아니면 갈 수가 없어서 거의 집에서 해 먹거나 냉동식품으로 해결해요."

"체육 수업을 빠지는 것도 그래서였구나."

"원래 몸 쓰는 걸 별로 안 좋아해서 그건 좀 이득인 것 같아요."

쓰마도리의 첫 작품인 『괴물의 오르골』은 괴물 소년과 괴물 소녀가 인간 세계에서 만나게 되는 이야기였다. 주인공인 괴물 소년은 자신의 주인인 인간에게서 받은 산더미처럼 쌓인 장난감들 사이에서 작은 오르골을 발견한다. 뚜껑을 열자 아홉 명의 여신이 음악에 맞춰 춤을 추기 시작한다. 그것은 괴물 소년이 처음 들어보는 장르의 음악이었다. 고통밖에 느껴본 적 없던 가슴이 두근거렸다. 괴물 소년은 어느새 음악에 맞춰 시를 읊기 시작했다. 이상하리만큼 새로운 단어들이 계속해서 머릿속에 떠올랐다. 그러던 어느 날, 오르골에서 음악 소리와 함께 괴물 소년에게 말을 거는 듯한 목소리가 들려왔다. 그것이 괴물 소녀와의 첫 만남이었다——.

쓰마도리에게 히무라와의 관계에 대해 들었을 때, 나는 도무지 이해가 가지 않는 점이 있었다. 히무라 지아키는 온라인에서 만난 누군지도 모르는 어린아이에게 쉽게 마음을 열 만큼 경계심이 없지 않았다. 두 사람에게는 다른 누구와도 공유할 수 없는 둘만의 연결고리가 있었을 것이다.

"사실 전학을 가자마자 선생님께 이 원고를 드리려고 했었어요. 저와 누나의 관계를 알아주셨으면 했거든요. 근데 편집자님이 절대 안 된다면서 제가 너무 무방비하다고 뭐라고 하셨어요. 편집자님 말씀이 맞았죠. 선생님이 저를 싫어하실 거라고는 생각도 못 했거든요."

쓰마도리는 원고의 표지를 손바닥으로 살며시 쓰다듬었다. 단정한 입가에 자조적인 미소가 희미하게 번졌다.

"제가 선생님을 궁지에 몰아넣기 위해서 『너와, 푸른 하늘을 유영하다』를 썼을 거라니, 대단한 상상력이었어요. 근데 복수 계획치고는 너무 허술한 거 아니에요? 베스트셀러가 되지 않는 한, 선생님이 보게 된다는 보장이 없잖아요. 그리고 애초에 선생님 한 명을 공격하기 위해서 일본 전역에 책을 만들어 뿌린다는 것 자체가 너무 비효율적이에요. 진짜 유치한 피해망상이었다고요."

"안타깝게도 나는 소설가가 아니라 그저 평범한 고등학교 선생이라서 말이야. 직업 특성상 까다로운 학생을 상대해야 하는 일이 워낙 많았다 보니 마음에 병이 들었는지도 모르지."

내가 비아냥대는 말투로 되받아치자 카페 안의 공기가 얼어붙었다. 다른 테이블의 손님들이 이쪽을 힐끔힐끔 쳐다보는 것이 느껴졌다.

"선생님은 제 소설이 어디가 그렇게 마음에 안 드세요? 제가 멋대로 선생님의 이야기를 써서요? 아니면 제 소설 속 사쿠가 선생님의 실제 모습과 달라서요?"

"둘 다야. 내 입장에서는 둘 다 불쾌하다고."

"그럼 그건 선생님의 이야기가 아니에요. 제 소설 속 사쿠는 선생님이랑 무관해요. 제가 누나의 이야기를 듣고 동경하게 되었던 사쿠는 선생님처럼 시시하고 비뚤어진 어른이 아니니까요!"

점원이 홍차가 담긴 찻잔을 들고 다가오고 있었다.

쓰마도리는 이성을 되찾은 듯 입을 꾹 다물었다. 그러더니 두 손으로 머리를 감싸 쥐며 "죄송해요, 이런 말을 하려던 게 아니었는데."라며 작은 목소리로 중얼거렸다. 지금까지 봐 왔던 모습 중 가장 제 나이다운 모습이었다. 아니, 열여덟보다 더 어려 보였다. 평범한 어린아이 같았다. 어쩌면 나는 그동안 쓰마도리의 수려한 외모와 인기 작가라는 수식어를 의식해 스스로 방어막을 치고 있었던 것인지도 몰랐다.

"한 가지만 더 묻자. 아무리 온라인상이라고 해도 시한부 선고를 받은 소녀랑 중증 심장 질환을 앓고 있는 소년이 우연히 만난다는 게 너무 잘 짜여진 스토리 같잖아. 너랑 히무라는 어떻게 만났고, 어떤 계기로 서로의 사정을 털어놓게 된 거야?"

쓰마도리는 아무 말 없이 찻잔을 입으로 가져갔다. 대답할 마음이 없는 듯했다.

"그럼 질문을 바꿔볼게. 네가 히무라를 처음 만난 건 언제야?"

"선생님이 누나를 만난 것보다 훨씬 전이에요. 선생님은 저보다 선생님이 누나에 대해 더 잘 아는 것처럼 말씀하시는데, 누나를 알게 된 건 제가 더 먼저였다고요. 연락이 끊겼던 시기도 있었지만 그건 제가 심장 이식 수술을 받으러 외국에 가 있었기 때문이고요."

"그래, 근데 그 이유뿐만은 아니지 않아? 가슴에서 나쁜 씨앗을 빼내는 데 성공한 괴물 소년에게 괴물 소녀는 더 이상 자신의 이야기를 하지 않게 되었던 거 아니야? 네가 달라졌다고 생각했으니까."

"…… 짜증 나지만, 맞아요. 그 무렵부터 누나는 제 메시지에 답을 하지 않았어요. 7년 전이에요. 언제쯤이었는지 선생님도 잘 아시겠죠."

"히무라가 나를 따라다니기 시작했던 무렵이네."

"선생님이 저 대신이었던 거예요. 저만 아니면 누구든 상관없었던 거죠."

쓰마도리는 스스로를 타이르듯 작게 중얼거렸다.

"누나가 사라진 후에도 저는 혼자서 계속 글을 올렸어요. 작곡은 못 하니까 처음에는 시만 올리다가 나중에는 이 소설을 써서 올렸어요. 그리고 이 소설을 완성하고 얼마 지나지 않아서 일 년 넘게 연락이 없었던 누나한테서 메시지가 온 거예요. 우리의 이야기를 쓴 거냐면서 기뻐해 줬어요. 다음에는 자신의 이야기를 써줬으면 좋겠다면서요."

"내가 입시 준비 때문에 히무라와 만나지 않게 되었을 무렵이었겠네."

대체품이었던 건 서로 마찬가지였다. 결국 히무라는 그때그때 적당한 상대를 찾아 자신이 내키는 대로 의지했을 뿐이었다.

"저는—— 누나가 선생님한테 복수하려고 스스로 플랫폼에서 뛰어내렸다는 걸 도저히 믿을 수가 없어요."

이누카이에게 모든 이야기를 전해 들은 것 같았다. 쓰마도리는 미간을 찌푸린 채 빈 찻잔을 가만히 노려보고 있었다. 손끝으로 컵 받침 가장자리를 두드리는 행동은 깊은 생각에 잠겼을 때 나오는 버릇인 것 같았다. 그 규칙적인 리듬은 아파트 벽 너머에서 자주 들려왔던 타이핑 소리를 떠올리게 했다.

"진짜 이상하지 않아요? 저는 고치역 플랫폼이 누나의 최종 목적지가 아니었다고 생각해요. 선생님이 생각하시는 대로라면 굳이 오카야마행 특급열차 승차권을 살 필요가 없지 않아요? 그냥 들어가기만 하면 되는 거잖아요."

"…… 오카야마행?"

뜻밖의 이야기였다. 쓰마도리는 난처한 듯 시선을 떨군 채 "사실은 자꾸 신경이 쓰여서 누나 어머님한테 전화를 드려봤어요."라고 말했다. 연락처는 사설 조사업체에서 받은 보고서에 적혀 있었던 모양이었다.

"…… 대담하네."

"당연히 처음에는 경계하시더라고요. 하지만 어머님도 뮤지스에 대해 알고 계셨어요. 누나가 만든 곡에 제가 시를 써서 영상을 올렸었다고 말씀드리니까 엄청 기뻐하시면서…… 이것저것 말씀해 주셨어요. 누나가 그날 갖고 있었던 소지품 중에 오카야마행 기차표가 있었대요."

아무 말도 하지 못하는 나를 보며 쓰마도리는 단호한 말투로 이야기를 이어갔다.

"그래서 저, 여름방학이 끝나기 전에 고치에 다녀오려고요. 이대로는 도저히 납득이 안 돼요. 진실을 알고 싶어요. 어머님도 향이라도 피우러 와줬으면 좋겠다고 하셨어요. 장례식 때도 와줬으면 좋았을 텐데 너무 아쉽다면서요. 잠든 것처럼 편안하고 예쁜 얼굴로 떠나는 모습을 저도 봤으면 좋았을 거라고——."

잠든 것처럼 편안하고 예쁜 얼굴……? 그럴 리가 없었다. 분명 히무라는——.

쓰마도리는 당황스러움을 감추지 못하는 나를 바라보며 차분한 말투로 하던 말을 이어갔다.

"저도 놀랐어요. 보통 플랫폼에서 인명사고가 났다고 하면 대부분 저희랑 같은 걸 떠올리겠죠. 근데 그날 누나가 플랫폼에서 뛰어내렸을 때 열차는 들어오지 않았어요. 누나의 사인은 플랫폼에서 떨어졌을 때 선로에 머리를 세게 부딪히면서 생긴 뇌좌상이었대요."

카페에서 나올 무렵에는 요코하마 거리에 해가 저물어 가고 있었다. 쓰마도리와 나란히 길을 걷는 와중에도 목에 이물질이 걸린 듯한 느낌을 지울 수가 없었다. 나는 지금까지 몇 번이고 히무라가 죽는 순간을 상상해 왔다. 생각하지 않으려고 하면 할수록 참혹한 광경이 머릿속에 떠올랐다. 이제 와서 관 속에 편히 잠든 것처럼 누워 있는 모습을 떠올려 보려 해도 기존의 이미지가 좀처럼 덮어씌워지지 않았다. 오카야마행 기차표를 구매했었다는 사실도 쉽게 받아들이기가 어려웠다.

말수가 눈에 띄게 줄어든 내 모습에 쓰마도리는 더 이상 히무라에 대한 이야기를 꺼내지 않았다. 다만 헤어지기 직전에 자신의 원고를 다시 나에게 내밀었다.

"아무래도 이건 선생님이 갖고 계시는 게 나을 것 같아요. 저랑 편집자님은 파일로 가지고 있으니까 그냥 버리셔도 돼요. 제 방에 있으면 엄마가 읽으실 수도 있어서요."

쓰마도리의 어깨 너머로 꽃으로 둘러싸인 집이 작게 보였다. 짙은 파란색 지붕에 연한 초록색으로 칠한 외벽은 쓰마도리의 작품 속에서 괴물 소년이 살았던 인형의 집의 모습 그대로였다.

괴물 소년을 기르는 '아름다운 인간'. 그녀는 소년의 가슴에 자리 잡은 나쁜 씨앗을 제거하기 위한 치료라는 명목으로 소년에게 온갖 고통을 겪게 했다. 그리고 불쾌한 외부의 시선들은 인형의 집 창문을 통해 집안을 들여다보며 소년의 얼굴이 고통으로 일그러질 때마다 박수와 응원을 보냈다. 소설은 대체로 꿈인지 현실인지 알 수 없는 몽환적인 분위기를 자아냈지만, 괴물 소년과 소녀의 교감을 그린 이야기 속에서 그 장면만이 불쾌할 정도로 유독 현실적이었다.

이누카이는 그 소설이 쓰마도리 도와의 이야기라고 말했다. 그렇다면 '아름다운 인간'의 모델은 아마도 그의 어머니였을 것이다. 소설 속 그녀의 이미지와 정원에서 봤던 가냘픈 여자의 모습이 전혀 겹쳐지지 않았다. 그렇기에 더욱 뿌리 깊은 왜곡이 느껴졌다.

"지금은 부모님이 이혼하셔서 쓰마도리라는 성을 쓰고 있지만, 어릴 때는 아버지 성을 따랐었어요. 가쓰라기 도와라고 인터넷에 검색해 보시면 엄마의 블로그가 바로 나올 거예요. 거기에 제 어릴 적 사진이 잔뜩 올라와 있어요. 약 부작용 때문에 부은 얼굴로 자는 모습이나 수술 자국 같은 건 선생님이 안 보셨으면 좋겠지만, 어차피 이미 셀 수 없이 많은 사람들이 본 거니까요."

작가로 활동하며 얼굴을 드러내지 않는 것도 그 때문이었을까. 학교에서 자신을 몰래 촬영한 여학생의 스마트폰을 부쉈던 것 또한 같은 이유였는지도 몰랐다.

여행객으로 보이는 여성들이 우리 옆을 지나쳐 갔다. 스마트폰을 보며 "사진 잘 나왔다.", "해시태그 뭐라고 달까?"라며 들뜬 목소리로 대화를 나누고 있었다. 쓰마도리는 두 사람의 모습을 가만히 바라보았다.

"저런 걸 볼 때마다 어쩔 수 없이 생각이 나요. 수술을 받고 나와서 꼼짝도 못 하고 침대에 누워 있는 저한테 휴대폰 카메라를 들이댔을 때 엄마는 어떤 마음이었을지 궁금해요. 왜 그렇게 즐거워 보였을까, 왜 그렇게 생기가 돌았을까. 아, 다행이다, 불쌍해 보이게 사진이 잘 나왔네, 이런 생각을 했던 건 아닐까 하고요."

나는 쓰마도리의 손에 들려 있던 원고를 건네받았다. 쓰마도리의 흰 셔츠와 원고 뭉치가 짙은 노을빛을 받아 붉은색으로 물들어 있었다. 그래서일까, 마치 그의 몸의 일부를 넘겨받은 것처럼 생생한 무게감이 느껴졌다.

"저희 엄마요, 부유한 가정에서 태어나서 귀하게 자라셨대요. 외할아버지의 부하직원이었던 아빠하고 결혼해서 지금까지 한 번도 밖에서 일해 본 적이 없으세요. 요즘 시대에 보기 드문 고생 한 번 안 해본 온실 속 화초 같은 분이시죠. 그래서 그런가, 비극 속 여주인공에 대한 동경이 있으셨던 것 같아요. 어릴 때 엄마가 사주셨던 그림책들이 하나같이 다 불쌍하고 슬픈 내용이었거든요. '로미오와 줄리엣'이나 '레미제라블' 같은 책들을 매일 밤 황홀한 표정으로 읽어주시는 게 조금 무서웠어요. 그래서 저한테 심장병이 있다는 걸 알았을 때, 속으로 무슨 생각을 하셨을까 궁금해요. 블로그에 올린 투병 기록의 조회 수가 점점 늘어나고, 모르는 사람한테 응원의 말을 들을 때마다 엄마는 어떤 마음이었을까―― 그런 생각을 하다 보면 퍼즐 조각을 맞추는 것처럼 제 마음대로 이야기를 지어내게 되더라고요. 현실의 인간은 소설 속 캐릭터가 아닌데 말이에요."

"…… 귀찮은 직업병이네."

교사로서 쓰마도리의 마음을 조금이라도 편하게 해줄 수 있는 말을 더 고민했어야 하는지도 몰랐다. 하지만 이런 말밖에 떠오르지 않았다. 쓰마도리는 "그러게요."라며 힘없이 웃었다.

"처음에는 『괴물의 오르골』을 책으로 출간하자는 제의를 받았었어요. 뮤지스에서 순위도 낮고 아무도 몰랐던 저와 제 작품을 편집자님이 발굴해 주셨던 거예요. 하지만 편집부의 평가가 별로 좋지 않아서 결국 출간은 무산됐어요. 내용이 어둡고 난해해서 대중성이 없다는 이유였죠. 당연했다고 생각해요. 이 소설에는 제 안에 있는 엄마에 대한 복잡한 감정들이 전부 담겨 있으니까요. 쓰는 동안에도 많이 힘들었어요. 하지만 그 당시 저에게는 글을 쓰는 것 외에 할 수 있는 일이 아무것도 없었어요."

이누카이는 쓰마도리가 열세 살 때 그를 처음 만났다고 했다. 히무라와 연락이 끊긴 쓰마도리가 한창 혼란스러워하던 무렵이었다. 인형의 집 안에 갇힌 어린 쓰마도리가 소녀의 목소리가 더는 들리지 않는 오르골에 귀를 대고 있는 모습이 눈앞에 그려졌다.

"그래서 그다음에는 제 안에 있던 가장 아름다운 이야기를 써야겠다고 생각했던 거예요. 편집자님이랑 상의해서 이번에는 편집부를 납득시킬 수 있게 일단 뮤지스에 글을 올려서 조회 수로 증명해 보이기로 했어요. 그리고 지아키 누나도 『푸른 하늘을 유영하다』가 완성되면 제 이름으로 발표하라고 말해줬어요. 가능한 한 많은 사람들에게 읽혔으면 좋겠다고도 했고요. 그래서 편집자님이랑 같이 원고를 다듬어서 뮤지스에 올렸더니 조회 수가 점점 올라가고 책으로 나온 뒤에도 계속해서 증쇄가 되니까, 생각보다 일이 너무 잘 풀려서 솔직히 좀 무서울 정도였어요. 그래도 누나의 마지막 소원을 제가 이뤄준 것 같아서 진짜 뿌듯했어요. 설마 그게 사쿠에게── 선생님께 상처가 되었을 줄은 꿈에도 모르고요."

죄송해요, 라는 목소리는 들리지 않을 만큼 희미했다. 하지만 그 작은 목소리와는 달리 쓰마도리가 어떤 마음인지는 그의 진지한 표정에서 고스란히 전해졌다. 그리고 동시에 그가 지금 얼마나 혼란스러워하고 있는지도 말이다.

"선생님한테 다시는 나타나지 말라는 말을 들은 뒤로 정말 많은 생각을 했어요. 머릿속이 너무 복잡해서 정리가 잘 안 되지만, 엄마가 저한테 했던 그 싫은 행동을 제가 선생님한테 똑같이 했던 것 같아요. 엄마가 갖고 있는 그 부분을 저도 똑같이 갖고 태어났구나 싶기도 하고요."

이제 나는 더 이상 내가 이 눈앞의 소년에게 어떤 감정을 품고 있는지 알 수 없었다. 역으로 걸어가는 동안 나는 딱 한 번 뒤를 돌아보았다. 나를 배웅하던 쓰마도리는 혼자 남겨진 어린아이처럼 불안한 얼굴을 하고 있었다.

집으로 돌아가는 열차 안에서 나는 스마트폰을 꺼내 들었다. 이모부에게서 부재중 전화가 여러 통 와 있었다.

인터넷에 접속해 검색창에 '가쓰라기 도와'를 입력했다가 곧바로 지웠다. 그 대신 국내 항공사 홈페이지로 들어갔다. 이모부가 말했던 할아버지의 13주기 제사가 있는 날짜에 하네다에서 출발하는 고치행 비행기에는 아직 빈 좌석이 몇 개 남아 있었다.

제 5 화

정원에 있는 소귀나무에 말매미들이 무리를 지어 다닥다닥 붙어 있었다. 도쿄에서 흔히 볼 수 있는 갈색의 유지매미와 달리 말매미의 투명한 날개에는 연두색 선이 선명하게 보였다. 세차게 내리꽂는 듯한 격렬한 울음소리는 고치의 여름과 유독 잘 어울렸다. 와이셔츠 안으로 파고드는 뜨거운 햇살이 따갑게 느껴졌다.

"더 가까이에서 보고 싶어?"

내 물음에 소년은 세차게 고개를 가로저었다. 나이는 다섯 살쯤 되어 보였다. 이곳에 사는 아이답게 귓불까지 구릿빛으로 그을려 있었다. 조금 전까지만 해도 내 셔츠 소매를 잡아당기며 매미를 보고 싶다고 졸라대던 아이는 예상치 못한 매미들의 합창에 겁을 먹은 듯했다.

"어머, 여기 있었구나. 뭐 하고 있었어?"

목소리가 들려온 곳을 돌아보니 검은 원피스를 입은 중년의 여자가 서 있었다. 제사가 진행되는 동안에도 몇 번인가 내게 말을 걸어왔지만, 나는 그분의 이름도 나와의 관계도 기억이 나지 않았다.

"얘가 매미를 보고 싶다고 해서 데리고 나왔어요."

"렌, 어른들 귀찮게 하면 어떡해. 얼른 들어가자."

렌이라고 불린 소년은 고개를 휙 돌리더니 중정을 가로질러 툇마루 쪽으로 달려갔다. 정원으로 바로 이어진 다다미방에서는 스무 명 남짓한 어른들이 술잔을 주고받고 있었다.

절에서 법요를 마친 뒤 나는 친척들과 함께 할아버지의 조카라는 분의 집으로 오게 되었다. 원래라면 할아버지 집에서 모였어야 했지만, 오랫동안 집을 비워두었던 데다 그 마을에 사는 친척들도 이제는 거의 없었다. 지금 이모와 이모부가 살고 있는 시내의 맨션도 많은 인원이 모여 식사를 할 만큼 넓지는 않았기 때문에 절에서 가까운 친척 집을 빌려 쓰기로 한 모양이었다.

소년은 툇마루로 올라가더니 다다미방 한쪽에 모여 있던 아이들 무리에 합류했다. 나이는 제각각이었지만 다들 지루해하는 눈치였다. 중학생쯤 되어 보이는 아이들은 스마트폰을 만지작거리며 술에 취한 어른들을 시큰둥하게 쳐다보고 있었다.

"쟤는 요이치로 삼촌 댁 손자야. 밋짱네 둘째 아들. 너는 처음 본 건가?"

"네, 오랜만에 내려와서요."

여자의 입에서 연이어 흘러나오는 이름들이 하나같이 낯설었다. 애매하게 대답하는 나를 보며 여자는 짙게 그린 눈썹을 찌푸렸다.

"사쿠야, 자주 좀 내려와. 가쓰야도 리노도 아직 젊다지만 벌써 50대잖아. 둘이 결국 아이를 못 낳았으니까 너라도 신경을 좀 써야지.

아무리 도쿄 생활이 편하고 재밌어도 키워준 은혜는 잊으면 안 돼."

가쓰야는 이모부, 리노는 이모의 이름이었다. 이 여자는 도대체 무엇을 어디까지 알고 있으며, 이런 말을 얼마나 진심으로 하고 있는 것일까. 내가 무표정한 얼굴로 말없이 바라보기만 하자 여자는 움찔한 듯 시선을 피했다. 그리고 이내 "저기, 그래, 내가 나설 일은 아니지."라고 중얼거리며 서둘러 자리를 피했다.

내가 이모 부부와 살게 된 것은 할아버지가 돌아가신 중학교 1학년 여름부터 고등학교를 졸업할 때까지였다. 키워줬다고 표현할 수도 있기야 하겠지만, 그 기간 동안 학비나 생활비는 할아버지가 남기고 간 돈으로 충당했을 터였다. 집을 나온 뒤로는 그 어떤 도움도 받은 적이 없었다. 이모부는 둘째치고 이모가 특히 나에게 돈이 들어가는 것을 극도로 꺼렸기 때문이었다. 대학생 때는 아르바이트와 무이자 상환형 장학금으로 혼자 힘겹게 버텼다. 그런데도 여전히 나는 키워준 은혜를 갚아야 하는 처지라는 말인가.

"사쿠야, 이리 좀 와봐라."

방안으로 다시 들어가자 머리를 짧게 깎은 중년 남자가 나를 향해 손짓했다. 술이 꽤 오른 듯 보였다.

"도쿄로 가더니 제법 남자다워진 것 같은데? 이제 밖에서 만나면 못 알아보겠어."

"그런가요."

정작 나는 이미 이 남자가 누구인지 알지 못했다. 내가 옆에 앉자

마자 누가 마시다 만 술잔을 나에게 건네더니 위태로운 손놀림으로 잔에 맥주를 따라 주었다.

"근데 너무 마른 거 아니야? 늘씬하다고 하기보다는 좀 핼쑥해 보이는데. 어디 몸이 안 좋은 거 아니야?"

"아직 신입이라 공부할 게 많다 보니 여유가 없어서 그렇죠, 뭐."

말랐다, 핼쑥하다, 이런 말들은 이미 아까 전부터 친척들에게 귀에 못이 박히도록 듣고 있었다. "그래, 이것 좀 더 먹어라."라는 목소리와 함께 여기저기서 음식을 든 젓가락을 내밀었다. 큰 접시에 남아 있던 삼색 양갱과 새우튀김, 유부초밥 등이 순식간에 내 앞에 놓인 접시 위로 쌓여 갔다.

김빠진 맥주와 담배 냄새. 술 취한 사람들의 파열음 같은 웃음소리. 고치공항에 막 내렸을 때보다도 훨씬 더 고향에 돌아온 것 같은 기분이 들었다. 물론 그리웠다거나 감회가 새롭다거나 하는 감정과는 거리가 멀었다.

"사쿠야, 너희 할아버지 댁은 어떻게 된 거냐? 가쓰야랑 리노가 시내로 이사하고 나서는 아무도 신경을 안 쓴 거 아니야?"

"다음 달에 철거할 예정이라고 들었어요."

"부숴봤자 그 땅을 사려는 사람이 없을걸. 그 동네는 쓰나미 위험도 크고 젊은 사람들도 거의 안 남아 있잖아. 그쪽에 하나 있던 공립 고등학교도 작년에 결국 없어졌고."

"학생 수가 그렇게 많이 줄었어요?"

"그 이유도 있겠지만 꽤 오래전에 공립학교 학군제가 폐지됐잖아. 그래서 그 동네에 살아도 시내에 있는 공립학교에 다닐 수 있으니까 학생 수가 크게 줄어든 거지. 그 학교는 치안 문제도 있고 진학률도 형편없었으니까."

학군제가 아직 남아 있었던 시절에는 지역 공립학교보다 수준이 더 높은 학교에 가고 싶은 아이들은 비싼 학비를 내고 사립학교에 진학하거나, 가고 싶은 공립학교가 있는 지역으로 이사를 가는 수밖에 없었다. 내가 중학생이었을 때는 이미 학군제가 폐지된 후였지만 고치 시내에 있는 학교에 다니기에는 통학 시간도 교통비도 만만치가 않았다. 내가 졸업한 고등학교는 이과반에 한하여 학군 외 지역 학생들의 교통비를 전액 지원해 주는 혜택을 내걸고 있었다. 외부에서 우수한 학생들을 데리고 와서 명문대 진학률을 높이는 것이 목적이었다. 그 결과 이과반은 유독 고등학교 입시 경쟁률이 높았다.

어릴 때부터 내가 보고 자란 풍경은, 중심 시가지에서 부모님과 함께 살았던 히무라나 도쿄에서 태어나 사립 중고등학교를 나왔다던 이누카이와는 분명 달랐다. 중심부에서 멀리 떨어진 곳에서 태어난 경제적 여유가 없는 아이들은 몇 장 없는 티켓을 두고 싸우는 수밖에 없었다. 무리를 해서라도 중심부로 들어가지 않으면 점점 더 가능성이 줄어드는 환경이었다.

"그래도 사쿠야 너는 머리가 좋아서 시내에 있는 좋은 학교에 들어갔지만, 그 동네에 남아 있던 애들은 비참했지. 너랑 같은 학년이었던 오키노 씨 댁에 큰아들은 그 동네 공립학교에서 질 나쁜 친구들이랑 어울리다가 결국 문제를 일으켜서 경찰 신세까지 졌지 않냐. 결국 지금은 저기 어디야, 가쓰야네 페인트 가게에서 박봉에 부려 먹히고 있다던데."

남자는 농담조로 말하며 테이블 건너편에 앉아 있던 이모부에게 "맞지?" 하고 말을 걸었다. 진중한 성격의 이모부는 쓴웃음을 지으며 넘겼지만, 옆에 앉아 있던 이모가 눈꼬리를 치켜올리며 대신 대답했다.

"무슨 말을 그렇게 해! 오갈 데 없는 녀석을 거둬줬으니 오히려 우리한테 고마워해야지."

"아이고, 무서워라. 사쿠야는 대학 한 번에 붙어서 진짜 다행이었지. 떨어졌으면 재수는커녕 가게에서 착취당하면서 살 뻔했잖아. 지옥이라니까, 지옥."

실실 웃어대는 남자를 향해 누군가 술을 너무 많이 마신 거 아니냐며 나무랐다. 이모는 불쾌한 얼굴로 잔에 맥주를 채우더니 단숨에 들이켰다. 하나로 올려 묶은 머리에서 빠져나온 머리카락 몇 가닥이 가는 목덜미에 달라붙어 있었다. 이모도 이제 제법 나이를 먹었다. 탄력을 잃은 칙칙한 피부에 예전 그대로의 짙은 화장은 더 이상 어울리지 않았다. 몸매가 드러나는 디자인의 검은 원피스도 젊었을 때 샀던 것을 계속 입고 있는 모양이었다. 그 어색한 불균형이 이제 막 50대에 접어든 이모를 더욱 나이 들어 보이게 했다.

"그래서 사쿠야, 도쿄 여자들은 좀 어때?"

옆에 앉은 남자가 내 등을 거칠게 내리치며 물었다.

"글쎄요, 아직은 일만으로도 벅차서요."

"진짜야? 제 엄마랑 다르게 연애에는 소질이 별로 없나 보네."

호탕하게 웃는 남자의 모습에 몇몇은 얼굴을 찌푸렸고 몇몇은 흥미롭다는 듯 내 표정을 살폈다. 이모부는 굳은 얼굴로 고개를 숙였고, 이모는 입꼬리를 올리며 의기양양한 미소를 짓고 있었다.

공항에서 이동하며 본 풍경은 예전과 많이 달라져 있어 놀랐지만, 이런 자리의 분위기는 그대로였다. 남자가 주변의 핀잔을 듣는 동안 나는 빈 맥주병과 다 쓴 접시들을 부엌으로 옮겼다. 남녀 할 것 없이 술을 잘 마시는 것이 미덕으로 여겨지는 고치에서는 이런 날 여자들만 식사 준비나 뒷정리를 도맡아 하는 경우가 드물기는 했지만, 부엌에서는 몇몇 여자들이 모여 설거지를 하고 있었다. 머리가 하얗게 센 여자가 "사쿠야, 네가 이런 거 할 필요 없는데."라며 얼굴을 찌푸렸다.

"부엌일은 우리한테 맡기고 너는 얼른 가서 어른들 상대나 좀 더 해 줘. 오랜만에 내려왔잖아."

여자는 내 손에서 접시를 낚아채듯 가져가며 나를 부엌 밖으로 내보냈다. 복도에는 이모가 서 있었다. 이모는 어깨를 잔뜩 세우고 뾰족한 턱을 치켜든 채 나를 노려보았다. 가까이에서 보니 잔주름이 한층 더 도드라져 보였다. 일부러 나를 따라 나온 모양이었다.

"너 잘난 척하지 마. 머리가 좋다느니 도쿄에 가더니 얼굴 좋아졌다느니 해도, 네가 남자나 밝히던 여자의 자식이라는 사실은 바뀌지 않으니까. 네 아빠가 누군지 몰라도, 네 그 잘난 몸뚱이 안에 형편 없는 피가 흐르고 있다는 걸 다들 알고 있다고."

이모는 지겹지도 않은지 항상 내게 했던 말을 그대로 반복했다. 한바탕 쏟아내고 나니 만족이 되었는지 이모는 유유히 방으로 돌아갔다. 이모의 굽은 등을 바라보며 이모가 저렇게 작았었나 생각했다. 오랜만에 내려왔다고 해도 마지막으로 얼굴을 본 것은 고등학교 3학년 때였다. 내 키가 자랐을 리도, 이모가 작아졌을 리도 없었다. 그렇지만 그 사이에 많은 것들이 변해 있었다.

한때는 내 마음을 아프게 했던 이모의 말도, 보고도 모른 척하던 이모부의 옆얼굴도, 내 편을 드는 척하며 값싼 호기심을 충족시키던 친척들도 지금의 나에게는 놀라울 만큼 멀게만 느껴졌다.

이것이 내가 바라던 것이었다. 히무라의 손을 뿌리치면서까지 얻고자 했던 바로 그것이었다. 만약 과거로 돌아간다 해도 나는 똑같은 선택을 할 것이다. 그러니 나는 후회할 자격이 없다. 히무라의 죽음을 슬퍼할 자격도 없다.

다시 술자리로 돌아갈 마음이 들지 않아 복도 창문 너머로 정원을 바라보았다. 방충망 너머로 느껴지는 바람은 도쿄에 비해 습도가 훨씬 낮았다. 말매미의 울음소리는 어느샌가 멎어 있었다.

친척 집에서 고치역까지는 그리 멀지 않았다. 택시를 부를 정도의 거리는 아니어서 나는 출장용으로 사용하는 스포츠백을 어깨에 메고 검은 정장 차림으로 걷기 시작했다. 옛날에는 없었던 드럭스토어나 편의점 간판들이 눈에 띄었고, 반대로 문방구나 주류점 같은 작은 개인 상점들은 모두 사라지고 없었다.

고치역에 온 것은 고등학교를 졸업한 직후에 다시는 이곳으로 돌아오지 않겠다는 마음으로 교토행 야간버스를 탔던 날 이후로 처음이었다. 그 당시의 나는 히무라가 역에서 죽었다는 사실을 몰랐다. 하지만 지금은 알고 있었다.

두려운 마음도 있었지만 역 근처에 도착하자마자 이누카의 쇼코의 모습을 찾을 수 있었다. 이누카이는 전면이 유리로 된 카페의 카운터석에 턱을 괴고 앉아 반쯤 벌어진 입으로 창밖을 내다보고 있었다. 느긋해 보이는 이누카이의 모습에 긴장이 풀렸다. 테이블 밑에 여행용 캐리어 두 개가 놓여 있었다. 하나는 큰 사이즈의 은색 캐리어였고, 다른 하나는 그보다 작은 사이즈의 주황색 캐리어였다.

내가 카페 안으로 들어서자 이누카이는 황급히 스툴에서 내려와 고개를 숙였다.

"안녕하세요, 선생님. 생각보다 일찍 오셨네요."

"쓰마도리는 어디 갔어요?"

"잠깐 화장실이요. 근데 다른 길로 샜을지도 몰라요. 아까도 공항에서도 잔뜩 들떠가지고 여기저기 돌아다니면서 사진 찍기 바쁘더라고요."

쓰마도리와 이누카이는 나보다 늦은 시간대의 항공편으로 고치공항에 도착했다. 여행 첫날에는 셋이 함께 시내 중심부를 둘러볼 예정이었다. 둘째 날에는 히무라의 본가를, 셋째 날에는 우리가 다녔던 고등학교를, 그리고 마지막 날에는 내가 살았던 바닷가 마을을 방문하기로 되어 있었다. 내가 살았던 집에는 딱히 볼 만한 것이 없다고 여러 번 말했지만 쓰마도리는 끝까지 고집을 꺾지 않았다.

이누카이는 평소에 늘 입고 다니던 바지 정장이 아닌 하늘색 티셔츠에 칠부바지를 입은 캐주얼한 차림이었다. 딱히 세련된 스타일은 아니었지만, 이 지역 분위기에 아직 녹아들지 못해서인지 도쿄의 느낌이 남아 있는 듯 보였다.

"왜 그러세요?"

"이누카이 씨를 보고 안도하는 제 자신이 조금 놀라워서요."

"이, 이상한 말씀 하지 마세요!"

"상대하기 귀찮으니까 그런 식으로 반응하지 말아 주실래요?"

귀까지 빨개진 이누카이가 이번에는 벙찐 표정으로 입을 벌렸다. 말이 조금 지나쳤던 것 같았다.

"죄송해요, 술을 꽤 많이 마셔서 그런지 평소처럼 속마음을 숨기는 게 쉽지 않네요."

"그 말이 더 상처인데요."

"뭘 보고 계셨던 거예요?"

"네?"

"아까 보니까 창문 밖을 유심히 내다보고 계셨던 것 같아서요."

이누카이는 머쓱한 표정으로 평소 애용하는 토트백 안으로 손을 밀어 넣었다. 그리고는 책 한 권을 꺼내더니 파란 하늘이 그려진 표지를 창문 너머의 실제 하늘에 겹쳐 보듯 들어 올렸다. 내가 갖고 있는 것과 같은 표지였지만 띠지 디자인이 조금 달랐다. 초판본인 듯했다.

"하늘이 너무 예뻐서 넋을 잃고 보고 있었어요. 『너와, 푸른 하늘을 유영하다』의 두 주인공이 올려다보던 하늘처럼 빨려들어 갈 것 같은…… 아니, 통째로 삼켜질 것 같은 푸른색이라고 해야 할까요. 도쿄에서 보는 하늘이랑 전혀 다른 것 같아요."

"그런가요? 저는 도쿄의 하늘이 체질에 맞는 편이라 딱히 이곳 하늘에 애착은 없네요."

고층 건물들에 한없이 떠밀려 올라간 잿빛 하늘의 쓸쓸함이 지금은 오히려 그리웠다. 이곳은 하늘까지의 거리가 너무 가까워서 숨이 막힐 것만 같았다.

"그리고 그 소설에서는 푸른 하늘에 대한 묘사가 유독 많이 나오는데, 히무라와 저는 주로 밤에만 만났어요."

"정말이요?"

이누카이는 흔들리는 시선을 숨기지 못했다. 이상한 오해를 하고 있는 것 같아 "이누카이 씨가 생각하는 그런 이유는 아니에요."라고 덧붙였다.

"이누카이 씨는 도시에서 나고 자라서 이해하기 어렵겠지만 이런 시골에서는 남녀가 같이 있기만 해도 금세 이상한 소문이 돌아요. 그리고 히무라도 부모님이 주무시는 시간에 돌아다니는 게 편했던 거 아닐까요? 이누카이 씨나 쓰마도리가 생각하던 이미지와는 정반대일지도 모르지만요."

"아니, 그럼 사쿠랑 히다카가 학교 정문 앞에서 대화하는 장면은요? 히다카가 죽은 나비의 날개를 주워서 푸른 하늘로 날려 보내는 장면이 정말 마음에 들었었는데…… 그것도 히무라 지아키 씨가 지어낸 이야기인가요?"

"비슷한 일이 있기는 했지만 책에 나오는 것처럼 그럴듯한 장면은 아니었어요. 여름이 되기 전에 학교 수업이 끝난 후였으니까 아마 해가 거의 다 졌을 무렵이었을 거예요."

"그렇군요……."

이누카이는 빈 잔에 꽂혀 있는 빨래를 만지작거리며 시선을 떨궜다. 나는 다시금 깨달았다. 내가 히무라와 보낸 시간을 솔직하게 이야기하면 할수록 그 소설을 사랑하는 사람들은 실망하게 된다. 이미 잘 알고 있었지만 기분이 썩 유쾌하지는 않았다.

"오늘 묵을 숙소 말인데요."

내가 화제를 돌리자 이누카이는 다시 마음을 다잡은 듯 "아, 맞아요!"라며 고개를 들었다.

"저희가 예약한 호텔 1층에 있는 퓨전 일식 레스토랑의 음식이 엄청 맛있대요! 그리고 공용 목욕탕도 얼마 전에 리모델링이 끝났다고 하고요!"

"그래요? 고치에서 호텔에 묵는 건 처음이라서요. 제 고향인데 이누카이 씨한테 예약을 부탁해서 죄송해요."

"근데 진짜 호텔에서 지내도 괜찮으세요? 오랜만에 오셨으니까 밤에는 가족분들이랑 시간을 보내시는 게 좋지 않을까 싶어서……."

"같이 시간을 보내고 싶은 가족이 없어서요."

"아, 그러셨죠……."

이누카이는 또다시 곤란한 듯 시선을 떨궜다. 내가 오늘 밤에는 호텔에서 자겠다고 말했을 때 이모와 이모부는 안도한 듯한 표정을 지었다. "뭐하러, 우리 집에서 자도 되는데."라며 형식적인 말을 건네는 이모부의 옆에서 이모는 고개를 돌린 채 아무 말도 하지 않았다.

"선생님도 여러모로 고생이 많으셨죠. 죄송해요. 복잡한 사정이 있으신데 제가 너무 경솔했어요."

"복잡한 게 맞나요? 쓰마도리의 소설에서는 고작 여덟 줄 정도로 설명되어 있던데요."

이누카이가 무언가에 입을 틀어막힌 듯한 표정을 지었다.

『너와, 푸른 하늘을 유영하다』에서는 주인공 사쿠의 생애가 아주 간략하게 서술되어 있었다. 사쿠는 젊어서부터 자유분방했던 어머니가 낳은 사생아로, 태어나자마자 할아버지에게 맡겨졌다. 바닷가 근처의 시골 마을에서 낚시용품점을 운영하던 할아버지는 태풍이 몰아치던 날 밤, 가게의 보트를 확인하러 나갔다가 높은 파도에 휩쓸려 세상을 떠났고, 그 후로 사이가 좋지 않았던 이모 부부와 함께 살게 되었다. 하지만 소설과 달리 실제로는 미성년자인 나를 돌본다는 명목으로 할아버지와 내가 함께 살고 있던 집으로 이모 부부가 갑자기 들이닥쳤다. 자신들이 살던 아파트의 월세도 아끼고 할아버지가 남긴 유산을 조금이라도 더 많이 가져가려는 속셈이었을 것이다.

오늘 제사에 참여하라고 집요하게 연락을 해왔던 것도 할아버지 집을 철거하는 데 들어가는 비용을 일부 부담해 줄 수 있는지 나에게 물어보기 위해서였다. 나도 어렴풋이 그런 예감이 들기는 했었다.

"아, 그 부분에 있어서는 저도 도와도 배려가 부족했다고 생각해요. 하지만 재미를 위해서 선생님의 사생활을 들춰낸 건 절대 아니었고, 히무라 씨가 들려준 이야기의 기본적인 설정을 최대한 유지하는 게 좋지 않을까 판단했던 건데——."

"처음 읽었을 땐 화도 났지만, 이제는 상관없어요."

주문했던 아이스커피를 한 모금 마셨다. 산미가 강한 차가운 커피를 마시자 술기운이 남아 있던 머리가 맑아지는 듯했다.

"오늘 오랜만에 친척들을 만나서 생각했어요. 고작 여덟 줄짜리가 맞더라고요."

이누카이가 의아한 듯 눈을 깜빡였다. 나 자신도 이런 생각이 들 것이라고는 예상하지 못했다. 이모와 이모부의 얼굴을 보기 전까지만 해도 마음이 무거웠다. 하지만 오랜만에 만난 두 사람은 더 이상 나에게 위협적인 존재가 아니었다. 이제는 내가 그들과 아무런 관련이 없는 먼 곳에서 살아가고 있다는 것을 비로소 실감했다.

"오랜만에 내려오기를 잘한 것 같기도 해요. 그래도 왠지 약 오르니까 쓰마도리한테는 비밀로 해주세요."

"그게 무슨 말씀이신지……."

이누카이가 어리둥절한 표정을 지었다. 그때 마침 카페 문이 열리며 쓰마도리가 나타났다. 자외선 차단을 위해서인지 옅은 파란색 선글라스를 쓰고 헐렁한 긴소매 셔츠를 입고 있었다. 갑자기 대화를 멈춘 우리를 보며 쓰마도리는 의심스럽다는 듯 눈살을 찌푸렸다.

"두 분이 비밀 이야기라도 하신 거예요? 밖에서 다 보였어요. 예전에 비해 사이가 너무 좋아지신 거 아니에요? 제가 본가에 가 있는 동안 가까워지신 거죠? 뭐예요, 재미없게."

"정말로 그래 보여? 만약 그렇다면 이분이 밤마다 집요하게 우리 집에 찾아와서 그런 거겠지."

"아니, 자꾸 이상하게 말씀하시지 말라니까요!"

목소리까지 뒤집혀가며 반발하는 이누카이의 모습을 보며 쓰마도리는 "거봐요, 사이 좋아진 거 맞잖아요."라며 삐친 듯 입술을 내밀었다.

고치에서는 전철이라고 하면 시내를 달리는 노면전차를 의미했다. JR열차는 전기가 아니라 경유를 연료로 쓰는 디젤 기동차이기 때문이라는 설명을 언젠가 했던 것 같은데, 상대가 쓰마도리였는지 아쿠쓰였는지—— 어쨌든 우리 세 사람은 고치역에서 노면전차에 올라탔다. 커다란 은색 캐리어는 쓰마도리의 것이었고, 그보다 작은 사이즈의 주황색 캐리어가 이누카이의 것이었다.

한여름 관광철인데도 노면전차 안은 의외로 한산했다. 여고생 무리와 커다란 배낭을 멘 외국인 남자 한 명, 그리고 이곳 주민으로 보이는 평상복 차림의 노인과 중년 여자가 벤치형 좌석에 앉아 있었다.

"'고치료마공항'이라고도 불린다고 해서 놀랐었는데, 진짜 어디를 가나 사카모토 료마가 있네요."

이누카이의 말대로 차창에 붙어 있는 택시 회사와 병원 등의 홍보용 스티커에는 료마의 이름이나 일러스트가 들어가 있는 것이 많았다. 창문 밖으로도 사카모토 료마를 중심으로 양옆에 나카오카 신타로, 타케치 한페이타가 나란히 서 있는 동상 앞에서 관광객들이 사진을 찍고 있는 모습이 보였다.

킥킥대는 웃음소리가 들려 살짝 옆을 돌아보니 대각선 맞은편에 앉은 여고생들이 이쪽을 쳐다보고 있었다. 이쪽이라기보다는 나와 이누카이 사이에 앉아 있는 쓰마도리에게 시선이 쏠려 있었다. 나는 쓰마도리가 분명 그 시선을 귀찮아할 것이라고 생각했는데, 예상외로 쓰마도리는 일부러 선글라스를 살짝 내린 채 흥미롭다는 듯 여고생들을 바라보고 있었다.

"선생님, 저게 뭐예요?"

쓰마도리가 내 팔을 쿡쿡 찌르며 속삭였다. 나는 다시 학생들이 있는 쪽을 유심히 살폈다. 학생들이 무릎 위에 올려놓은 남색 가방의 가방끈에 엄지손톱만 한 작은 유리병이 매달려 있었다. 안에는 모래가 들어 있었고 윗부분이 작은 코르크 마개로 막혀 있었다.

"저건 민영 철도가 지나가는 역에서 파는 부적이야."

"혹시 그 유명한 가쓰라하마 해변에 있는 모래가 들어있는 거예요?"

이누카이가 관광 안내 책자를 뒤적이며 물었다.

"아니요, 바닷모래가 아니라——."

내 목소리가 승무원의 안내 방송에 가로막혔다. 전차가 천천히 움직이기 시작하자 뱃속까지 울리는 소리와 진동에 이누카이와 쓰마도리는 깜짝 놀란 듯 두 눈을 동그랗게 떴다. 두 사람 모두 노면전차를 처음 타보는 모양이었다. 전차 바로 옆으로 자동차가 달리는 모습과 도로 한가운데 설치된 정류장을 신기하다는 듯 바라보았다.

"우와! 도와, 저기 좀 봐! 저기 저 건물 벽에!"

이누카이가 들뜬 목소리로 외쳤다. 창문으로는 잘 보이지 않았지만 고치에 있는 것치고는 제법 큰 규모의 건물 외벽에 설치되어 있는 기계식 장식 시계가 움직이기 시작했다. 시계 위쪽에서는 고치성 모형이 튀어나왔고, 시계 아래쪽에서는 인형 다섯 구가 등장해 춤을 추기 시작했다.

"삿포로에 있는 시계탑은 여러 번 보러 갔었는데, 여기는 확실히 느낌이 다르네요. 어머, 옆에서도 뭐가 나왔어요! 우노하라 선생님, 저건 뭐예요?"

"가쓰라하마 해변이랑 료마 동상 같은데요."

"편집자님, 반대편에서 또 나왔어요! 저 빨간 건 하리마야 다리인가 봐요."

 두 사람은 자리에서 일어나 창문에 이마를 바짝 대고 바깥을 내다보고 있었다. 나도 고개를 돌려 뒤쪽 창문을 바라보았다. 내가 마지막으로 히무라와 만났던 장소는 무엇 하나 바뀌지 않고 거기에 그대로 있었다.

 내 표정의 변화를 눈치챘는지, 쓰마도리는 미소를 거두고 다시 자리에 앉았다. 그 옆에서 이누카이는 여전히 들뜬 모습으로 가방에서 디지털 카메라를 꺼냈다.

 "이왕 온 김에 다음 정류장에서 내려서 더 가까이 가보자."

 "아니요, 저는 선생님이랑 이거 타고 조금 더 가볼래요. 편집자님만 내리세요. 적당한 곳에서 되돌아올 테니까 시계 밑에서 기다리고 계세요. 그게 사쿠가 전차 안에서 히다카를 발견하는 장면을 머릿속에 그려 보기에 더 좋을 것 같아요."

 "나 혼자? 뭐, 상관은 없지만……."

 이누카이가 당황해하는 사이 전차가 멈춰 섰다. 정류장 간의 거리가 짧은 것도 노면전차만의 특징이었다.

 허둥지둥 전차에서 내리는 이누카이를 배웅한 뒤, 나는 반대편 창가로 시선을 돌렸다. 허무한 관광명소로 유명한 붉은색 아치형 다리가 보였다.

 "저게 하리마야 다리야. 관광객들을 위해 만들어 놓은 복제품이기는 하지만."

실제 다리는 바로 우리 발밑에 있었다. 언뜻 평범한 도로처럼 보인다는 점도 관광객들을 김새게 만드는 이유 중 하나였다.

"죄송해요, 너무 들떠 있었던 것 같아요. 저희는 성지순례를 온 것 같은 기분이지만, 선생님한테는 아니잖아요."

"마지막이 워낙 안 좋았으니까. 네가 소설에 쓴 장면이랑은 정반대야. 나는 저기에 히무라를 혼자 두고 떠났고, 히무라는 잔뜩 화가 나서 경찰이 출동할 정도로 난동을 부렸어. 그런 이야기는 못 들었지? 본인도 창피했을 테니까 감추고 싶었겠지."

쓰마도리는 창문 밖을 가만히 응시했다. 히무라가 살았던 거리의 풍경을 눈에 담아두려는 것 같았다. 컬러 렌즈를 낀 밝은 갈색의 눈동자가 마치 카메라 셔터를 누르는 것처럼 깜빡였다. 그때마다 긴 속눈썹 끝이 푸른색 선글라스 안쪽을 스치며 흔들렸다.

"아까 네가 카페로 들어오기 전에 이누카이 씨랑 잠깐 이야기를 나누면서 새삼 깨달았어. 너도 이누카이 씨도 진실을 알면 알수록 실망하게 될 거야. 내 기억과 네가 히무라에게 들은 이야기 사이에는 일치하지 않는 부분들이 있어. 단순히 잘못 기억하고 있었던 부분도 있겠지만, 의도적으로 숨기려고 한 내용도 있어. 그것들을 네가 알게 되는 걸 히무라는 분명 원하지 않을 거야."

"…… 그렇다 해도 저는 진실을 알고 싶어요. 누나가 끝내 전하지 못했던 이야기가 아직 이곳 어딘가에 남아 있을 거라고 생각해요. 선생님도 같은 생각이시니까 저희랑 같이 와주신 거 아니에요?"

"글쎄, 어떠려나."

노면전차가 크게 흔들리며 쓰마도리의 몸이 옆으로 기울었다. 잠시나마 내 어깨에 기댄 듯한 자세가 되었다. 셔츠 소매 끝으로 드러난 쓰마도리의 손목이 놀라울 만큼 가늘어서였을까, 나는 무게를 거의 느끼지 못했다.

"누나네 어머님이 알려주셨어요. 사고 직전에 누나가 선로에 뭔가를 떨어뜨려서 그걸 주우려고 뛰어내린 거라고요."

당시 사고 현장에 있었던 역무원의 증언이 있었다고 했다. 그날 그는 계절에 어울리지 않는 얇은 옷차림의 소녀가 불안정한 걸음으로 승강장을 걸어 다니는 것을 발견했다. 가까이 다가가 말을 걸려던 순간, 반대편에서 뛰어오던 승객이 소녀와 정면으로 부딪쳤다. 그는 깜짝 놀랐지만 다행히 소녀는 선로로 떨어지지 않고 바닥에 엉덩방아를 찧었을 뿐이었다. 문제는 그다음이었다. 자신에게 다가온 역무원에게 소녀는 소중한 물건이 선로에 떨어졌다며 주워달라고 부탁했다. 한참을 그곳에 서서 어쩔 줄 몰라 하던 여자아이는 결국 역무원의 제지에도 불구하고 선로로 뛰어내렸다.

"하지만 누나가 세상을 떠난 뒤에 플랫폼이랑 선로를 아무리 뒤져 봐도 누나가 찾았을 법한 물건이 아무것도 나오지 않았대요. 혹시 선생님은 뭐 짐작 가는 거 없으세요? 예를 들면 선생님이 누나한테 줬던 선물이라던가……."

"싸구려 팔찌나 목걸이 같은 걸 생각하는 거야? Z세대의 카리스마로 통하는 작가의 머리에서 나온 게 겨우 그거야? 그런 건 이누카이 씨나 생각할 법한 설정 같은데."

쓰마도리가 내 말에 발끈한 듯 눈살을 찌푸렸다. 하지만 스스로도 진부하다고 느꼈는지 "선생님, 학교에서는 가면을 제대로 쓰고 계시네요."라며 투덜거렸다.

히무라가 선로에 떨어뜨렸다던 물건이 끝내 발견되지 않았다면, 무언가를 떨어뜨렸다는 것은 핑계일 뿐이고 사실은 그저 소동을 일으키고 싶었을 가능성도 배제할 수 없었다. 오카야마행 기차표를 산 것도 단순히 실수였거나 혹은 즉흥적인 행동이었을 수도 있다. 현실에서 일어나는 일들은 소설처럼 모든 에피소드의 앞뒤가 정확히 들어맞지 않는다.

—— 저는 고치역 플랫폼이 누나의 최종 목적지가 아니었다고 생각해요.

만약 그것이 사실이라면 히무라의 이야기는 아직 마침표가 찍히지 않은 채 고치역 플랫폼 어딘가를 떠돌아다니고 있을지도 몰랐다. 그 이야기를 마무리 지을 수 있는 사람이 있다면 그건 아마도 나와 쓰마도리, 둘 중 하나일 것이다.

"저 내일 누나네 어머님을 처음 뵙는 건데…… 벌써부터 너무 떨려요. 전화로는 엄청 밝고 친절한 분 같았는데 실제로는 어떠실지 모르겠어요. 선생님은 만나 뵌 적 있으시죠?"

"병원에서 한 번 뵌 적이 있기는 한데, 아마 나를 모르실 거야."

"그럼 내일 선생님도 같이 가주시면 안 돼요? 편집자님이랑 둘이 가는 건 불안하단 말이에요. 편집자님이 거짓말 잘 못 하는 거 아시잖아요."

히무라의 어머니에게는 소설의 대해 말하지 않은 듯했다. 이누카이의 지시사항이었다. 담당 편집자인 이누카이뿐만 아니라 대형 출판사인 슌에이샤, 영화 배급사와 연예 기획사, 그 외에도 내가 상상조차 할 수 없을 만큼 수많은 사람들이 그 작품에 관여하고 있었다. 이미 영화 홍보가 본격적으로 시작된 지금, 섣불리 행동해서는 안 된다는 생각이었을 것이다.

"저는 지금 천문기상부 합숙 캠프 중인 걸로 되어 있어요. 그러니까 천문기상부 고문인 선생님이 같이 가셔도 전혀 이상할 게 없다는 거죠. 선생님이 누나랑 같은 학교에 다녔다는 사실을 어머님이 아실 리도 없으니까 그냥 옆에 같이 계시기만 하면 돼요."

"같이 가달라고 순진한 얼굴로 부탁하더니 이미 밑작업은 다 해놨네. 역시 치밀해."

"비꼬지 마세요."

"그래도 안 돼. 너라면 네가 죽게 만든 사람의 부모를 만날 수 있겠어? 오늘 밤에 이누카이 씨한테 연기 연습이라도 하라고 해. 캐릭터 분석 정도는 나도 도와줄게."

"진짜 불안한데……. 편집자님이라면 넘치는 의욕을 주체하지 못해서 결국 상황을 망칠 게 뻔하다고요."

노면전차는 산바시도리 정류장에서 회차하여 다시 고치역으로 향했다. 거리는 이미 짙은 진홍빛으로 물들어 있었다. 쓰마도리와 나는 캐리어를 하나씩 끌고 하스이케마치도리 정류장에서 하차했다. 건너편 횡단보도에서 이누카이가 기다렸다는 듯 달려왔다.

"어땠어요? 소설이랑 비슷했어요?"

숨을 헐떡이며 묻는 이누카이를 보며 쓰마도리와 나는 시선을 주고받았다. 솔직히 말하자면 시계 밑을 한 번도 보지 않았다.

그 뒤로 우리는 호텔까지 걸어서 이동하기로 했다. 쓰마도리에게는 흔치 않은 장거리 여행이라 그의 컨디션을 고려해 일찍 들어가서 쉬게 하려는 배려이기도 했다. 오늘 아침에도 고치로 오기 전에 도쿄에서 인터뷰 몇 건을 진행하고 온 모양이었다.

해가 저물기 시작한 거리에는 이미 비틀대며 걸어가는 노인들이 많았다. 가끔씩 들려오는 땅이 울리는 듯한 커다란 웃음소리에 이누카이는 잔뜩 놀란 표정이었다.

"오늘 무슨 축제라도 있었던 거예요? 다들 엄청 취하신 것 같은데요."

"아니요, 고치에는 낮부터 술을 마실 수 있는 곳이 많아서 원래 늘 이래요. 히로메 시장이라고 혹시 못 들어보셨어요?"

"이름은 들어본 것 같기도 한데…… 아, 도와, 기다려! 혼자 그렇게 앞서가면 안 돼!"

"저기에서 포멜로 스무디라는 걸 파나 봐요! 잠깐만 보고 올게요!"

"안 돼! 약 때문에 감귤류는 먹으면 안 되는 거 알잖아!"

이누카이는 왕성한 호기심에 못 이겨 이리저리 뛰어다니는 쓰마도리를 황급히 뒤쫓아 갔다. 상점가의 익숙한 풍경 속에 두 사람이 들어와 있다는 것이 역시나 묘한 기분이었다.

폐점 시간이 다 된 백화점 앞에서 나는 걸음을 멈추었다. 지면에서 반쯤 솟아오른 고래 모양의 조형물이 동그란 눈으로 나를 바라보고 있었다.

쓰마도리의 소설에는 나오지 않는, 어쩌면 히무라의 기억에도 남아 있지 않았을 추억이 마치 손끝에 닿을 듯 생생하게 되살아났다.

"우노하라 선생님, 호텔은 저쪽인 것 같아요!"

이누카이가 오른손으로는 캐리어를, 왼손으로는 쓰마도리의 팔을 붙잡은 채 큰 소리로 말했다. 나는 고래에게서 시선을 거두고 어깨의 가방을 고쳐 멘 뒤 다시 두 사람을 따라 걸었다.

*

"히무라."

내가 이름을 부르자 히무라가 빠르게 고개를 들었다. 병원을 몰래 빠져나온 히무라는 옅은 하늘색 환자복 차림으로 오비야마치 상점가의 고래 모양 조형물 위에 걸터앉아 있었다. 시곗바늘은 열 시를 가리켰고, 조형물 바로 앞 백화점의 셔터가 이제 막 내려가던 참이었다.

고등학교 3학년이 된 지 아직 두 달도 채 되지 않았지만 벌써부터 숨이 막힐 듯한 여름 냄새가 밤바람을 타고 흘러왔다.

"와 진짜 왔네. 너 되게 한가하구나?"

"네 눈엔 이게 한가한 걸로 보여? 진짜 적당히 좀 해."

"뭐야, 오늘은 왜 그렇게 짜증이야?"

히무라는 레몬 그림이 그려진 츄하이 캔을 들고 있었다. "한 모금 마실래?"라고 나에게 물으며 달달한 술 냄새가 섞인 한숨을 내뱉었다.

"됐어. 음료수 같은 술이나 마시면서 실실대니까 좋냐? 바보 아니야?"

"어른 흉내 좀 내보게 놔둬. 어차피 나는 진짜 어른은 못 될 거니까."

히무라는 장난스럽게 말하며 환자복 밑으로 드러난 다리를 앞뒤로 흔들어댔다. 햇볕에 그을린 듯한 건강한 갈색빛이 아니라 누렇게 뜬 칙칙한 피부색이 눈에 들어왔다. 잠깐 만나지 못한 사이에 히무라는 살이 더 빠진 듯 보였다.

"우노하라, 이제 전철 끊겨서 집에 못 가는 거 아니야? 어떻게 할 거야?"

"누구 때문에 이렇게 된 건데."

"싫으면 안 오면 될 텐데 네가 너무 착해서 왔네, 그치?"

검사 결과가 좋지 않았던 히무라는 한 달 전에 다시 입원을 했다. 외출 허가가 나지 않아 한동안은 연락조차 닿지 않았는데, 오늘 밤 느닷없이 히무라에게서 메시지가 왔던 것이다.

〈병원에서 탈출하는 중. 갈 데 없으니까 헌팅 당할 때까지 오비야마치에서 대기할 예정.〉

나는 이모와 이모부 몰래 집에서 빠져나와 자전거를 타고 서둘러 역으로 향했다. 내가 사는 마을에서 고치 시내로 가는 막차에 간신히 올라탔지만, 타고 나서야 집으로 돌아오는 전철이 없다는 것을 깨달았다. 생각 없이 행동해버린 스스로가 한심하면서도 나를 이렇게까지 변하게 만든 히무라에게 화가 났다.

"그래서? 헌팅 기다린다더니 성과가 좀 있었어?"

"진짜 얄밉게도 말하네. 완전히 꽝인 거 너도 보면 알 거 아니야. 남자 여자 할 거 없이 아무도 나한테 말을 안 걸어. 눈도 안 마주쳐. 벌써 귀신이라도 된 기분이라니까."

히무라는 허공을 바라보며 중얼거렸다.

"그래서 이게 내가 죽은 뒤에 보게 될 세상인가, 하면서 보고 있었어. 아까부터 계속."

나도 밤의 상점가로 시선을 돌렸다. 지역 뉴스나 신문에서는 연일 지역 음식점의 경영 악화를 이야기했지만, 내가 사는 바닷가 마을에 비하면 이곳은 여전히 번화했다.

큰길에서 뻗어나간 좁을 골목에는 형형색색의 네온사인이 켜져 있었고, 지나다니는 사람들의 모습이 그림자놀이처럼 보였다. 술에 취한 어른들의 웃음소리가 유난히 더 크게 들렸다. 모두가 아무 걱정 없이 행복한 듯 보였다.

"진짜 어이없지 않아? 나는 시한부 선고를 받은 비극의 여주인공이라고. 다들 이런 캐릭터 좋아하잖아. 그런데 아무도 나한테 말 안

건다는 게 말이 돼?"

"그 꼴을 하고 술에 취해 있는 미성년자한테 말을 거는 어른이 정상이겠냐?"

"그건 또 그렇네."

히무라는 살짝 웃더니 고래에서 내려왔다.

"그리고 나는 이제 시한부가 아니라 정확하게는 마이너스 1일이니까. 이제는 뭐, 거의 귀신이나 다름없지."

어리둥절해하는 나를 보며 히무라는 답답한 듯 "시한부 선고를 받은 지 오늘로 딱 일 년 하고도 하루가 더 지났다는 뜻이야."라고 말했다.

"그래서 기념으로 뭐라도 해보고 싶었어."

"그게 술 마시면서 헌팅 당하기를 기다리는 거야?"

"맞아. 아, 큰일 났다. 정상일 거 같은 어른이 나한테 말을 걸러 와 줄 것 같은데."

그 말에 뒤를 돌아보자 제복을 입은 경찰이 이쪽을 쳐다보고 있었다. 나는 반사적으로 히무라의 팔을 붙잡고 뛰기 시작했다. 도망치며 깔깔대는 히무라의 몸이 너무나도 가벼워 내가 손을 놓으면 종잇장처럼 날아가 버릴 것만 같았다.

"제발 부탁이니까 이제 그만 좀 해!"

번화가를 벗어나 뒷골목으로 숨어든 나는 붙잡고 있던 히무라의 팔을 거칠게 뿌리쳤다. 누군가에게 이렇게까지 목소리를 높인 것은 처음이었다.

히무라는 거친 숨을 몰아쉬며 한참 동안 나를 가만히 바라보았다. 그리고는 메마른 목소리로 "미안해. 너는 나랑 다르게 미래가 창창하다는 걸 내가 잊고 있었네."라고 말했다.

그해 여름의 기억은 여전히 선명하게 남아 있었다. 그때의 나는 살면서 한 번도 느껴보지 못한 조급함에 시달리고 있었다. 책상 앞에 앉아 있어도 좀처럼 공부에 집중이 되지 않아 이대로는 대학에 합격하지 못할 수도 있다는 것을 자각하고 있었다. 내가 이렇게까지 흔들릴 것이라고는 생각하지 못했다. 조금 더 현명하게 대처할 수 있을 줄 알았다. 어디엔가 있을 법한 아름다운 이야기처럼 마지막 순간까지 히무라의 곁을 지켜주고, 히무라가 남기고 떠난 꿈과 희망을 이어받아 마음속에 소중히 간직한 채 히무라를 만나기 이전의 평범한 일상으로 돌아가는── 그런 결말을 상상했었다. 하지만 히무라는 나의 예상보다 훨씬 더 빠른 속도로 내 안에서 존재감을 키워 갔고, 당시의 나는 그런 히무라를 도저히 감당할 수 없었다. 한껏 부풀어 오르다 결국에는 터져버리고 마는 풍선처럼 언젠가 히무라도 사라질 것이라는 사실을 알고 있었기에 히무라의 존재가 더욱 버겁게만 느껴졌다.

우리는 어색한 분위기 속에서 밤을 지새울 곳을 찾아 거리를 헤맸다. 다닥다닥 붙어 있는 작은 식당들 사이에 들어선 유난히 큰 건물 앞에서 히무라가 갑자기 걸음을 멈췄다.

"여기 현대문학 노무라가 원조교제 하다가 잡힌 데 아니야? 난 여기도 좋아."

옅은 보라색으로 칠해진 외벽과 주차장 입구를 가린 싸구려 비닐만 봐도 이곳이 어떤 곳인지 금세 알 수 있었다. 우리가 다니던 학교의 국어 교사가 여중생과 이런 부적절한 곳에 왔다가 경찰에 체포된 것이 불과 두 달 전의 일이었다.

"나 그런 농담 싫어해."

"농담이 아니라면?"

히무라는 여전히 가벼운 말투였다.

"헌팅에 실패해서 대충 눈앞에 있는 사람으로 해결하려고?"

"그럼 안 돼? 누구든 상관없으니까 죽기 전에 딱 한 번이라도 해보고 싶다는 생각, 남자애들은 다 하지 않나? 여자가 그런 생각하면 이상해? 내가 전에 말했잖아. 처녀가 죽으면 어떻게 되는지."

히무라는 두 팔을 머리 위로 번쩍 들어 양옆으로 흔들어대며 서툰 발레 흉내를 냈다. 작년에 학교에서 열린 예술 감상회에서 봤던 지방 발레단의 공연을 말하는 듯했다. 공연의 줄거리는 순수한 시골 처녀가 귀족 남자와 사랑에 빠졌지만, 남자에게 약혼자가 있었다는 사실을 알게 되며 절망감에 죽음을 택한다는 내용이었다. 나는 중간부터 꾸벅꾸벅 졸았지만, 히무라는 공연을 끝까지 본 모양이었다.

"처녀로 죽은 여자의 영혼은 영원히 이승을 떠돌게 된다니까? 나는 죽어서까지 그렇게 비참하게 이승을 떠돌아다니고 싶지 않다고. 아무나 상관없으니까 빨리 해결하고 깔끔하게 사라질 준비를 하고 싶은 것뿐이야."

"그건 미신이잖아. 남자가 서른 살까지 못 하면 마법사가 된다는 거랑 뭐가 달라? 유치하게, 진짜."

"됐으니까, 나 민망하게 하지 말고 빨리 들어가자."

히무라가 내 팔을 확 잡아끌며 말했다. 그때 골목 반대편에서 우리를 비웃는 듯한 목소리가 들려왔다. 우리 또래거나 한두 살 정도 많은 듯한 남녀 여섯 명쯤 되는 무리였다. 초라한 차림새의 우리와는 달리 스타일이 세련되어 보였다. "저 앞에서 저러면 어떡해.", "저런 애도 모텔을 가는구나.", "그런 말 하지 마, 상상되잖아." —— 조롱 섞인 웃음소리에 귀가 뜨겁게 달아올랐다. 그 순간 나도 모르게 히무라의 몸을 세게 밀쳤다. 크게 휘청이는 히무라의 얼굴로 긴 앞머리가 흘러내렸고, 조잡한 모텔의 네온 불빛이 히무라의 얇은 환자복을 보라색과 노란색으로 물들였다.

그때 내가 느낀 감정은 당혹감이 아닌 분노였다. 어릴 때부터 나는 동네 사람들에게 얼굴조차 기억나지 않는 엄마에 대한 나쁜 말들을 들어왔다. 쟤도 똑같아, 쟤도 언젠가 그렇게 될 거야. 그런 호기심 어린 시선들을 견뎌야만 했다. 그래서일까, 나는 성적인 것에 본능적으로 거리를 두려 했다. 그리고 가끔씩 내 안에서 솟구쳐오르는 충동을 더럽고 불결하게 여겼다. 가까운 사람에게는 더더욱 그런 모습을 보이고 싶지 않았다. 나에게 그런 더럽고 추한 부분은 없다고, 어떻게든 숨기고 싶었다.

그렇기에 제멋대로 떼를 쓰며 내가 애써 감춰두었던 것을 끄집어내려 하는 히무라의 행동을 도저히 견딜 수가 없었다.

히무라는 어깨를 으쓱이며 어색하게 고개를 가로저었다.

"그래, 나도 됐어. 너처럼 고집 세고 답답한 남자한테 두 번 다시 이런 기회는 없을 거야. 진짜 후회 안 하겠어?"

"나도 바라는 바야."

그 후 우리는 근처 상가 건물에 있던 만화카페에서 시간을 보냈다. 히무라는 만화를 읽지도 않고 2인실 바닥 한 켠에 몸을 웅크리고 누워 금세 잠이 들었다. 나는 컴퓨터로 대입 기출문제를 검색해 봤지만 전혀 집중이 되지 않았다.

새벽녘에 내가 음료를 가지러 방을 나가려고 하자 히무라가 몸을 살짝 뒤척였다. 작은 스탠드 조명 하나만 켜져 있는 어두운 공간에서 히무라는 바닥에 누운 채로 희미하게 웃었다.

"이상한 꿈을 꿨어."

"무슨 꿈인데?"

"네가 마법사가 돼서 나를 다시 살려내는 꿈."

히무라는 부스스한 머리로 몸을 일으키더니 고양이처럼 기지개를 켰다.

"어쩔 수 없네. 내가 너 서른 살 될 때까지 저세상에서 기다려 줄게."

그때 히무라는 어떤 얼굴을 하고 있었을까. 잠을 자지 못해 시야가 흐릿해져 앞이 잘 보이지 않았다.

히무라가 처음 만났을 때의 히무라의 모습 그대로였던 것은 이날이 마지막이었다. 이날의 첫 일탈을 계기로 히무라는 서서히 변해갔다.

우리가 외벽 시계 밑에서 최악의 이별을 맞이하기 불과 석 달 전의 일이었다.

*

제 6 화

"긴장되나 보네."

"선생님은 침착하시네요."

"난 얼굴에 잘 안 드러나서 그래."

우리 앞에는 회색 화강암에 'HIMURA'라는 이름이 새겨진 문패가 붙어 있었다. 대문 너머로 심플한 박스형 2층 주택이 보였다. 흰색 외벽에는 작은 창문이 몇 개 있을 뿐 내부의 모습은 전혀 보이지 않았다.

"생각해 보니까 정말 그러시네요. 저랑 편집자님을 엄청 싫어하셨으면서 겉으로는 전혀 그런 티를 안 내셨잖아요."

쓰마도리가 옅은 파란색 선글라스를 벗으며 토라진 표정을 지었다.

"네가 그렇게 말하는 걸 보면 나름 성공적이었나 보네. 제대로 못 숨겨서 티가 나면 어떡하나 걱정했는데."

"이럴 땐 싫어한 적 없다고 부정을 해주셔야죠. 선생님, 혹시 화나신 거예요?"

"기분이 조금 별로기는 하네. 아침부터 어이없는 발연기를 봐서 말이야."

원래라면 오늘은 이누카이가 쓰마도리와 동행할 예정이었다. 하지만 오늘 아침에 이누카이가 갑자기 복통을 호소한 탓에 내가 대신 끌려 나오게 되었다. 이누카이는 호텔 방 침대 위에서 새우처럼 몸을 웅크린 채 "아이고, 배야. 어제 너무 많이 먹었나 봐요. 고치 음식이 너무 맛있어가지고……."라며 어색한 연기를 펼쳤다.

"이누카이 씨 연기가 불안하다면서 같이 가달라고 하더니, 거절당하니까 이번에는 나를 속이려고 해? 사람을 우습게 봐도 유분수지."

"그 연기를 직접 보면 선생님도 납득하실 거라고 생각했어요. 누나네 어머님 앞에서 그랬다가는 의심을 살 게 뻔하잖아요. 아무 이야기도 못 듣게 됐을 거라고요. 저 혼자 가는 것도 안 된다고 하시고……. 편집자님은 걱정이 너무 과하셔서 좀 피곤하다니까요. 처음 만났을 때보다 저도 이제 많이 컸고, 키도 진작에 넘어섰는데 말이에요."

그렇게 투덜대는 사이, 약속 시간이 되었다. 쓰마도리가 조심스럽게 인터폰을 누르자 곧바로 현관문이 열렸다. 문을 열고 나온 것은 젊은 여자였다. 어깨까지 오는 길이의 오렌지빛 금발 머리에 귀에는 보기만 해도 아플 만큼 여러 개의 피어스가 박혀 있었다.

"연락드렸던 쓰마도리입니다. 죄송해요, 이렇게 집까지 찾아뵈어서…….''

여자는 어색하게 고개를 숙이는 쓰마도리를 경계하는 눈빛으로 노려보았다. 히무라의 여동생인 듯했다. 나이는 쓰마도리와 비슷한 것으로 알고 있었다. 여자는 현관문 손잡이를 잡은 채 우리를 들여보내

줄 생각이 없어 보였다. 아무래도 우리의 방문이 반갑지만은 않은 것 같았다.

"마히로! 손님이 오셨으면 빨리 안으로 모셔야지!"

집안에서 고치 사투리를 쓰는 또 다른 여자의 목소리가 들려왔다. 짧은 머리의 여자가 문 앞에 서 있던 여자의 어깨 너머로 쓰마도리를 올려다보며 활짝 웃었다.

"처음 뵙겠습니다. 지아키의 엄마예요. 이렇게 멋진 친구가 오는 줄 알았으면 화장을 좀 더 열심히 할 걸 그랬네."

통통한 볼에 손을 대고 장난스럽게 웃는 모습이 금발의 젊은 여자와 똑 닮아 있었다.

"무리한 부탁이었는데 흔쾌히 댁에 초대해 주셔서 감사합니다. 저 때문에 오늘 회사도 쉬시고……."

쓰마도리가 공손하게 고개를 숙이자 히무라의 어머니가 괜찮다는 듯 손을 저었다.

"아니야, 신경 쓰지 마요. 안 그래도 연차가 많이 남아 있었거든요. 요즘은 애도 다 커가지고 챙겨주려고 하면 오히려 더 귀찮아해서 이제 일밖에는 할 게 없어요. 남편은 갑자기 쉴 수가 없었지만요."

히무라의 어머니는 보험 설계사였고 아버지는 시청에서 근무한다고 했다.

"이렇게 멀리까지 와 줘서 고마워요. 자기가 전화 줬던 쓰마도리 군이고, 이쪽은……?"

어머니의 시선이 나에게 향했다. 어느 정도 각오는 하고 왔지만 좀처럼 입이 떨어지지 않았다. 쓰마도리가 나를 대신해 미소를 지으며 말했다.

"저희 천문기상부의 고문을 맡고 계신 선생님이에요. 제가 걱정돼서 같이 와 주셨어요."

"아, 그래요. 전화로 말해줬었지, 참. 선생님도 어서 들어오세요."

히무라의 어머니는 허리를 숙여 실내용 슬리퍼 두 켤레를 내어 주었다. 나도 간신히 "실례하겠습니다."라고 말하며 고개를 숙였다. 이분은 과연 히무라가 내게 마지막으로 어떤 말을 했는지, 그 말을 듣고 내가 어떤 행동을 했는지 알고도 이렇게 웃으며 나를 집안으로 들일 수 있을까.

현관의 신발장 위에는 피아노를 치는 소녀의 모습을 본뜬 점토 공예품이 놓여 있었다. 밑에는 서툰 글씨로 '히무라 지아키'라고 적은 이름표가 붙어 있었다. 초등학교 미술 시간에 히무라가 만든 작품인 것 같았다. 여기저기에 남아 있는 손자국이 너무나도 생생해서 보고 있기가 힘들 정도였다. 히무라의 어머니를 따라 집 안으로 들어가자 라벤더와 마른 잎이 뒤섞인 듯한 독특한 향기가 났다. 방향제도 섬유유연제도 아니었다. 이 집과 이 가족들에게 배어 있는 냄새였다. 내게도 익숙한 향이었다. 잠시라도 방심했다가는 과거의 기억 속으로 빨려 들어갈 것만 같았다. 역시 따라오는 게 아니었다.

"금방 마실 것 좀 내어올 테니까 조금만 기다려요."

우리를 거실로 안내한 히무라의 어머니는 서둘러 아일랜드식 주방으로 향했다. 밖에서 본 모습으로는 상상하기 어려울 만큼 거실 안은 밝은 햇살로 가득했다. 거실 한쪽이 문이 없는 다다미방과 이어져 있었다. 쓰마도리와 나는 나란히 무릎을 꿇고 앉아 히무라의 불단 앞에서 손을 모았다. 작은 액자에 어린 소녀의 사진이 꽂혀 있었다. 송곳니를 살짝 드러내며 해맑게 웃고 있는 얼굴이 여동생만큼은 아니어도 어머니와 많이 닮아 있었다. 쓰마도리가 몸을 살짝 일으켜 사진을 자세히 들여다보더니 "이거…… 열 살 때쯤 찍은 사진일까요?"라며 내게 속삭였다. 음료를 테이블에 올려놓던 히무라의 어머니가 "맞아요, 쓸 만한 사진이 그거밖에 없었거든요."라고 말하며 쓴웃음을 지었다.

"지아키는 초등학교를 졸업할 무렵부터 사진 찍는 걸 싫어했어요. 어릴 때 찍은 거 말고는 웃고 있는 사진이 없었어요. 졸업 사진도 뚱한 얼굴로 찍었더라고요."

"아, 저도 봤어요. 조사업체 보고서에 초등학교랑 중학교 때 졸업 사진도 있었거든요. 실제로 만난 적은 없었지만 누나답다고 생각했어요. 사실은 고등학교 때 사진도 보고 싶었는데 아무리 찾아봐도 없다고 해서……."

"고등학교는 중간에 그만두는 바람에 졸업 앨범에 사진이 없어요. 근데 아마 졸업 사진을 찍었어도 초등학교, 중학교 때랑 똑같은 얼굴이었을 거예요."

서로 마주 보고 웃는 쓰마도리와 어머니의 옆에서 히무라의 여동생이 "방금 뭐라고 했어요?"라며 목소리를 높였다.

"조사업체라니요? 언니 친구인지 뭔지 모르겠지만, 몰래 우리 가족의 뒷조사를 했다는 거 아니에요? 진짜 불쾌하네요. 돈 주고 우리 개인정보를 산 거잖아요."

지극히 정상적인 반응이었다. 입을 꾹 다문 쓰마도리를 감싸듯 히무라의 어머니가 "마히로!"라며 큰 소리로 딸을 나무랐다.

"버릇없게 손님한테 뭐 하는 거야! 쓰마도리 군은 어떻게든 지아키를 만나려고 몇 년이나 걸려서 힘들게 우리를 찾은 거라고!"

조금 전까지의 온화하던 모습은 온데간데없이 사라지고 험악한 표정을 짓고 있었다. 마히로는 고개를 홱 돌리더니 식탁 옆에 놓인 긴 소파 위에 털썩 드러누웠다.

"미안해요, 애가 워낙 의심이 많아가지고. 나는 쓰마도리 군이 지아키랑 같이 만들어서 올린 영상을 다 봤어요. 지아키가 연주 영상을 올리는 건 알고 있었는데, 처음에는 건반이랑 손만 나오는 밋밋한 영상이었잖아요. 그걸 쓰마도리 군이 멋진 작품으로 만들어준 거라면서요?"

"저는 누나가 연주한 곡에서 영감을 받아서 시를 썼을 뿐이에요. 영상 편집 기능은 원래 뮤지스에서 기본으로 제공하고 있어서 누구나 쉽게 쓸 수 있는 거고……."

"아무리 그렇다 해도 노래방 화면에 나오는 것 같은 영상을 직접 만들 수 있다니 얼마나 대단해요! 나는 음악적 센스도 없고 문학도 잘 모르지만 진짜 감동했어요. 마히로도 한 번 보면 좋을 텐데."

"나는 됐어. 중2병 같은 영상일 게 뻔한데, 뭐. 가족이 만들었다고 생각하면 더 못 보겠어. 언니도 엄마한테 보여주기 싫었을걸?"

"마히로! 너는 말을 꼭 그렇게……."

미안하다며 사과하는 어머니에게 쓰마도리는 어색하게 고개를 저었다. 노래방 화면 같았다는 말에 조금 상처를 받은 듯했지만, 히무라의 어머니 세대에서는 아마도 진심 어린 칭찬이었을 것이다.

어머니의 안내를 받아 쓰마도리와 나는 식탁 의자에 나란히 앉았다. 보리차를 따라 놓은 잔 옆에 과일이 담긴 작은 유리 접시가 놓여 있었다.

"휴가나쓰인가요?"

내 질문에 어머니는 기쁜 듯 고개를 끄덕였다. 윤기가 도는 노란 과육이 먹음직스러워 보이는 휴가나쓰는 이 주변 지역의 대표적인 감귤류 과일이었다. 하지만 이 시기에 먹을 수 있을 거라고는 생각하지 못했다.

"잘 아시네요. 멀리서 와주셨으니까 고치에서 유명한 걸 드셔보셨으면 해서요. 보통은 봄부터 초여름까지만 나오는데 이건 신맛이 강한 품종을 저장고에서 숙성시켜서 단맛이 나게 만든 거예요. 제철은 아니지만 맛이 아주 좋아요."

쓰마도리가 포크로 손을 뻗었다. 나는 이누카이의 당부를 떠올렸다. 이누카이는 쓰마도리의 컨디션에 각별히 신경을 써 달라며 몇 번씩이나 나에게 신신당부를 했다. 감귤류 중 몇몇 종류는 쓰마도리가 복용 중인 면역억제제와 상성이 좋지 않았다. 미리 만들어서 냉장고에 보관하는 반찬이나 음료도 좋지 않다고 했으니 보리차도 마시지 않는 것이 나을 듯했다.

내가 쓰마도리의 손에서 포크와 잔을 빼앗자 히무라의 어머니는 의아한 표정을 지었다.

"죄송해요, 쓰마도리는 체질상 먹을 수 있는 게 한정되어 있어서 제가 대신 다 먹겠습니다."

"선생님, 저 괜찮아요. 벌써 수술한 지 몇 년이나 됐잖아요."

"이거 먹고 몸이 안 좋아지면 그게 더 폐를 끼치는 거야."

쓰마도리가 불만스러운 듯 미간을 찌푸렸다. 하지만 어머니는 전혀 개의치 않아 보였다. 오히려 감정이 북받쳐오른 듯 눈가가 촉촉해졌다.

"그래요, 어릴 때 수술을 받았다고 전화로 말해줬었죠. 이렇게 건강해 보여도 아직 조심해야 하는 게 많은가 보네……."

조금 전까지만 해도 밝게 웃고 있던 얼굴이 순식간에 어두워져 쓰마도리도 나도 잠시 말문이 막혔다. 히무라의 어머니는 고개를 숙인 채 코를 훌쩍이며 옆에 있던 갑 티슈로 손을 뻗었다.

"미안해요, 이런 모습을 보여서. 지아키랑 쓰마도리 군 사이에 특별한 인연이 있었던 것 같아서 기뻐서 그래요. 지아키는 가족들한테 차마 말하지 못한 이야기도 쓰마도리 군한테는 솔직하게 털어놓을 수 있었던 거 아닐까 싶어요. 어쩌면 마지막으로 병실을 몰래 빠져나갔던 것도 쓰마도리 군을 만나러 가려고 했던 게 아닐까 싶기도 하고요."

"네?"

쓰마도리가 놀란 듯 눈을 동그랗게 떴다. 하지만 그럴 리는 없었다. 히무라는 생전에 쓰마도리의 본명도 사는 곳도 알지 못했다.

"지아키는 오래 아팠으니까 우리도 각오는 하고 있었지만…… 설마 그렇게 떠날 줄은 몰랐어요. 왜 오카야마에 가려고 했었는지, 그게 아직도 마음에 걸려요. 병원을 몰래 빠져나간 적은 여러 번 있었어도 그렇게 멀리까지 간 적은 한 번도 없었거든요."

"하지만 저는 가나가와에 살고 있었는데……."

"고치는 말이죠, 비행기를 타면 어디든 한 번에 갈 수 있지만 육로로 나가기는 무척 어려운 곳이에요. 산과 바다로 둘러싸여 있어서 고립된 육지의 섬이라고 불릴 정도거든요. 그래서 고치현을 벗어나서 위쪽으로 올라가려면 대부분 오카야마행 특급 열차를 타고 일단 산을 넘어가요. 그래서 그날 지아키가 정말 어디로 가려고 했던 건지는 아무도 알 수가 없어요."

쓰마도리의 당황해하는 기색을 느꼈는지 히무라의 어머니는 몸을 앞으로 기울이며 다급하게 말을 덧붙였다.

"기분 나빴다면 미안해요. 쓰마도리 군을 탓하려는 게 아니에요. 그냥 차라리 그런 거라면 좋았겠다 싶어서……. 사고가 났던 날 지아키가 입고 있었던 옷이 말이에요, 며칠 전부터 하도 조르길래 내가 사줬거든요. 다음에 병원에서 나갈 때 입을 거라면서 병실에 있는 옷걸이에 걸어 놓고는 맨날 쳐다보면서 좋아했어요. 그때는 나도 남편도 이제는 건강하게 퇴원하기는 힘들 거라고 생각했어서 얼마나 안쓰러웠는지 몰라요. 근데 만약에 쓰마도리 군에게 보여주고 싶어서 그 예쁜 옷을 준비한 걸지도 모른다고 생각하면 마음이 조금은 가벼워지는 것 같아요. 좁은 병실 안에서 병마와 싸우기만 했던 인생은 아니었구나, 싶어서요. 지아키는 어릴 때부터 조용하고 내성적이라 친구가 별로 없었거든요."

쓰마도리가 납득이 가지 않는다는 얼굴로 나를 바라보았다. 나는 아무 말 없이 휴가나쓰 한 조각을 입에 넣었다. 오랜만에 맛보는 고향의 과일은 과즙이 풍부하고 놀라울 만큼 달았다.

히무라의 어머니는 무거워진 분위기를 띄우듯 "아, 그래, 쓰마도리 군한테 보여주고 싶은 게 있었어요."라며 두 손을 마주치며 말했다. 식탁 끝에 놓여 있던 작은 상자를 집어 소중하게 뚜껑을 열었다. 상자에서 옅은 파란색 매듭끈이 나왔다. 한쪽 끝에는 작은 금속 고리가 달려 있었다.

"지아키가 선로에 떨어뜨렸다던 물건은 결국 못 찾았다고 전화로 내가 말해줬죠? 근데 그때 지아키랑 같이 있었던 역무원분이 지아키한테 아주 소중한 물건이었을 거라면서 엄청 열심히 찾아주셨거든요. 그러면서 혹시 이거 아니겠냐면서 이 매듭끈을 보내주셨는데······."

작은 원형의 금속 고리는 점프링이라고 불리는 것이었다. 무언가 이 매듭끈에 연결되어 있었던 모양이었다. 예를 들면 마스코트 인형이나 부적 파우치 같은 것들 말이다.

"혹시 뭐 짐작 가는 거 없어요? 병이 낫는 부적을 하나씩 나눠 가졌다거나…… 실제로 만나서 같이 사러 가지는 못했어도 요즘은 인터넷으로 얼마든지 주문할 수 있잖아요."

"아뇨, 그런 건 딱히……."

"그래요……."

미안한 듯 고개를 젓는 쓰마도리를 보며 히무라의 어머니는 어깨를 떨구었다. 만약 신사에서 파는 부적 파우치 같은 것이 선로에 떨어져 있었다면 역무원이 금방 발견할 수 있었을 것이다. 적어도 이렇게 가는 매듭끈 하나를 찾아내는 것보다는 훨씬 쉬웠을 터였다.

쓰마도리가 조심스럽게 스마트폰을 꺼내며 "혹시 사진을 찍어도 될까요?"라고 물었다. 어머니는 고개를 끄덕이며 왠지 황홀한 듯한 목소리로 낮게 읊조렸다.

"아무리 그래도 짐작 가는 물건이 아무것도 안 나온 게 참 이상하죠. 어쩌면 지아키가 천국에 갈 때 가져간 건지도 몰라요."

거실에 울려 퍼진 셔터 소리와 함께 누군가를 비웃는 듯한 짧은 숨소리가 들려왔다. 나는 입에 있던 휴가나쓰를 삼킨 뒤 천천히 옆으로 시선을 돌렸다. 소파에 누워 있던 히무라의 여동생이 한쪽 입꼬리를 올린 채 어머니를 바라보고 있었다.

히무라의 초등학교 졸업 앨범과 졸업 문집, 가족여행 사진 등을 함께 보며 추억 이야기를 듣다 보니 어느새 정오에 가까운 시간이 되어 있었다. 점심을 먹고 가라는 제안을 받았지만 쓰마도리의 체질을 생각해 정중히 사양했다.

"합숙 캠프 중에 잠깐 빠져나온 거라고 했죠? 천문기상부면 별을 좋아하나 봐요?"

현관에서 신발을 신고 있던 우리에게 히무라의 어머니가 아쉬운 듯 말을 걸어왔다.

"다른 학생들은 근처에서 기다리고 있는 거예요?"

"네, 고치성이랑 박물관을 둘러보고 있어요."

쓰마도리의 눈빛이 흔들렸다. 나는 구두에 발을 밀어 넣으며 이곳에 오는 동안 혹시 모를 상황에 대비해 미리 생각해 두었던 가상의 캠프 일정을 설명했다.

"이제 다른 학생들이랑 합류해서 쓰노조로 가려고요."

"그러시군요. 별이 가득한 밤하늘로 유명한 곳이죠. 근데 차가 없으면 가기 힘드실 텐데……."

"일단 스사키까지 전철로 간 다음에 거기에서 택시나 버스를 탈까 해요."

"스사키요?"

히무라의 어머니는 의아한 듯 되묻더니 그제야 처음으로 내 얼굴을 똑바로 바라보았다.

"선생님, 혹시 고향이 이쪽이세요?"

갑자기 정곡을 찔려 가슴이 철렁했다.

"여기 사람이 아니면 보통 스자키라고 한자를 잘못 읽거든요. 스사키라고 정확하게 발음하는 게 어렵기도 하고요. 휴가나쓰를 알고 계시기도 했고, 드시는 방법도…….."

예상치 못한 전개였다. 지금은 차라리 솔직하게 인정하는 편이 의심을 덜 사는 방법일지도 몰랐다. 쓰마도리도 불안한 얼굴로 나를 바라보고 있었다. 마음을 다잡고 입을 열려는 찰나, 어머니의 뒤쪽에서 "엄마." 하는 날카로운 목소리가 들려왔다.

히무라의 여동생이었다. 언제 갈아입었는지 편한 실내복 대신 짧은 티셔츠에 찢어진 청바지를 입고 있었다. 짙은 눈화장 탓에 조금 전까지만 해도 남아 있던 앳된 인상을 전혀 찾아볼 수 없었다.

"나 잠깐 나갔다 올게. 점심도 저녁도 필요 없어."

"몇 시쯤 들어올 건데?"

"언제 들어오든 상관없잖아. 귀찮게, 진짜"

마히로는 퉁명스럽게 대답하며 신발장에서 굽이 높은 운동화를 꺼냈다. 신발 끈을 묶는 손가락에 반창고가 여러 개 감겨 있었고, 손등에도 붉은 발진이 올라와 있었다. 미용전문학교에 다닌다고 했으니 아마 그 때문인 것 같았다.

"마히로, 그 머리 새파란 이상한 남자애랑은 헤어진 거지? 그런 애 만나면 안 돼, 알았지?"

"진짜 잔소리 좀 그만해. 언제적 이야기를 하는 거야."

모녀의 말다툼이 시작된 틈을 타 쓰마도리와 나는 간단히 인사를 건네고 서둘러 히무라의 집에서 나왔다. 고치성 뒤편에 있는 주택가를 빠져나와 겨우 한숨을 돌렸다.

"선생님, 아까 그 이야기는 뭐예요? 휴가나쓰를 먹는 방법이요."

"겉에 두꺼운 흰색 껍질이 있었잖아. 고치에서는 껍질의 노란 부분만 얇게 벗겨내고 안쪽의 흰 부분은 같이 먹는 게 일반적이거든. 다른 지역 사람들은 보통 흰 부분도 다 떼어내고 과육만 먹으려고 하니까."

"아, 듣고 보니 그러네요. 선생님은 귤을 드실 때 하얀 실 같은 부분까지 깔끔하게 떼어내고 드시는 타입일 거라고 생각했는데, 아까 그대로 입에 넣으셔서 조금 놀라기는 했어요."

예민해 보인다는 말을 돌려서 하는 것일까. 하지만 설마 지명의 발음이나 과일을 먹는 방법 때문에 정체를 들킬 뻔하게 될 줄은 상상도 하지 못했다.

고치성 외곽의 해자를 따라 걸으며 이누카이와 만나기로 한 커피숍으로 향했다. 한낮의 태양이 가차 없이 정수리를 뜨겁게 달구었다. 강렬한 더위에 눈앞이 아찔했다.

"선생님은 아까 그 매듭끈에 대해 아는 거 없으세요?"

"전혀 모르겠어."

"입원 중이었던 누나의 개인 소지품을 관리하고 계셨던 어머님조차 몰랐던 물건이라니……. 사고가 나기 직전에 손에 넣어서 몰래 갖고 있었던 걸까요? 만약 그런 거면 병원 매점에서 산 거 아닐까요?"

"꼭 그렇다고 단정할 수는 없어. 잠깐씩 병원에서 몰래 빠져나온 적도 많았고, 히무라가 입원해 있던 병원 맞은편에는 대형 쇼핑몰이 있었거든. 게다가 아까 어머님이 말씀하신 것처럼 인터넷으로도 뭐든 살 수 있으니까."

"하지만 그러면 구매한 기록이 남았을 거고, 병원에서 배송을 받는 게 가능했을까요? 만약에 집으로 보냈으면 어머님이 아셨을 거고요."

일리가 있는 말이었다. 히무라의 어머니는 자신의 말에 모순이 있다는 것을 알아채지 못했거나 혹은 알면서도 그 어떤 가설에든 매달리고 싶었는지도 몰랐다. 그 얇은 매듭끈 하나 때문에 딸이 죽었다는 사실은 도무지 받아들이기가 어려웠을 것이다.

우리는 오테스지에 있는 오래된 커피숍으로 들어갔다. 좁은 실내에 가득 찬 담배 냄새가 코를 찔렀다. 누렇게 변색된 벽지는 가장자리부터 벗겨지고 있었다. 도쿄에서는 대부분의 가게가 금연이기 때문에 이런 분위기가 오히려 신선하게 느껴졌다.

이누카이는 가장 안쪽 테이블에 앉아 있었다. 두툼한 토스트를 베어 물려던 참에 우리를 발견하고는 눈을 동그랗게 떴다. 테이블 위에 놓인 커다란 접시에는 작은 주먹밥이 두 개, 케첩으로 맛을 낸 파스타와 햄앤에그, 그리고 산더미처럼 쌓인 샐러드까지 이 정도면 만족하겠냐는 듯 잔뜩 담겨 있었다. 접시 옆에 토스트용 버터와 잼도 보였고, 심지어는 된장국과 커피까지 곁들여져 있었다.

"배 아프신 건 좀 어떠세요?"

내가 차가운 말투로 묻자 이누카이는 입 안 가득 음식을 머금은 채 눈알을 굴렸다.

"아니에요, 그게, 저희 편집장님이 고치에 가면 꼭 모닝 세트를 먹어야 된다고 하셔가지고요!"

"모닝이라뇨, 지금 열두 시예요. 아니, 그리고 그게 1인분이라고요?"

쓰마도리는 의심스럽다는 듯 물었지만, 사실 이누카이의 앞에 놓인 음식의 양은 고치에서 파는 모닝 세트치고는 평범한 편이었다. 이유는 알 수 없지만 고치현은 인구 천 명당 커피숍의 수가 기후현과 함께 전국 1, 2위를 다툴 정도였다. 그래서인지 서로 경쟁하듯 서비스가 점점 과해진 것인지도 몰랐다.

"그래서? 히무라 씨에 대해 뭐 좀 알아냈어?"

"사진도 보고 말씀도 많이 들었는데, 솔직히 제가 갖고 있던 이미지와는 조금 달랐달까요……."

쓰마도리는 슬쩍 나의 눈치를 봤다. 히무라의 어머니는 딸이 조용하고 내성적이며 소심한 아이였다고 거듭 이야기했다.

"누나는 무리에 속하는 걸 좋아하지 않는 타입이다 보니 학교에서는 친구가 없어서 조용하고 내성적인 것처럼 보였을 수도 있어요. 실제로 조사보고서에 나와 있었던 학교 동창들의 증언도 비슷했고요. 하지만 가족들한테까지 그런 오해를 받고 있었다는 게 이상해요."

"글쎄, 고등학생쯤 되면 부모랑 어느 정도 거리를 두고 싶어하기도 하잖아. 그리고 부모가 보는 자식의 모습이랑 자식의 실제 모습이 다른 경우도 꽤 많지 않나?"

"…… 아, 그러네요. 맞아요. 저도 그렇기는 하니까요."

이누카이의 말에 쓰마도리는 안도한 듯 미소를 지었다. 쓰마도리는 어머니의 말이 마음에 걸리기는 했어도 불단에 놓여 있던 히무라의 사진에는 아무런 위화감을 느끼지 못한 듯했다.

나는 이누카이의 맞은편에 앉아 테이블 위에 놓여 있던 작은 메뉴판을 손에 들었다. 눈이 마주친 점원에게 뜨거운 커피를 주문했다. 내 눈에는 액자 속에서 환하게 웃고 있던 히무라가 모르는 사람처럼 낯설게 느껴졌다.

금방 나온 커피를 한 모금 마시며 검은 액체에 얼굴을 비춰 보았다. 내 기억 속 히무라의 모습은 늘 이렇게 희미했다. 그건 아마도 이누카이에게 이야기했던 것처럼 우리가 항상 해가 진 이후에 만났기 때문인지도 몰랐다.

"편집자님, 이거 진짜로 혼자 다 드실 거예요? 그러다 연기가 아니라 진짜 배탈이 나겠어요."

"그래도 너한테 도와달라고 할 수는 없어. 우노하라 선생님, 혹시 배 안 고프세요?"

입가에 잼을 묻힌 채 뻔뻔하게 내게 말을 걸어오는 이누카이의 모습에 어이없어하던 중, 커피숍 문이 열리며 종소리가 요란하게 울렸다. 그 순간 쓰마도리의 얼굴이 딱딱하게 굳었다. 쓰마도리의 시선을 따라 뒤를 돌아보니 익숙한 얼굴이 우리를 향해 성큼성큼 다가오고 있었다.

"이 사람이 다른 부원이에요? 고등학생으로는 안 보이는데요."

커피숍으로 들어온 여자는 우리가 앉아 있던 테이블 앞에 멈춰 서

더니 비꼬는 듯한 말투로 이누카이를 가리키며 말했다.

"저기, 이분은 누구······?"

이누카이가 쓰마도리와 나를 번갈아 보며 물었다. 그녀가 누구인지 모르는 사람은 이누카이뿐이었다.

"합숙 캠프라고 거짓말까지 하면서 찾아온 목적이 뭐예요? 우리 엄마의 환심을 사서 어쩌려는 건데요? 그리고 그쪽 말인데요."

짙은 눈화장을 한 삼백안이 나를 노려보고 있었다.

"처음에 현관문 앞에서 봤을 때는 못 알아봤는데, 우리 전에 한 번 만난 적 있죠? 제가 초등학생 때 엄마가 사줬던 분홍색 키즈폰으로 언니랑 연락을 주고받았던 사람이잖아요."

"주문하실래요?"

"필요 없어요!"

그녀는 내가 내민 메뉴판을 차가운 손길로 쳐냈다. 나는 지금 내가 생각해도 이상할 정도로 침착했다. 누군가 뒤를 따라오고 있다는 것을 전혀 눈치채지 못했지만, 마음 한구석에서는 이런 일이 생길지도 모른다고 예상하고 있었는지도 몰랐다.

히무라 지아키의 여동생, 히무라 마히로는 털이 바짝 선 고양이 같은 얼굴로 "설명 좀 해주시겠어요?"라며 팔짱을 끼며 말했다.

*

히무라가 갑작스럽게 입원을 하게 된 것은 고등학교 2학년 여름방학 때였다. 그날 나는 시내에 있는 입시학원에서 모의고사를 봤다. 시험 자체는 해가 지기 전에 끝났지만, 집에 도착하는 시간을 최대한 늦추기 위해 학원 근처의 시립도서관에서 시간을 때우고 있었다. 그날은 요사코이 마쓰리(고치현에서 매년 8월에 개최되는 일본을 대표하는 여름 축제-옮긴이)가 열리는 둘째 날이라 어차피 이모와 이모부는 평소처럼 친구들을 집으로 불러 텔레비전으로 축제 생중계를 보며 술을 마시고 있을 것이 뻔했다. 대낮부터 술에 취한 어른들을 상대하는 것이 귀찮기도 하고, 취하면 늘 옆집에 민폐일 만큼 시끄럽게 떠들어 대니 공부에 집중이 될 리도 없었다.

도서관이 문을 닫기 직전, 히무라에게서 메시지가 왔다. 나는 병원으로 가는 버스에 올라 축제의 열기로 들뜬 거리의 풍경을 창문을 통해 바라보았다. 음향 장비를 싣고 화려하게 장식한 축제용 트럭이나 형형색색의 의상을 입고 춤을 추는 사람들이 종종 버스 옆을 스쳐 지나갔다. 버스가 가까워지면 차도를 가득 메우고 춤을 추던 사람들은 자연스럽게 한쪽 차선으로 비켜섰고, 버스가 지나가면 다시 원래의 대열로 되돌아갔다. 그 과정에서 춤 동작도 얼굴의 미소도 흐트러지는 일이 없었다. 그런 광경이 생소한지 내 옆자리에 앉아 있던 여행객으로 보이는 남자가 창문에 대고 카메라 셔터를 연신 눌러댔다.

시내에서 가장 큰 종합병원 1층에 있는 편의점에서 나는 잡지를 읽으며 히무라의 연락을 기다렸다. 병원 건너편에 있는 대형 쇼핑몰은 매년 축제 때마다 주차장 한 켠을 무대로 꾸몄다. 축제를 즐기는 사람들의 함성과 라이브로 연주되는 요사코이 민요가 희미하게 들려왔다.

"어?"

내가 그 목소리에 고개를 돌린 것은 약간 목이 쉰 듯한 허스키한 음색이 히무라와 비슷했기 때문이었다. 하지만 돌아본 곳에 서 있던 것은 키가 히무라의 어깨쯤 올 것 같은 어린 여자아이였다. 초등학교 고학년 정도로 보였다. 그 아이는 눈을 크게 뜨고 내가 들고 있던 휴대폰을 뚫어지게 바라보고 있었다. 비즈를 엮어 만든 휴대폰줄이 신경 쓰였던 것일까. 나 같은 남고생에게 어울리지 않는 액세서리이기는 했다.

"마히로!"

자동문이 열리며 급하게 편의점으로 들어온 중년의 여자가 여자아이에게 다가갔다. 얼굴이 많이 닮아 있는 것을 보니 어머니인 것 같았다.

"미안해, 의사 선생님한테 이것저것 여쭤보느라 오래 걸렸네. 이제 가자."

"요사코이는 이제 안 가고 싶어."

여자아이가 고개를 홱 돌리며 말했다. 양 갈래로 묶은 머리카락이 말꼬리처럼 흔들렸다.

"아이고, 기분 좀 풀어라. 방금 사쿠나네 엄마한테서 메시지가 왔는데, 병원 바로 건너편에 있는 주차장에서 춤추고 있대. 엄마랑 같이 응원하러 가자."

"안 갈 거야. 애들이 춤추는 거 안 보고 싶어. 원래는 나도 같이 추기로 했던 건데."

"어쩔 수 없었잖아. 올해 딱 한 번만 참고 넘어가기로 엄마 아빠랑 이야기했잖아."

"그럼 내년에는 출 수 있어? 약속할 수 있어? 언니가 내년에도 안 죽으면 또 이번처럼……."

"마히로!"

여자의 단호한 목소리에 여자아이의 가녀린 몸이 움찔했다.

"그런 말 하는 거 아니라고 했지!"

아무 관련도 없는 나조차 위축될 만큼 섬뜩한 표정이었다. 순식간에 편의점 안의 공기가 얼어붙었다.

"마히로는 그래도 괜찮잖아. 내년에 못 하면 내후년에라도, 그다음 해에라도 원하는 건 뭐든 할 수 있으니까……."

등골이 서늘해질 만큼 어둡고 메마른 목소리였다. 여자는 눈앞에 서 있는 아이는 아랑곳하지 않고 홀연히 편의점을 빠져나갔다.

여자아이는 입술을 꽉 깨문 채 가만히 서 있었다. 눈물이 흘러내리지 않도록 힘주어 부릅뜬 두 눈이 빨갛게 충혈되어 있었다.

"…… 괜찮아?"

내가 조심스럽게 말을 걸자 아이는 깜짝 놀란 얼굴로 나를 올려다보았다. 그 순간 눈가에 간신히 매달려 있던 눈물이 동그란 뺨 위로 흘러내렸다.

"이거 쓸래?"

교복 바지 주머니에서 휴지를 꺼내 내밀었다. 하지만 아이는 나를 매섭게 노려보더니 편의점을 뛰쳐나갔다. 유리창 너머로 "엄마, 엄마! 기다려!" 하고 외치는 목소리가 들려왔다.

그 뒤로 한참이 지나서야 히무라에게서 전화가 왔다. 나는 히무라의 지시에 따라 사람들의 눈에 띄지 않게 조심하며 입원 병동으로 향했다. 대부분의 환자들은 축제가 열리는 날 밤에만 일시적으로 개방하는 옥상에 올라가 축제 분위기를 즐기고 있는 듯했다. 희미하게 풍겨 오는 소독약 냄새 때문인지 병동이 한층 더 고요하게 느껴졌다.

병동 가장 안쪽의 일인실에서 히무라는 교복을 입은 채 침대에 걸터앉아 있었다. 오전에 학교에서 보충 수업을 듣고 곧장 병원으로 와서 검사를 받았다고 했다.

"이게 뭐야, 바로 입원하래."

히무라는 교복 양말을 신은 다리를 앞뒤로 흔들어대며 말했다. 말하는 내용과는 달리 장난스러운 말투였다. 활짝 열린 병실 창문으로 들어온 눅눅한 바람이 히무라의 머리카락을 스치고 지나갔다. 병원 밖의 뜨거운 축제 열기와는 정반대로 불이 꺼진 병실 안은 차가운 어둠에 잠겨 있었다. 창문 밖을 바라보는 히무라의 눈동자에 길 건너에 있는 쇼핑몰의 불빛이 반사되어 눈물이 맺힌 것처럼 반짝이고 있었다.

"네 동생이랑 부모님도 병원에 같이 온 거야?"

"맞아, 원래는 빨리 검사만 받고 다 같이 축제를 구경하러 가기로 했었거든. 지금은 내 짐을 가지러 잠깐 집에 갔는데, 나간 김에 축제도 살짝 보고 오겠대. 근데 왜?"

"아까 네 동생이랑 어머니를 본 것 같아서. 아마 들킨 것 같아."

"뭐를?"

나는 손에 들고 있던 키즈폰을 내밀었다.

"아까 네 동생이 이걸 봤어. 자기가 쓰던 휴대폰이라는 걸 눈치를 챘을지도 몰라."

"그래? 괜찮을 거야. 최악의 경우에는 네가 초등학생 여자아이의 휴대폰을 훔친 변태로 몰려서 경찰에 잡혀갈지도 모르지만."

히무라는 살벌한 농담을 던지며 침대에서 내려오더니 침대 옆 수납장 밑에 있는 작은 냉장고를 열었다. 희미한 주황색 불빛이 짧은 순간 동안 히무라의 뒷모습을 비췄다.

"어차피 걔는 지금 그런 거에 신경 쓸 정신이 없을 거야. 우리 엄마가 다니는 보험 회사에 요사코이 팀이 있거든. 내 동생은 매년 축제 때마다 그 팀 소속으로 나가서 춤을 췄는데, 올해는 나 때문에 참가를 못 하게 됐어. 그래서 삐졌다고 해야 하나, 아니면 나를 원망하는 건가? 아무튼 그런 상태야."

"네 잘못이 아니잖아."

히무라는 페트병에 담긴 사이다 뚜껑을 열며 나를 쳐다보았다. 하지만 슬쩍 보기만 했을 뿐 아무 말 없이 다시 침대로 돌아갔다.

"너는 옥상에서 축제 안 봐도 돼?"

"됐어. 매년 동생 응원하느라 질리도록 봤으니까. 그리고 어차피 올라가봤자 할머니 할아버지들밖에 없어서 요즘 요사코이는 시끄럽기만 하다느니 전통춤을 그대로 그대로 춰야 한다느니 그런 말이나 듣게 될걸. 우리 할머니랑 할아버지가 맨날 그랬거든. 두 분 다 오래전에 돌아가시긴 했지만."

요사코이 축제에 참여하는 팀들의 안무는 다른 지역 축제에 비해 자유롭기로 유명했다. 양손에 나루코(요사코이 축제에서 사용하는 나무 주걱 모양의 작은 타악기-옮긴이)를 들고 춤을 추며 앞으로 나아갈 것, 그리고 전통 요사코이 민요의 한 구절을 반드시 넣을 것. 이 두 가지만 지키면 나머지 음악이나 의상에는 아무런 제약이 없었다. 하지만 오래전부터 춰 오던 정해진 안무만을 고집하는 이 지역 토박이들이 많은 것도 사실이었다.

"우리 할아버지도 비슷한 말씀을 하셨던 것 같아. 내가 중학생 때 돌아가셨지만."

"너무 당연한 말이지만, 사람은 어차피 다 죽어. 일찍 죽느냐 늦게 죽느냐의 차이일 뿐이야."

히무라는 사이다를 한 모금 마신 뒤 건조한 목소리로 말했다.

"내 여동생 말이야."

"응."

"사실은 나도 알아. '마히로가 즐겁게 춤추는 모습을 언니한테 마지막으로 보여줘'라든지 '그 모습을 보면 언니도 힘이 날 것 같아' 같은 말 한마디만 해줬으면 된다는 걸. 근데 하고 싶지 않았어. 올해도 춤을 추고 싶다고 하면 나도 말리지 않았을 거야. 그래, 열심히 해, 하고 말았겠지. 마음에도 없는 말을 해가면서 앞으로 오래오래 살아갈 애를 내가 격려해 주기까지 해야 돼? 왜 멋대로 나를 감동적인 드라마의 주인공으로 만들려고 하는지 모르겠어."

히무라는 쓴웃음을 지으며 "나 진짜 못됐지."라며 중얼거렸다. 투명한 사이다 향이 섞인 한숨이 입술 틈으로 새어 나왔다.

"뭐 어때. 그 정도가 딱 좋아."

"뭐가?"

"너무 성격 좋은 사람이랑 같이 있으면 피곤해."

"뭐? 너 진짜 최악이다."

"그게 너한테도 딱 좋잖아."

히무라는 어이없다는 표정으로 나를 바라보았다. 입이 반쯤 벌어져 있던 무방비한 얼굴이 구겨지듯 일그러지는 것이 어둠 속에서 희미하게 보였다. 혹시 울려버린 것은 아닌가 하는 걱정이 들었다. 하지만 히무라의 떨리는 목에서 흘러나온 것은 호탕한 웃음소리였다.

"너 평소에는 진짜 재미없는데 가끔 한 번씩 제대로 한 방을 날리더라."

"인정해주니 고맙네."

히무라는 당연하다는 듯 자신이 마시던 사이다병을 나에게 건넸다. 그래서 나도 아무렇지 않은 척 페트병을 받아 한 모금 마셨다.

남아 있던 여름방학 기간 내내 히무라는 병원에 있었다. 히무라가 나를 불러낸 것은 그날 하루뿐이었다. 나는 그 후로 교복을 입은 히무라의 모습을 단 한 번도 보지 못했다.

이제 와서 돌이켜보니 알 수 있었다. 우리는 만날 때마다 조금씩 무언가를 잃어 가고 있었다. 하지만 그때는 그것이 마지막이 될 수도 있다는 것을 전혀 깨닫지 못했다.

*

"슌에이샤면 『주간 소년스텝』을 만드는 회사잖아요. 언니, 대단한 사람이었네요?"

히무라 마히로는 이누카이의 명함을 눈앞에 들고는 신기하다는 듯 바라보았다. 하지만 입에서 나온 말과는 달리 마히로의 표정은 비꼬는 듯한 기색이 역력했다.

고치성의 해자 일부를 메워서 만든 후지나미 공원에서는 단체 티셔츠를 맞춰 입은 남녀가 춤 연습을 하고 있었다. 붉게 칠해진 나루코가 경쾌한 소리를 냈다. 이런 광경을 보는 것은 오랜만이었다. 요사코이 축제가 한 주 앞으로 다가와 있었다.

우리는 공원의 석조 테이블을 사이에 두고 마주 앉았다. 마히로의 제안이었다. 그녀의 말대로 좁은 커피숍에서는 누군가 우리의 이야기를 엿들을지도 모르니 차라리 이곳처럼 사방이 탁 트인 공간이 안전할 것 같았다. 나와 쓰마도리, 그리고 이누카이가 한쪽에 나란히 앉았고, 히무라의 여동생이 테이블 맞은편에 앉았다. 마치 취업 면접을 보는 것 같은 배치였지만 실제로 질문을 받는 쪽은 우리였다.

마히로는 테이블 위에 명함을 내려놓더니 시비를 걸듯 입을 열었다.

"그럼 언니한테 말하면 유명한 만화가 사인 같은 거 받을 수 있는 거예요?"

"그게, 저는 문예편집부라서 만화편집부랑은 사용하는 층도 다르고 거의 교류가 없거든요. 그래도 어떻게 이야기를 잘 해보면——."

"뭐, 됐어요. 저는 만화도 소설도 안 읽어서 어차피 관심 없어요."

마히로는 테이블 위로 팔을 올려 턱을 괴더니 마치 손바닥을 뒤집듯 차가운 말투로 금세 말을 바꿨다. 이누카이가 불쾌한 듯 눈살을 찌푸렸다. 언니만큼이나 마히로도 성격이 만만치 않아 보였다. 이누카이의 반응에 마히로는 들쭉날쭉한 치열을 드러내며 킥킥거렸다.

히무라와 닮았다, 그때 처음으로 그런 생각이 들었다. 목이 살짝 막힌 듯한 웃음소리가 언니와 똑같았다. 그런 내 시선을 눈치챘는지 마히로는 기분 나쁜 듯 얼굴을 찌푸렸다.

"그런 눈으로 쳐다보지 마세요."

"네?"

"저한테서 언니의 모습을 찾으려고 하지 마시라고요. 기분 더럽고

지긋지긋하니까!"

삐딱함을 유지하던 태도에서 여유가 사라졌다. 본인도 놀랐는지 마히로는 황급히 나에게서 시선을 거두었다. 페트병에 담긴 물을 한 모금 마신 뒤, 죄송하다며 딱딱한 말투로 작게 중얼거렸다.

"부모님도 친척들도 자꾸만 저한테 언니랑 점점 닮아간다고, 하는 행동이 언니랑 똑같다고 하니까 짜증 나서요."

"괜찮아요."

"그래서 그쪽은—— 아니, 오빠는 우리 언니랑 무슨 사이였던 건데요? 남자친구?"

"그냥 고등학교 동창이에요."

"진짜예요? 뭐, 무슨 사이였든 딱히 상관은 없지만요."

마히로는 코웃음을 치며 이누카이가 가방에서 꺼낸 『너와, 푸른 하늘을 유영하다』의 책장을 넘겼다.

"이거 '너하유'인지 뭔지 하는 그거죠? 친구한테 추천을 받기는 했는데 안 읽었어요. 저는 시한부 로맨스 같은 건 딱 질색이라서요. 실사화 영화에 쓰루시게 세이아랑 고미나미 하루카가 나온다면서요. 고미나미 하루카가 맡은 역할이 우리 언니라니, 진짜 웃기네요."

이번에는 쓰마도리가 불쾌해할 차례였다. 하지만 쓰마도리는 입을 꾹 다물고 시선을 내리깐 채 침묵을 지켰다.

"그래도 엄마한테 이 소설에 대해 말하지 않은 건 잘하셨어요. 언니가 유명한 소설의 여주인공이 됐다는 걸 엄마가 알게 되면 난리도 아닐 거예요. SNS에 별의별 글을 다 올리고, 보험 영업하러 다니면서 고객들한테 책을 돌리려고 할지도 몰라요. 언니가 입원했을 때도 가족들한테 한 마디 상의도 없이 블로그에 투병 일기를 올리기 시작해서, 그런 거 질색하는 아빠랑도 엄청 싸웠거든요. 사실은 오늘 저희 집에 오신 것도 아빠한테는 비밀로 했어요. 솔직히 말해서 민폐예요. 언니가 죽고 나서 한동안 비극의 여주인공인 척하던 엄마가 드디어 조금씩 진정이 되어가나 싶었는데, 다시 예전 모습으로 돌아가면 어떻게 책임지실 건데요? 아까 집에서 이야기할 때도 마음대로 미화해서 말하는데 어이가 없었어요. 언니가 살아 있는 동안 얼마나 많은 일들이 있었는데⋯⋯."

"혹시 두 분이 사이가 안 좋으셨던 거예요?"

쓰마도리가 조심스럽게 물었다.

"저희 엄마가 원래도 감정 기복이 있기는 한데, 그 당시에는 특히 더 심했어요. 언니가 무슨 짓을 하든 다 받아주고 용서해 주는 것 같다가도 어느 순간 갑자기 히스테리를 부렸죠. 그리고 나서는 또 울면서 언니한테 사과하는 식의 지옥 같은 악순환의 반복이었어요. 아픈 가족을 돌본다는 게 소설 속 이야기랑 다르게 절대 아름다울 수가 없거든요. 아마 다들 저희랑 비슷할걸요?"

할 말을 잃은 쓰마도리에게 마히로는 "미안해요."라며 무뚝뚝한 말투로 사과를 건넸다.

"그래도 제가 당사자니까 솔직하게 말할게요. 시한부 선고를 받은 어린 소녀가 마지막 순간까지 밝고 긍정적인 모습으로 주변 사람들에게 살아갈 희망을 주고, 주위에서도 아픈 주인공을 위해서라면 모든 걸 헌신하고—— 그럴 수 있을 리가 없잖아요. 우리 언니도, 우리 가족들도 전혀 그러지 못했어요. 오히려 그게 당연하다고 생각해요. 아니, 어쩌면 그게 당연한 거라고 믿고 싶은 걸지도 모르고요."

마히로는 반창고를 붙인 손가락으로 머리카락을 쓸어넘겼다. 탈색한 부분은 머릿결이 눈에 띄게 상해 있었지만 뿌리에서 자라난 검은 머리카락에는 은은하게 윤기가 돌았다. 어릴 적 양 갈래로 묶은 머리가 흔들리던 모습이 떠올랐다.

"지금도 가끔씩 생각해요. 만약 언니가 아프지 않았으면 나도 세상을 더 아름답게 볼 수 있지 않았을까 하고요. 그리고 저 자신을 지금보다 더 나은 사람이라고 생각할 수 있었을지도 모른다고요. 제 안의 아름답지 못한 부분을 평생 눈치채지 못하고 살았을 수도 있겠죠. 그랬다면 저도 다른 사람들처럼 시한부 주인공이 나오는 영화를 보고 나서 아아, 진짜 재밌었다, 이런저런 생각을 많이 하게 됐어, 눈물이 멈추지를 않더라, 같은 소리나 하면서 실컷 울었으니 카페에서 캐러멜 라떼나 마시면서 남자친구에 대한 불만이나 싫어하는 사람의 뒷담화를 친구에게 털어놓으며 차라리 죽어버렸으면 좋겠다는 말에 깔깔대며 웃을 수 있었을 거예요."

짙은 속눈썹이 드리운 마히로의 눈은 축제를 앞두고 춤 연습을 하고 있는 사람들을 향하고 있었다. 아직 둥그스름한 두 볼에는 어렸을 때의 얼굴이 남아 있었지만, 아마 앞으로 그녀는 그때처럼 아무 생각 없이 춤을 추지는 못할 것이다. 과거에 그녀의 어머니가 했던 말처럼 지금은 원하는 것을 무엇이든 할 수 있게 되었음에도 말이다.

"엄마는 언니가 불의의 사고로 죽었다고 믿고 있지만 저는 자살이었을 수도 있다고 생각해요. 그 옷을 샀을 때부터 뭔가 이상하다고 느꼈거든요."

히무라가 병실에 걸어두었다던 새 옷을 말하는 것 같았다.

"평소의 언니 취향이랑은 전혀 다른 스타일이었어요. 과하게 하늘하늘한 느낌의 약간 천사들이 입을 것 같은 옷이었거든요. 그 옷이 수의가 될 수도 있다는 농담을 해서 엄마한테 혼나기도 했어요. 그 옷을 입고 병원을 빠져나갔다는 건 그런 의미가 아니었을까요? 승강장에서 뛰어내리다 다친 건 사고였을지 몰라도, 죽을 생각으로 병원에서 나갔던 건 맞을 거라고 생각해요."

요란한 매미의 울음소리와 나루코의 경쾌한 박자가 뒤섞여 들려오는 와중에도 마히로의 목소리가 이상하리만큼 또렷하게 들렸다. 셔츠 안쪽에서 식은땀이 흘러내렸다.

히무라의 어머니는 말했었다. 육로를 통해 고치현 밖으로 나가려면 일단 오카야마행 특급 열차를 타고 산을 넘어가야 하기 때문에 히무라가 그날 어디로 가려고 했는지 그 누구도 알 수 없다고 말이다. 오카야마에서 신칸센을 타고 교토로 와서 대입 2차 시험의 첫날 과목을 마친 내 앞에 나타나 자신이 했던 말을 실행하려고 했을 가능성도 얼마든지 있었다. 이누카이는 둘째치고, 쓰마도리는 나와 같은 생각을 하고 있는지 옆얼굴이 점점 창백해져 갔다.

마히로는 "뭐, 이상한 사람들이 아니라는 거 알았으니까 됐어요."라고 말하며 페트병을 들고 자리에서 일어났다.

"언니가 아팠을 때도, 죽고 난 후에도, 별의별 인간들이 다 달라붙더라고요. 무슨 항아리를 사면 병이 낫는다고 하지를 않나, 무슨 주스를 매일 마시면 평생 병에 안 걸린다고 하지를 않나……. 이 세상은 약점을 보이는 순간 바로 먹잇감이 돼요. 저도 아빠도 그 사실을 뼈저리게 느꼈어요. 엄마는 그걸 아직도 깨닫지 못한 것 같지만요."

그대로 돌아가려 하는 마히로를 쓰마도리가 다급하게 일어나 붙잡았다.

"잠깐만요! 혹시 언니분이 친하게 지내던 사람은 없었나요? 알고 계신 범위 내에서라도 괜찮아요. 어릴 적 친구나 먼 친척, 아니면 학교 동창이라도요. 조금이라도 언니분에 대해 알고 계시는 분이 없을까 해서요."

"친하게 지내던 사람이면, 두 분을 제외하고 말씀이신 거죠?"

여전히 비꼬는 듯한 말투였다. 하지만 이내 마히로는 무언가 떠오른 듯 "아, 오카야마라면……." 하고 혼잣말처럼 중얼거렸다.

"언니를 담당했던 간호사분이 세토내해에 있는 섬에 살고 계실 거예요. 언니가 죽기 전에 병원을 그만두고 이사를 가셨거든요. 마지막으로 그분을 만나려고 했던 걸 수도 있겠네요. 오카야마에서 그 섬으로 들어가는 페리가 있다고 했거든요."

"그분의 성함이나 주소는 혹시——."

"글쎄요. 근데 진짜 좋은 분이셨어요. 엄마가 언니를 돌보느라 정신이 없을 때 그분이 대신 저를 챙겨주셨거든요. 딱 한 번 그분한테 편지를 받은 적이 있는데, 어떤 섬에 있는 간장 양조장으로 시집을 가서 지금은 그 가게 일을 돕고 있다고 쓰여 있었던 것 같아요. 답장을 보내려고 했는데 엄마가 안 된다고 했어요. 받았던 편지도 이미 버려서 주소도 모르고요."

"어머님이랑 그분 사이에 트러블이 있었나요?"

"저희 엄마가 일방적으로 그분을 싫어한 거죠. 아마 언니가 그분을 잘 따르는 게 마음에 안 들었던 것 같아요. 엄마가 아닌 다른 사람한테 언니가 마음을 여는 걸 싫어했다고 해야 하나…… 소유욕? 독점욕? 뭐 그런 거였겠죠. 저는 이해할 수 없지만요."

"세토내해에 있는 섬이면 어디려나……."

이누카이가 중얼거리며 스마트폰을 꺼내 들었다. 그러더니 갑자기 "뭐야, 말도 안 돼!"라며 목소리를 높였다.

"도와, 이것 좀 봐. 사람이 살고 있는 섬만 해도 백 개가 넘는대……."

절망적인 표정을 짓는 이누카이와 쓰마도리를 보며 마히로는 어깨를 으쓱였다.

"이제 됐죠? 저도 그렇게 한가한 건 아니라서요."

"아, 혹시 뭐든 기억나는 게 있으면 연락을 주실 수 있나요? 제 SNS 계정이에요!"

쓰마도리는 이누카이의 명함 뒷면에 볼펜으로 자신의 아이디를 남겼다. 이누카이는 하고 싶은 말이 있는 듯했지만 결국 쓰마도리가 원하는 대로 하게 놔두기로 한 모양이었다.

마히로의 뒷모습이 멀어지고 나서야 쓰마도리는 긴장이 풀린 듯 크게 한숨을 내쉬었다. 이누카이도 "대단한 아이네요."라며 얼굴을 찌푸렸다.

"근데 너무 방심한 거 아니야? 우리한테 좋은 감정이 없는 사람인데, 그렇게 쉽게 개인정보를 알려주면 어떡해?"

"편집자님이야말로 너무 걱정이 과하세요. 누나가 역에서 죽었다는 사실을 저한테 숨기셨던 거, 저 아직도 마음에 두고 있거든요."

이누카이는 말문이 막힌 듯 테이블 위에 올려놓았던 명함 케이스를 조용히 가방에 넣었다.

나는 멀어져가는 마히로의 뒷모습을 한참 동안 바라보았다. 큰 보폭으로 앞만 보고 걸어가는 모습이 역시 히무라와 닮아 있었다. 이제는 히무라의 얼굴조차 제대로 기억하지 못하면서 이런 생각을 하는 것은 아마 그때의 나는 히무라에게 이리저리 휘둘리며 늘 그녀의 뒤를 쫓아다녔기 때문인지도 몰랐다.

깊게 숨을 들이마시자 고향의 여름 냄새가 났다. 푸릇푸릇한 가로수와 햇볕에 달궈진 아스팔트 냄새에 숨이 막힐 것 같았다. 춤 연습을 하던 사람들은 여전히 땀방울을 흩날리며 경쾌하게 나루코를 흔들어대고 있었다.

테이블 위에 놓인 커다란 접시 위에 고치에서는 지금이 제철인 빛금눈돔이 누워 있었다. 물론 머리와 꼬리가 잘린 채 먹기 좋게 손질된 상태였다.

"맛있어 보여요, 진짜 맛있어 보이는데…… 얼굴이 있으니까 먹기가 좀 그렇지 않아요?"

"저는 괜찮은데요."

이누카이는 빛금눈돔 특유의 부릅뜬 눈이 신경 쓰이는 듯했다. 나는 윤기가 도는 하얀 살점 한 조각을 입에 넣었다. 적당히 기름지고 쫀득했다. 도쿄나 교토에서 빛금눈돔 조림을 먹어본 적은 있었지만, 회로 먹는 것은 오랜만이었다. 이누카이도 조심스럽게 젓가락을 뻗으며 "눈이 독특하네요. 부리부리한 게 금방이라도 튀어나올 거 같아요."라며 투덜거렸다.

"심해에 사는 물고기라서 희미한 빛이라도 포착할 수 있게 눈이 발달한 거겠죠. 심해어는 대부분 혹독한 환경에 적응하기 위해서 몸의 여러 부분이 독특하게 진화하다 보니까 생김새가 개성적인 것들이 많아요."

"아귀 같은 것도 맛은 좋은데 비주얼이 좀 섬뜩한 게 심해에 살아서 그런 거군요. 어라? 근데 도미가 심해어에요?"

"빛금눈돔은 도미과가 아니에요. 다람쥐가 쥐과가 아닌 거랑 똑같은 거죠."

"역시 생물 선생님은 다르시네요."

이누카이가 감탄한 듯 고개를 끄덕였다. 이누카이의 화장기 없는 얼굴은 맥주 두 잔과 사케 두 잔에 벌겋게 달아올라 있었다. 술이 잘 받지 않는 체질인 모양이었다. 메뉴판을 집어 드는 손길이 위태로워 보였다.

"다음은 뭐로 할까요? 지역 전통주 시음 세트가 있는데 이걸로 시켜서 나눠 드실래요?"

"과음하시는 거 아니에요?"

"괜찮아요. 제가 얼굴이 금방 빨개지고 좀 비틀거리기는 해도 술은 센 편이니까요!"

취한 사람일수록 안 취했다고 하는 법이었다. 파티션으로 구분된 좌식 테이블에서 나는 얼굴을 있는 대로 찌푸렸다.

"선생님, 방금 제가 피곤한 스타일이라고 생각하셨죠! 얼굴에서 다 티가 나거든요."

"티가 나는 게 아니라 티를 내고 있는 겁니다. 저 혼자 감당이 안 되면 쓰마도리를 부를 거니까 마음껏 드세요. 술에 취해서 담당 작가한테 부축을 받아 보면 서로 신뢰가 더 깊어지지 않겠어요?"

이누카이는 못마땅한 표정으로 점원에게 우롱차를 주문했다. 쓰마도리는 먼저 호텔 방으로 돌아가 쉬고 있었다. 히무라의 여동생이 한 말에 충격을 받은 것인지, 아니면 하루 종일 뜨거운 햇빛에 노출되어 몸에 무리가 간 것인지 안색이 영 좋지 않았다. 이누카이는 그런 쓰마도리를 계속 걱정하며 챙겼지만, 쓰마도리는 오히려 더 귀찮다며 호텔 1층에 있는 작은 식당으로 이누카이를 쫓아 보냈다.

이누카이는 점원이 가져다준 우롱차를 단숨에 절반 정도 마신 뒤, 손으로 턱을 괴며 나를 바라보았다.

"선생님, 아까 히무라 씨 여동생한테 한소리 들으셨잖아요. 두 분이 그렇게 닮았어요?"

"목소리랑 말투가 조금요. 솔직히 말하면 히무라의 얼굴이 정확히 기억나지 않아요. 아까 어머님이 초등학교 중학교 졸업 사진이랑 여행 가서 찍은 사진들도 보여주셨는데…… 이런 얼굴이었나, 하는 위화감을 떨칠 수가 없어요."

"혹시 히무라 씨와 주로 밤에만 만나셨다고 했던 게 관련이 있을까요?"

"그럴지도 모르죠."

이누카이는 젓가락 끝으로 빛금눈돔의 머리를 툭툭 건드렸다. 눈이 마주치지 않도록 조심스럽게 각도를 바꿔놓으려는 것 같았다.

"뭔가 선생님이랑 히무라 씨는 깊고 어두운 바닷속에서만 만나는 심해어 같네요. 제가 생각했던 사쿠와 히다카는 푸른 바다를 자유롭게 헤엄치는 무지갯빛 물고기 같은 이미지였는데……."

"제 외모가 심해어처럼 개성적이라는 말씀을 하고 싶으신 건가요?"

"설마요! 제 말은 외모가 아니라…… 소설에서는 사쿠가 마지막에 연기가 돼서 하늘로 흩어져 사라지는 히다카의 모습을 지켜보잖아요. 파란 하늘에 퍼져나가는 하얀 연기가 꼭 바다에 파도가 밀려올 때 생기는 거품 같다고 하면서요."

"아, 그 눈물 없이 볼 수 없다는 마지막 장면이요? '언젠가 나도 저 하늘을 헤엄치는 날이 올 것이다. 그때까지 히다카는 나를 기다려 줄까.' 하는 부분을 말씀하시는 거죠?"

"또 비아냥거리시네. 누가 누구한테 피곤한 스타일이라고 하는 건지."

이누카이가 미간에 주름을 잡으며 중얼거렸다. 혼잣말처럼 내뱉은 말이었지만 또렷이 전달되었다.

"소설의 마지막 페이지를 넘긴 뒤에도 독자들은 혼자 남은 사쿠의 미래를 상상할 수 있을 거예요. 파란 하늘을 올려다볼 때마다 사쿠는 분명 히다카가 구름 사이사이를 활기차게 헤엄쳐 다니는 모습을 떠올리겠죠. 살면서 아무리 힘든 일이 있어도 사쿠는 앞으로 나아갈 수 있을 거예요. 최고의 결말이었던 셈이죠. 하지만 선생님은 정반대예요. 겉으로 보기에는 무난하게 사회생활을 하면서 살아가는 것 같지만 학창 시절의 자신을 깊고 어두운 곳에 가둬두고 계시잖아요. 히무라 씨의 곁을 마지막까지 지키지 못했다는 후회와 죄책감을 끌어안은 채로요. …… 이것도 제가 소설에 자아의탁을 해서 그렇게 생각하는 거라고 하실지도 모르지만요."

"그렇게 말해드릴까요?"

"됐거든요!"

이누카이는 회 세 점을 집어 한꺼번에 입 안으로 밀어 넣었다. 우롱차 한 잔으로는 술기운이 가시지 않는지 눈의 초점이 여전히 흐릿해 보였다.

"사실 선생님이 여기까지 같이 와주실 줄 몰랐어요. 이 사람은 분명 진실 따위는 알고 싶어 하지 않을 거라고, 평생을 히무라 씨의 마지막 말에 얽매인 채 혼자서 깊은 바닷속에 가라앉아 있기를 바랄 거라고 생각했거든요."

"…… 그래 보였나요?"

"조사업체에서 보내준 선생님에 대한 보고서를 읽었을 때 왠지 불길한 예감이 들었어요. 학창 시절에 성적도 좋으셨고, 대학 동기들이나 같이 아르바이트를 했던 사람들 사이에서의 평판도 좋으셨고요. 그런데 선생님을 깊이 알고 있는 사람은 아무도 없었어요. 지금 쓰고 계시는 연락처를 알고 있는 사람도 없었고요. 그 이야기를 듣고 놀라는 사람이 많았다고 해요. 그래도 꽤 친하게 지냈는데 왜 연락처가 없지, 하고요. 아마 선생님은 능숙하게 사람들 사이에 섞이면서도 누군가와 특별히 가까워지는 걸 일부러 피하셨던 거겠죠. 그것도 아주 주도면밀하게요. 누군가와 가까워지는 걸 스스로 허락하지 않았다고 해야 할까요."

이누카이의 말대로 내 스마트폰에 저장되어 있는 연락처는 지금 다니고 있는 고등학교의 대표 번호와 이모부의 휴대폰 번호 정도였다.

"선생님, 그러시는 이유가 뭐예요? 그게 돌아가신 히무라 씨가 바라는 거라고 생각하시는 거예요?"

"아무렇지 않게 불편한 질문을 하는 건 여전하시네요."

나는 잔에 남아 있던 맥주를 들이킨 뒤, 가까이에 있던 점원을 불러 아까 이누카이가 말했던 지역 전통주 시음 세트를 주문했다. 왠지 취하고 싶은 기분이었다.

뒤돌아선 나에게 히무라가 마지막으로 던졌던 말은 아무렇게나 내뱉은 지리멸렬한 것이었다. 대학에 가봤자 아무도 너 같은 건 상종을 안 해줄 거야, 앞으로 네 인생에 즐거운 일은 하나도 없을 거야, 괴로워하면서, 후회하면서, 평생 그렇게 혼자 살아 봐——.

"이누카이 씨가 생각하는 것 같은 감상적인 이유는 아니에요. 그냥 히무라와의 일을 겪으면서 제 자신을 포기했을 뿐이에요. 누군가와 잠시 가까워진다고 해도 저는 결국 제 편의대로 그 관계를 끊어버리겠죠. 그럴 거면 차라리 처음부터 깊게 엮이지 않는 편이 낫겠다고 판단했어요. 결과적으로 히무라가 바라던 대로 되기는 했네요."

"그렇다고 계속 그렇게 과거에 얽매여서 살아가시려고요?"

이누카이가 들고 있던 잔을 거칠게 내려놓았다. 그 충격으로 테이블 위에 놓여 있던 간장 종지가 흔들렸다. 하필 그때 주문했던 전통주 시음 세트와 소라고둥이 나왔다.

"죄송해요, 제가 너무 흥분해서……."

"됐어요. 이누카이 씨의 그 무례함에는 이미 익숙해졌어요."

"꼭 말씀을 하셔도 그렇게……."

이누카이는 못마땅하다는 듯 투덜거리더니 소라고둥 하나를 손에 들고 다시 입을 열었다.

"말은 이렇게 해도 사실은 저도 선생님이랑 똑같아요. 학창 시절의 지우고 싶은 기억이 아직도 마음 한 켠에 그대로 남아 있거든요. 예전에 제가 나온 학교에 대해 말씀드린 적 있었죠?"

"네, 사립 중고등학교를 나오셨다고."

"그 학교에서 저는 6년 내내 왕따를 당했어요. 계기는 운동회였던 것 같아요. 제가 너무 의욕이 앞선 바람에 반에서 분위기를 주도하던 친구들한테 분위기 파악 못 하는 애로 찍힌 거죠. 그 후로 제 물건이 없어지기도 하고, 대놓고 무시를 당하기도 하고……. 학교 축제 때 연극을 하는데 갑자기 저한테 주인공을 시켜서 제대로 망신을 당한 적도 있었어요. 이제 와서 돌이켜 보면 별것 아닌 일들이지만 당시에는 정말 힘들었어요. 학교에는 제가 있을 곳이 없었거든요. 그래서 소설을 좋아하게 됐어요. 책장을 넘기는 동안에는 어두운 화장실에 혼자 숨어 있는 제 모습을 잊어버릴 수 있었거든요."

천장에 매달린 조명이 이누카이의 얼굴을 주황빛으로 물들였다. 눈꺼풀이 한 번씩 떨릴 때마다 두 볼에 드리워진 그림자도 함께 흔들렸다.

"중학교 2학년 때였나, 제가 좋아했던 소설이 영화로 개봉한 적이 있었어요. 당시에 인기가 많았던 아이돌이 주인공 역할을 맡아서 저를 괴롭히던 애들도 보러 갔었는지, 너무 감동적이라 울었다면서 교실에서 그 영화 이야기를 하더라고요. 주인공들의 러브스토리는 물론이고, 학교 매점 아주머니가 병으로 죽는 장면에서 펑펑 울었대요. 그때 깨달았어요. 아, 얘네한테도 사람의 마음이라는 게 있구나, 좋아하는 아이 돌뿐만이 아니라 조연인 매점 아주머니한테도 감정이입을 해서 울 수 있는 애들이었구나, 하고요. 충격이었어요. 그 애들한테 가상의 이야기 속 아주머니는 인간이었어요. 하지만 같은 교실에 있는 진짜 인간인 저는 벌레 취급을 했던 거예요. 그러니까 그렇게 아무렇지 않게 짓밟을 수 있었던 거겠죠. 그 사실을 깨닫고── 섬뜩했어요."

이누카이가 서툰 손놀림으로 소라고둥의 살을 빼내려다 들고 있던 이쑤시개를 부러트렸다. 부러진 부분이 날카로운 가시처럼 쪼개져 있었다.

"그래서 아까 마히로 씨가 했던 말이 분하기는 해도 이해가 되더라고요. 아름다운 이야기가 몇백만 부씩 팔린다고 해도 이 세상은 달라지지 않아요. 제가 도와와 함께 만든 그 소설도 영화로 나오면 지금보다 훨씬 더 많은 사람들의 주목을 받게 되겠죠. 그러면 그런 애들은 또 눈물을 흘릴 거고, 마음이 조금은 움직이기도 할 거예요. 하지만 다음 날 학교에 가서는 또다시 누군가의 실내화를 숨기거나 물에 적신 체육복을 쓰레기통에 던져버릴지도 몰라요. 만약 그렇다면 이야기를 만드는 것에 무슨 의미가 있는 걸까요? 결국에는 각자의 입맛에 맞게 소비될 뿐이잖아요……."

나는 이누카이의 손에서 소라고둥을 빼앗아 새 이쑤시개로 조갯살을 빼냈다. "드세요." 하고 이쑤시개째로 건네자 이누카이가 머뭇거리며 가져갔다.

"잘하시네요."

"어릴 때 살던 집이 바다랑 가까워서 질릴 정도로 먹었으니까요."

나는 소라고둥을 하나 더 집어 같은 방법으로 조갯살을 빼냈다. 특유의 쫄깃한 식감은 나쁘지 않았지만 바다에서 갓 잡은 것과는 신선함의 정도가 달랐다. 깔끔하고 드라이한 맛의 차가운 사케 한 모금으로 혀끝에 살짝 남아 있던 비린내를 삼켜 없앴다.

"저도 오늘 기억난 게 있었어요. 히무라도 예전에 비슷한 말을 한 적이 있었거든요. 왜 사람들이 멋대로 자신을 감동적인 이야기의 주인공으로 만들려고 하는지 모르겠다고요. 하지만 쓰마도리한테는 그걸 허락했던 거겠죠."

쓰마도리가 처음으로 쓴 소설, 『괴물의 오르골』을 읽은 히무라는 자신의 이야기를 써달라고 쓰마도리에게 부탁했다. 심지어는 그 작품을 쓰마도리의 이름으로 세상에 발표하도록 권했다.

"아름답기만 한 이야기에 어떤 의미가 있을지 저도 잘 모르겠어요. 하지만 적어도 히무라가 어떤 마음으로 쓰마도리에게 소설을 쓰게 한 것인지는 알고 싶어요. 그걸 알면 히무라가 마지막으로 고치역 승강장에서 무슨 생각을 했는지도 알 수 있지 않을까 싶기도 하고요——."

"아름답기만 한 이야기라 죄송하네요."

불쾌한 기색이 역력한 목소리가 들려온 쪽으로 시선을 돌리자 테이블 옆에 쓰마도리가 서 있었다. 도대체 언제부터 우리의 이야기를 듣고 있었던 것일까. 이누카이의 안색이 빠르게 바뀌었다.

"도와, 왜 그래! 혹시 몸이 안 좋아?"

"아니에요, 마히로 씨한테 메시지가 와서 빨리 알려드리려고 온 거예요."

쓰마도리는 호텔에 비치되어 있던 실내화를 신고 있었다. 정말 급하게 나온 모양이었다. 쓰마도리는 이누카이의 옆자리로 비집고 들어가 앉으며 다시 입을 열었다.

"간호사분한테 받았던 편지에 관해서 생각난 게 있다고 연락이 왔어요. 봉투에서 편지지를 꺼내는데 나뭇잎 하나가 떨어졌대요. 하트 모양의 얇고 긴 나뭇잎인데 살짝 은색이 섞인 초록색이고—— 이름은 까먹었는데 정말 예뻤던 게 기억난대요."

"하트 모양이라……. 관엽식물 중에 아이비가 잎이 그런 모양이었던 것 같은데."

"편지에는 산책하다가 주운 건데 평소에 못 보던 하트 모양이라 특이해서 보냈다고—— 아, 메시지가 또 왔어요! 잘 기억은 안 나지만 요리할 때 들어본 이름 같았대요."

"요리할 때면…… 월계수 잎인가? 아니면 오레가노도 있고…….."

이누카이가 스마트폰으로 검색을 시작했다. 하지만 당시에 초등학생이었던 마히로가 그런 허브 종류의 이름을 들어봤을 리가 없었다.

"—— 올리브 아닐까요? 올리브 오일은 아이들한테도 익숙한 이름이잖아요. 그리고 세토내해에 올리브 재배로 유명한 섬이 있어요. 제 기억이 맞다면 올리브 말고도——."

"선생님, 대단하세요! 도와, 이것 좀 봐봐! 올리브와 간장의 섬, 쇼도시마래! 아까 분명히 결혼하신 뒤로는……."

"양조장에서 일을 돕고 있다고 했었죠."

내 말에 이누카이와 쓰마도리는 서로 손을 맞잡고 기뻐했다.

"근데 직접 만나서 이야기를 듣는 건 어렵지 않을까? 페리를 타고 쇼도시마까지 가서 이야기를 듣고 오려면 꼬박 하루는 걸릴 텐데."

"그러게요. 내일은 선생님이 졸업하신 학교에 취재를 하러 가기로 했고, 모레는 선생님이 살았던 동네를 둘러본 후에 저녁 비행기를 타고 도쿄로 돌아가야 하는데——."

쓰마도리와 나는 거의 동시에 테이블에 턱을 괴고 있던 이누카이를 바라보았다. 이누카이가 한 박자 늦게 "네? 저요?"라며 목소리를 높였다.

"좋잖아요, 쇼도시마. 여자 혼자서 가기 좋은 인기 여행지라는데요?"

"간장 말고도 섬에서 나오는 샘물로 술을 빚는 양조장도 있어요."

"그게…… 제가 배멀미를 좀 하는데……."

이누카이는 힘없이 대꾸했지만 결국 체념한 듯 여행사 홈페이지로 접속했다.

제 7 화

 우리가 졸업한 고등학교 근처에는 가가미가와라는 2급 하천이 흘렀다. 시내 중심부를 가로지르는 하천치고는 수질이 좋아서 초여름이면 반딧불이도 볼 수 있었다. 하지만 정작 매일같이 그 하천 옆을 지나다니는 학생들은 반딧불이를 보러 가거나 시원한 물에 발을 담그거나 하지 않았다. 한적한 시골 동네에 사는 학생들에게는 도시 사람들이 향수를 느낄 만한 자연의 풍경보다 오히려 도시에만 있는 카페의 새로 나온 메뉴가 동경의 대상이었다.

 그렇기에 그해 여름, 히무라와 내가 한 일은 다른 학생들의 눈에는 한심해 보일 만큼 어리석고 유치한 행동이었을 것이다.

 "그래서? 얼마나 모아야 하는데?"

 "글쎄, 적어도 백 마리 정도?"

 히무라는 터무니없는 말을 내뱉으며 맨발로 검은 하천을 휘저었다. 물보라가 달빛에 반사되며 마치 빛의 입자가 흩날리는 것처럼 보였다.

고등학교 2학년 여름, 히무라가 나를 따라다니기 시작한 지 한 달쯤 지났을 무렵이었다. 우리가 함께 물에 들어간 것은 아직 15분도 채 되지 않았지만 나는 이미 손에 들고 있던 그물을 내던지고 싶은 심정이었다. 함께 물에 들어갔다고 해도 실상은 교복 바지를 무릎까지 걷어 올리고 하천물에 발을 담근 것은 나 혼자였고 히무라는 물가에 앉아만 있을 뿐이었다.

어두운 밤의 하천물은 미지근하고 미끈거려 물이라기보다는 정체 모를 생명체 같았다. 나는 오늘을 위해 히무라가 미리 준비한 잠자리채를 시키는 대로 물속에 담갔다.

"우리 집이 낚시용품점을 하는 거 너도 알잖아. 미리 말을 해줬으면 제대로 된 도구를 가지고 왔지."

"가게에 있는 물건이 없어진 걸 알면 너네 이모가 또 난리를 칠 거 아니야."

할아버지가 생전에 운영했던 낚시용품점은 개점 휴업 상태였다. 재고를 하나라도 더 줄이기 위해 이모는 매일 가게 문을 열었지만, 가게를 제대로 보기는커녕 여자 동창들을 하루 종일 불러다 앉혀 놓고 동네에 떠도는 소문이나 누군가의 뒷담화로 시간을 때웠다. 뜰채가 한두 개 사라진다고 해도 눈치를 챌 수 있을 리 없었지만, 만약 들키기라도 한다면 '아무리 공부를 잘하면 뭐 하냐, 손버릇이 나쁜데.'라며 신나서 주변에 떠벌리고 다닐 것이 뻔했다. 그런 집안 사정을 언젠가 스쳐 지나가듯 말했을 뿐인데, 히무라가 신경을 쓰고 있었다는 것이

의외였다.

"이런 그물로는 절대 못 잡는다니까."

"도구 탓하지 마. 네가 둔한 것뿐이잖아."

"앉아서 보기만 하는 네가 할 말은 아니지."

이 잠자리채는 한때 캠핑에 빠졌던 히무라의 아버지가 구매한 것이라고 했다. "나도 동생도 징그러워서 싫다고 했는데, 억지로 산에 데려가서 이─만한 사슴벌레를 잡게 했다니까."라며 손짓 발짓을 섞어가며 가족들과의 추억을 이야기하는 히무라의 얼굴이 어쩐지 즐거워 보였다. 그 모습을 보며 히무라는 나와 달리 제대로 된 가정에서 자랐다는 것을 새삼 실감했다.

"히무라, 진짜 안 되겠어. 너무 어두워서 아무것도 안 보여."

"뭐 그렇게 불평이 많아. 아, 그리고 보니까 엄마 아빠한테 받은 손전등이 어딘가에 있을 것 같은데. 밤늦게 걸어 다닐 때 차에서 잘 보이게 목에 걸고 다니라고 하셨는데, 창피해서 한 번도 안 썼거든. 아마 배터리가 남아 있을 거야. 잠깐 이리 와서 찾는 것 좀 도와줘."

히무라는 가방을 끌어당기더니 나에게 자신의 스마트폰을 내밀었다. 나는 잠자리채 대신 스마트폰을 들고 히무라의 가방 안을 비추었다. 가방에는 교과서, 필통, 마시다 만 음료수병, 과자 봉지, 낡은 파우치와 구겨진 손수건 등 잡다한 물건들이 가득 들어 있었다.

"뭐, 할 말 있어?"

"아니."

초등학생 가방 같다고 생각했을 뿐이었다. 한참 동안 가방을 뒤적이던 히무라가 갑자기 손을 멈추었다. 백팩의 가장 안쪽에 작은 책 한 권이 묻혀 있었다. 가방 속에 아무렇게나 넣어 두어서인지 표지 모서리가 잔뜩 구겨져 있었다. 『끝나지 않는 영원의 여름을 찾아서』라는 제목이 손글씨 폰트로 디자인된 표지가 눈에 들어왔다. 학생들이 학교 도서실에서 자주 빌려 가는 인기 소설이었다. 예전에 도서 프레젠테이션 행사에서 한 후배가 읽는 내내 눈물이 멈추지 않았다며 열정적으로 발표하던 모습이 인상적이라 기억에 남아 있었다. 독서를 좋아하는 이미지는 아니었던 히무라가 소설책을 가지고 다니는 것이 의외였다.

"이거, 재미있어?"

그래서 그저 궁금했을 뿐이었다. 책을 좋아하지 않는 히무라가 가지고 다니며 읽을 정도로 재미있는 내용인지 관심이 갔던 것이다.

"뭐? 재미있을 리가 없잖아. 시비 거는 거야?"

히무라는 분노가 묻어나는 목소리로 그렇게 말하더니 책을 거칠게 움켜쥐고는 팔을 높이 치켜들었다. 나는 반사적으로 스마트폰을 들고 있지 않은 반대쪽 손으로 히무라의 팔을 붙잡았다. 가녀린 팔에서 전해지는 체온은 여름밤의 하천물보다 훨씬 더 차가웠다.

"책을 함부로 다루지 말라는 거야? 도서부원답네. 근데 내가 쓰레기라고 생각하는 걸 버리는 게 뭐가 잘못인데?"

"공공 하천에 버리는 건 쓰레기 불법 투기라고. 그렇게 화가 날 만한 내용이야?"

"피도 눈물도 없는 약육강식 스토리야. 불치병에 걸린 미소녀가 내성적이고 무기력한 남자 주인공을 격려해 주다가 결국 마지막에는 '네 몫까지 열심히 살아갈게.'로 끝나는 전개지. 너무 뻔해서 끝까지 읽을 필요도 없었어. 진짜 어쩌라는 거야? 죽어가는 사람은 미래가 창창한 건강한 사람의 자양분이나 되라는 거야? 도대체 뭐가 감동적이라는 건데? 어디선가 봤던 설정들을 죄다 끌어다 썼을 뿐이잖아."

"시한부 로맨스물의 내용이 비슷한 건 어쩔 수 없지 않나."

"그녀의 투명하고 하얀 피부, 동그랗고 반짝이는 눈동자, 바람에 흩날리는 부드러운 머릿결, 이런 것들도? 우리 학교 같은 촌스러운 쥐색 원피스 교복이 아니라, 하나같이 다 세일러복에 플리츠 스커트를 입고 다니는 것도?"

"그게 라이트노벨 특유의 미학인 걸 어떡해."

"웃기지 마. 곱슬머리에 쌍꺼풀 없는 못생긴 애도 시한부 선고를 받는다고, 이 바보야. 그리고 또 뭔데? 유카타 입고 불꽃놀이 보러 가기, 자전거 뒷자리에 태우기, 밀짚모자에 해바라기 꽃밭, 아니면 흰 원피스에 바다?"

너무 잘 아는 거 아니냐고 묻고 싶었지만 입을 꾹 다물었다. 괜한 말을 꺼냈다가는 히무라의 화만 더 돋울 것이 뻔했다.

"뭔데? 하고 싶은 말이 있으면 해 봐."

"아니야, 그냥 내 생각에는 자전거 뒷자리에 태우는 건 그렇다 쳐도 흰 원피스는 나쁘지 않은 것 같아서."

그렇게 대충 얼버무렸던 것은 책 표지의 일러스트 속 긴 머리의 소녀가 흰 원피스를 입고 이쪽을 바라보고 있어서였는지도 몰랐다. 내가 아무 생각 없이 적당히 내뱉은 말에 히무라는 "에엥." 하고 엉뚱한 소리를 냈다.

"그래, 그랬구나. 그런 거였어."

"뭐가?"

"그런 취향이었구나? 으으, 소름 끼쳐."

히무라는 꽤나 무례한 말을 내뱉으며 일부러 몸을 부르르 떨었다.

"아, 근데 이런 소설의 남자 주인공들을 보면 대체로 친구는 없는데 공부는 그럭저럭 잘해서 자기가 세상에서 제일 똑똑하다고 착각하잖아. 성격은 너랑 완전히 똑같네."

"그렇게 불평만 할 거면서 이 책은 왜 산 거야?"

"내가 산 거 아니야. 담임이 억지로 준 거지. 이거 읽고 힘내라더라. 덕분에 몸이 더 안 좋아진 것 같아."

"그 선생이구나."

"맞아, 그 인간."

히무라의 담임을 맡고 있는 체육 교사는 문제의 합창대회에서 일어난 사건의 발단이 되었던 인물이었다. 그는 내가 속한 이과반의 체육 수업도 담당했는데, 목소리가 크고 강압적이며 노력과 우정과 승리를 최대의 미덕으로 여겼다. 그뿐 아니라 자신을 타고난 선인이라고 믿는 듯한 그의 태도가 나는 무엇보다도 견디기 힘들었다.

"자기가 원흉이었다는 걸 아직도 모른다니까? 애초에 나는 반주 같은 거 하고 싶지도 않았다고. 마지막으로 좋은 추억을 만들어 보자더니, 내가 아니라 자기가 추억을 만들고 싶었던 거겠지. 담임을 맡은 학생이 시한부 선고를 받는다는 게 흔한 일은 아니니까 들떠 있었던 게 뻔해. 나는 지각이나 조퇴가 잦아서 연습에 거의 참여를 못 했으니까 다른 애들이 나한테 반감을 가졌던 건 오히려 이해할 수 있었어."

히무라는 교복 치마 밑으로 드러난 다리를 하천물에 담갔다. 막대기처럼 가늘고 곧은 다리였다. 원래도 햇빛을 잘 보지 않아 하얀 피부였지만, 달빛 아래에서 보니 더욱 창백해 마치 투명한 해파리 같았다.

"나는 열혈교사가 주인공인 학원물의 조연이 되고 싶지 않아. 그럴 바에는 내가 직접 훨씬 더 재미있는 이야기를 만들 거야."

"설마 담임한테 복수하는 걸 도와달라는 건 아니지?"

"그것도 괜찮은데? 여기서 잡은 올챙이를 교무실 책상 서랍 속에 풀어놓는 것도 재미있겠다. 근데 아니야, 앞날이 창창한 너한테 그런 걸 시킬 수는 없지. 괜히 선생님한테 밉보여서 내신 점수가 깎이면 어떡해. 올챙이는 학교 수영장에 풀어놓을래. 늦은 밤의 수영장에."

히무라는 같은 반 학생들이 몰래 계획 중이었던 나이트 풀 파티를 엉망으로 만들 작정이었다. 파티가 열리기로 되어 있던 날, 우리는 방과 후 학교 수영장에 몰래 잠입해 수십 마리의 올챙이와 개구리를 물에 풀어 놓는다. 그리고 밤이 되어 들뜬 마음으로 수영장에 도착한 학생들은 그 모습을 보고 비명을 지르며 순식간에 아수라장이 된다는 시나리오였다.

풀 파티를 계획한 학생들 중에 합창대회에서 히무라의 반주를 무시하고 아카펠라로 노래를 부르자고 제안한 여학생이 있는 모양이었다. 치마가 짧고 화장이 짙어 이과반인 나조차 얼굴을 알고 있을 만큼 눈에 띄는 학생이었다. 밴드부에서 키보드를 맡고 있기도 해서 반에서는 그 학생을 반주자로 추천하는 분위기였다.

"나이트 풀 파티라는 게 도대체 뭐야?"

"너 몰라? 도시에 사는 파티 피플들은 말이야, 예쁜 조명이 켜진 호텔 수영장 같은 데서 밤마다 파티를 한대. 커다란 백조 모양 튜브에 올라타서 음악도 크게 틀어놓고 칵테일 같은 걸 마시는 거지. 우리 반 멍청이들은 학교 수영장에서 그걸 따라 하겠다는 거야."

"평소에 수영 수업은 그렇게 귀찮아하면서 그런 건 왜 하고 싶어 하는 건데?"

"이런 시골에는 세련되게 놀 수 있는 장소가 딱히 없으니까 학교 수영장으로라도 대신하려는 거 아니겠어? 뭐랄까, 어떻게 보면 좀 불쌍하기도 해. 지방 출신 청춘들의 비애가 느껴지잖아."

"불쌍하면 그냥 놀게 내버려 둬."

"불쌍하지만 마음에 안 들어."

물속에 잠자리채를 담그고 있던 나는 진흙에 발이 빠져 볼품없이 넘어지고 말았다. 요란하게 물보라가 튀며 생겨난 빛의 입자 너머로 히무라가 배를 잡고 웃는 모습이 보였다.

히무라가 가방에서 찾은 손전등으로 물속을 비춰봐도 올챙이는 한 마리도 보이지 않았다. 이 지역에서 흔히 보이는 개구리의 산란기는 4월부터 6월 사이로, 한여름에는 올챙이를 볼 수 없다는 것을 나도 히무라도 알지 못했다. 학교 수업은 시시하다고 잘난 척을 해대면서도 정작 초등학생 때 배운 내용조차 제대로 기억하지 못했던 것이다. 그런 주제에 우리는 마치 세상을 다 아는 것처럼 굴었다. 철없는 어린아이에 불과했다.

결국 나는 아무런 소득 없이 교복만 흠뻑 젖고 말았다. 맞지도 않는 히무라의 체육복을 빌려 입고 간신히 전철 막차에 몸을 실었다. 젖은 속옷에서 배어 나온 물이 금세 체육복 바지를 적셨고, 집으로 돌아가는 내내 나는 창피한 꼴을 당해야만 했다.

그렇게 유치하고 철없는 행동을 했던 것은 그해 여름이 처음이자 마지막이었다.

*

"선생님? 괜찮으세요? 더위를 먹으셨나……."

다리를 건너다 갑자기 멈춰선 나를 쓰마도리가 걱정스러운 얼굴로 돌아보았다. 나도 모르게 넋을 놓고 하천을 내려다보고 있었던 모양이었다. 오늘도 따가운 햇볕을 피하기 위해 준비를 철저히 했다. 양산을 들고 반팔 티셔츠에 팔 토시를 하고 나왔다.

"괜찮아. 어제 술을 너무 많이 마셨나 봐."

"편집자님도 안색이 안 좋긴 하시더라고요. 그 상태로 배를 타셔도 괜찮을지 모르겠어요."

아침에 고치역 앞에서 헤어진 이누카이는 아마 지금쯤이면 오카야마에 도착했을 터였다. 쓰마도리와 나는 예정대로 고치 시내에 있는 나의 모교로 향하는 중이었다. 다리 밑으로 흐르는 가가미가와는 탁한 초록빛을 띠고 있었다. 불과 몇 년 사이에 수질이 나빠졌을 리는 없으니 달빛을 받아 눈부시게 반짝이던 수면은 애초부터 내 기억 속에만 존재하던 광경이었는지도 몰랐다.

정문을 지나 학교 건물로 이어지는 길을 쓰마도리와 나란히 걸었다. 자전거 주차장에 자전거 여러 대가 세워져 있었다. 예전부터 고치에서는 학생들이 바구니가 달린 자전거를 잘 사용하지 않았는데, 지금도 여전한 듯했다. 여름방학 중인데도 낡은 체육관에서 공을 튀기는 소리나 운동화 밑창이 마룻바닥을 스치는 소리가 새어 나왔다. 야외 운동장에는 까맣게 탄 야구부원들이 몸을 풀고 있었다.

"여기가 그 체육관이군요."

쓰마도리가 양산을 접으며 발걸음을 멈추었다. 교실이 있는 건물과 체육관 사이로 수영장 탈의실 문이 보였다. 『너와, 푸른 하늘을 유영하다』에서 프롤로그의 배경이 된 바로 그곳이었다. 주인공 사쿠는 그곳에서 히다카의 피아노 소리를 처음 듣게 된다.

쓰마도리는 들려올 리 없는 피아노 소리를 찾기라도 하듯 눈을 감앉다.

"선생님은 누나가 피아노 연주하는 거 직접 들어본 적 있으시죠?"

"몇 번 들어봤지."

"부러워요. 저는 녹음된 것만 들었으니까요."

"그래도 처음 그 연주를 들은 순간부터 히무라가 너한테 특별한 존재가 됐던 거 아니야?"

내 물음에 쓰마도리는 감고 있던 눈을 천천히 떴다. 옅은 갈색의 컬러 렌즈를 낀 눈동자가 이곳에 없는 무언가를 바라보고 있는 듯했다.

"제가 누나의 연주 영상을 처음 봤을 때는 조회 수가 아직 두 자릿수 정도였어요. 스마트폰으로 손이랑 건반만 나오게 찍은 영상이었는데 음질이 그렇게 좋지도 않았어요. 그래도 알 것 같았어요. 저는 이 사람이 어떤 마음으로 건반을 두드리고 있는지, 무엇을 원하고 무엇을 원하지 않는지, 무엇이 두렵고 무엇이 화가 나는지, 전부 다 알 것 같았어요. 피아노 음 하나하나가 고스란히 제 안으로 스며드는 것 같았어요. 사실 저도 좀 놀랐는데, 그때 음악을 듣고 처음으로 울어 봤어요."

처음에는 갑자기 내리기 시작한 빗방울이 내 얼굴로 떨어진 줄 알았다. 그만큼 자연스럽게 눈물이 흘러내렸다.

그전까지의 나는 온몸이 딱딱한 비늘로 뒤덮인 추한 물고기였다. 누군가에게 상처를 입어서 생긴 딱지가 채 떨어지기도 전에 또 새로

상처를 입고 딱지가 생기며 조금씩 외부로부터의 자극에 무뎌져 가고 있었다. 하지만 히다카의 손끝에서 흘러나온 피아노 소리는 내 딱지를 한 겹씩 벗겨내기 시작했다. 피아노 음 하나하나가 투명하고 날카로운 유리 조각 같았다. 아프고 따가웠다. 어느샌가 나는 모든 비늘이 벗겨진 채 아직 아무에게도 상처받지 않았던, 나조차도 기억하지 못할 만큼 먼 옛날의 나의 모습으로 되돌아가 있었다——.

『너와, 푸른 하늘을 유영하다』를 처음 읽던 날 밤, 나는 평소답지 않게 매우 격앙되어 있었다. 루리쓰구미라는 작가가 내 이야기를 훔쳐 갔다고 생각했기 때문이었다. 몇몇 부분은 내 기억과 달랐다. 그럼에도 작품 속에는 과거에 내가 말로 표현하지 못했던, 표현할 생각조차 하지 못했던 감정들이 세밀하게 묘사되어 있었다. 인정하고 싶지는 않지만, 언젠가 이누카이가 나에게 말했던 그대로였다. 쓰마도리는 그 소설을 쓰는 동안 몇 번이고 내가 되었다. 그것을 가능하게 했던 것은 쓰마도리가 가진 작가로서의 재능뿐만은 아니었다. 히무라 지아키라는 사람에 대해 우리가 느꼈던 감정들 중 많은 부분이 실제로 겹쳐 있었기 때문이었다.

"너는 전문적으로 언어를 다루는 사람치고는 네 감정을 말로 표현하는 걸 그다지 잘하지는 못하나 보네. 소설로 읽는 게 나은 것 같아."

예전에 이누카이에게 '또 한 명의 나'라는 말을 들었을 때는 화가 나기만 했다. 하지만 지금의 나는 내 눈앞에 있는 쓰마도리에게 또 다른 종류의 감정을 느끼고 있었다. 그래서 일부러 더 비아냥 섞인 말을 내뱉었다. 쓰마도리는 입술을 삐죽이더니 "말로 잘 표현할 수 있었으면 굳이 글을 쓰려고 하지 않았겠죠."라며 투덜거렸다.

우리는 체육관 옆을 지나쳐 본관 건물에 도착해 인터폰을 눌렀다. 취재 요청은 이누카이 쪽에서 진행했다. 쓰마도리의 필명은 밝히지 않고, 슌에이샤 소속의 신인 작가가 고치에 있는 고등학교를 배경으로 한 소설을 쓰려고 한다는 정도만 전달해 둔 모양이었다.

교직원용 출입문을 열고 나온 사람은 백발의 남자 교사였다. 키는 작지만 다부진 체격과 갈색의 호피 무늬 뿔테안경 너머의 강렬한 눈빛이 어딘가 익숙했다.

"자네가 그 신인 작가구먼? 대단하네, 고등학생이 작가 데뷔라니."

"쓰마도리라고 합니다. 취재를 허락해 주셔서 감사합니다. 담당 편집자인 이누카이 씨는 급한 사정이 생겨서 오늘 함께 오지 못했지만, 대신에 저희 동아리의 고문을 맡고 계신 선생님이 같이——."

"우노하라입니다. 이토 선생님 맞으시죠? 선생님께 고전 문학을 배웠었어요."

이토는 안경을 살짝 내리고 나를 바라보더니 고개를 갸웃했다. 무언가를 생각할 때 넥타이 매듭을 만지작대는 버릇은 예전 그대로였다. 잠시 후 이토는 "아아!" 하며 놀란 듯 다시 입을 열었다.

"그래, 우노하라구나! 이과반 우등생이었잖아. 우리 학교에서 교토에 있는 대학에 합격한 건 자네가 처음이라서 기억하고 있지. 그때

학교에 자네 이름이 들어간 현수막도 한동안 걸어놨었잖아. 그래, 교사가 됐구나! 옛날보다 아주 멀끔해졌네. 도쿄에 살면 다들 그렇게 되나 봐?"

이토의 뒤를 따라 우리는 건물 안으로 들어섰다. 천장이 낮은 모교의 어두운 복도는 해가 잘 들지 않아서인지 서늘한 기운이 느껴졌다. 복도 벽에서는 어릴 적 미술 시간에 쓰던 찰흙 같은 냄새가 희미하게 풍겨왔다.

"도쿄에서 일부러 여기까지 와준 사람한테 이런 말 하기는 좀 그런데, 별로 특별한 건 없을 거야. 그래도 이 학교를 배경으로 써준다니 우리로서는 감사하지. 요즘에 계속 학생 수가 정원 미달이거든."

"공립학교의 학군제가 폐지된 이후로 그래도 외부에서 오는 학생들이 늘어나지 않았어요?"

"애들 수 자체가 워낙에 줄어서 그 정도로는 어림도 없어."

"저기…… 제가 좀 여쭤봐도 될까요?"

쓰마도리가 이토와 나의 표정을 번갈아 살피며 조심스럽게 물었다.

"우노하라 선생님한테 같은 학년이었던 여학생이 학교를 중퇴한 후에 세상을 떠났다고 들었어요."

그 순간 이토의 얼굴이 굳어졌다. 하지만 이내 형식적인 미소를 지으며 아무렇지 않은 듯 대답했다.

"작가들은 역시 그런 쪽에 관심이 가나 보네. 몇 년에 한 번씩 그런 학생들이 있어. 안타까운 일이지, 아직 어린데 말이야."

"히무라 지아키 씨라고 혹시 기억하세요?"

이토는 슬쩍 말을 돌리려 했지만 쓰마도리는 물러서지 않았다. 이토는 나에게 슬쩍 눈짓을 보내더니 복도 구석으로 따라오라는 듯 손짓을 했다.

"우노하라, 어떻게 된 거야? 우리 학교가 배경이라더니 학생의 죽음에 얽힌 사연을 밝혀내거나 하는 불편한 내용을 소설로 쓰려는 건 아니지? 그런 거면 우리도 곤란해."

"네, 뭐······."

"자네도 이제 교사니까 학교 사정이 어떤지 잘 알 거 아니야. 진짜 부탁 좀 할게."

이토는 내게 귓속말을 한 뒤 쓰마도리를 향해 일부러 더 환한 미소를 지어 보였다.

"미안하게 됐어. 내가 교직에 오래 있다 보니까 솔직히 학생들 이름을 전부 다 기억하고 있지는 못해서 말이야. 부끄러운 이야기지만 날이 갈수록 자꾸 깜빡깜빡해서 동창회에 갈 때는 전날에 미리 졸업앨범을 보면서 예습을 해야 할 정도라니까. 우노하라처럼 특별히 기억에 남는 학생이 예외적이기는 해."

귀찮은 일에 휘말리고 싶지 않은 눈치였다. 이토는 "뭐, 편하게 둘러보고 끝나면 교무실로 와 줘."라는 말을 남기고 서둘러 자리를 피했다.

"아까 그 선생님 말인데요, 뭔가를 숨기는 것 같지 않았어요?"
"그래? 거짓말을 하시는 것 같지는 않던데."

쓰마도리는 여전히 납득이 가지 않는 듯한 얼굴이었다. 우리는 남관 건물의 계단을 올라가고 있었다. 계단 중간의 전신거울에 방문자용 슬리퍼를 신고 약간 휘어진 안경을 쓰고 있는 남자의 모습이 비쳤다. 거울을 통해 수도 없이 봐왔던 내 모습이 오늘은 왠지 낯설게 느껴졌다. 이곳에 서 있으니 촌스러운 교복을 입고 실내화를 신고 다니던 시절의 기억이 되살아나는 듯했다.

"선생님, 2학년 교실은 3층에 있어요?"
"맞아. 히무라는 2학년 B반이었어."

1층과는 달리 3층은 눈이 부실 만큼 밝은 빛으로 가득 차 있었다. 음수대 옆 수도꼭지에는 그물망에 담긴 노란색 비누가 걸려 있었다. 조금 전까지 누군가 사용했는지 인위적인 비누의 레몬 향과 수돗물 냄새가 났다. 비누에 맺힌 물방울이 스테인리스 세면대에 일정한 간격을 두고 떨어졌다. 열려 있는 복도의 창문을 통해 관악부 학생들의 연주 소리가 들려왔다. 신입생들이 연습을 하는 중인지 가끔씩 어긋나는 박자에 왠지 모르게 가슴이 먹먹해졌다.

앞서 걸어가던 쓰마도리는 2학년 B반이라고 적힌 팻말이 걸려 있는 교실로 망설임 없이 들어갔다. 나도 발길을 재촉해 쓰마도리의 뒤를 따라 교실로 들어섰다. 서두르지 않으면 다시는 돌아갈 수 없다고 믿었던 열일곱의 여름 속으로 그대로 빨려 들어가 버릴 것 같았다.

아무도 없는 교실에는 여름방학이 시작되기 전까지 이곳에서 생활하던 학생들의 흔적이 생생하게 남아 있었다. 분필 자국이 남아 있는 칠판, 어수선하게 늘어선 책상과 의자, 소지품으로 가득 차 있는 사물함. 나는 교실의 커튼과 창문을 열었다. 열기를 머금은 바람이 얼굴을 스쳐 지나가자 뜨겁게 달궈진 운동장 모래 냄새가 났다. 쓰마도리는 안절부절못하며 교실 안 이곳저곳을 둘러보았다. 작고 단정한 얼굴에서 어린아이처럼 들뜬 기색이 엿보였다.

"선생님, 누나 자리가 어디쯤이었는지 기억하세요?"

"글쎄, 우리 반은 다른 층에 있어서 히무라가 교실에 있는 모습을 거의 본 적이 없어."

"교실로 누나를 찾으러 오거나 하지 않으셨어요?"

하지 않았다. 내가 히무라를 찾아간 적도, 히무라가 나를 찾아온 적도 없었다. 가끔 학교에서 우연히 마주치기는 했지만, 그때마다 히무라는 먼저 시선을 피했다. 우리는 해가 진 이후에 학교 밖에서만 만나는 것으로 정해져 있었다. 우리가 있는 그대로의 모습으로 자유롭게 헤엄칠 수 있는 것은 그때뿐이었다.

"내가 고등학생 때는 이성이랑 조금만 친해 보여도 사귀는 거 아니냐는 말이 나왔어. 히무라는 나랑 그런 관계로 보이는 걸 원치 않았을 거야."

나랑——이라기보다는 나 따위랑——이라는 표현이 더 적절할지도 몰랐다. 쓰마도리는 내 말의 숨겨진 의미를 알아채지 못한 채 천진난만한 눈빛으로 말했다.

"제가 생각하는 누나의 이미지대로라면 이쯤에 앉았을 것 같아요. 이렇게 지루한 표정으로 음악을 들으면서 바깥을 내다보는 느낌인 거죠."

쓰마도리는 창가 맨 뒷자리의 의자를 빼더니 긴 다리를 책상 밑으로 억지로 밀어 넣어 앉았다. 창밖을 바라보는 옆얼굴에 햇빛이 비치자 부드럽게 그림자가 드리우며 완벽한 얼굴선이 더욱 도드라져 보였다.

그 시절의 나는 히무라에 대해 얼마나 알고 있었던 것일까? 많은 시간을 함께 보냈다고 생각했지만 나는 히무라가 교실 어디에 앉아 있었는지조차 알지 못했다. 가끔 피아노를 친다는 것은 알고 있었지만 작곡을 하거나 영상을 찍어 올리는 취미가 있었다는 것도 몰랐다. 얼굴도 이름도 모르는 소년과 온라인 창작 사이트를 통해 교류하고 있었다는 것도 마찬가지였다.

하지만 나는 쓰마도리가 모르는 히무라를 알고 있었다. 그리고 쓰마도리도 이제 더는 모른 채 넘어갈 수 없는 곳까지 발을 들이고 말았다.

"이토 선생님은 누나에 대해 기억이 안 나신다고 하고…… 당시에 담임을 맡으셨던 선생님께 연락을 할 수 있는 방법이 없을까요?"

"연락을 해봤자 이토 선생님이 말씀하시던 거랑 크게 다르지 않을 거야."

"왜요?"

쓰마도리가 의아한 얼굴로 물었다. 나는 입을 여는 것이 망설여졌다. 하지만 여기까지 온 이상, 쓰마도리도 아무것도 알아내지 못한 채 돌아갈 생각은 없을 터였다.

설령 히무라가 그것을 원치 않는다고 해도 말이다.

"쓰마도리, 이상하지 않아? 체육관에서 열렸던 합창대회의 피아노 반주 사건부터 시작해서 전교생의 성적 데이터가 지워졌던 것, 수영장에 개구리가 대량으로 번식했던 것, 그리고 평소 문제가 많았던 교사가 갑자기 학교를 그만두게 된 것까지, 그런 사건들이 연달아 일어났다면 학생이든 선생이든 그해 여름에는 유독 이상한 일들이 많았다고 또렷이 기억에 남았을 거야. 너도 네 소설에 그렇게 썼잖아."

그해 여름은 기록적인 폭염이 이어졌다. 하지만 학생들의 기억에 남은 것은 그 미친 것 같은 날씨가 아니라 1학기 말부터 여름방학이 끝날 때까지 학교에서 벌어졌던 불가사의한 사건들이었다.

"당시에 재학생 수는 400명 남짓이었어. 그 학생들이 전부 그해 여름에 일어난 사건들의 목격자야. 이상하다고 생각한 적 없었어? 40만 부가 넘게 팔린 네 소설의 독자들 중에 나 말고는 목격자가 단 한 명도 나타나지 않았잖아."

쓰마도리가 가지런한 눈썹을 찌푸렸다. 무슨 말인지 이해하지 못한 듯했다. 그 모습에 나는 마음이 더욱 무거워졌다. 한때는 눈앞의 이 고운 얼굴을 몇 번이고 상처 입히는 상상을 했었는데 말이다.

"쓰마도리, 진짜 히무라 지아키는 네가 생각하는 그런——."

계단을 급하게 뛰어 올라오는 발소리에 나는 하려던 말을 멈출 수밖에 없었다. 한 번에 두 칸씩 올라오는지 꽤나 묵직한 소리가 났다.

"다행이다, 아직 있었네!"

교실 문을 박차고 들어온 것은 반팔 폴로셔츠에 트레이닝 바지를 입은 건장한 체격의 남자였다.

"이토 영감한테 이야기를 듣고 학교 안을 한참 찾아다녔어. 뭐야, 나 누군지 모르겠어?"

쓰마도리가 불안한 표정으로 나를 바라보았다. 나는 가까이 다가오는 남자의 얼굴을 자세히 살폈다. 얼굴이 햇볕에 과하게 그을린 탓에 이목구비가 또렷이 보이지는 않았지만, 튼튼해 보이는 새하얀 치아와 애교 섞인 몸짓이 어딘가 익숙했다.

"혹시…… 사나다?"

"그래! 진짜 오랜만이다, 우노하라!"

사나다는 만면에 미소를 지으며 망설임 없이 내 어깨를 끌어안았다. 쓰마도리가 깜짝 놀란 듯 의자에 앉은 채 뒤로 물러섰다.

"아는 분이세요?"

"고등학교 동창이야."

"이게 몇 년 만이야? 우노하라, 살이 엄청나게 빠졌네. 밥은 제대로 먹고 다니는 거야? 내 뱃살 좀 나눠줄까?"

사나다는 학생 때보다 더 둥글어진 배를 꼬집으며 웃었다.

어쩌면 히무라는 자신의 진짜 모습을 쓰마도리에게 알려주고 싶은 것일지도 모른다는 생각이 들었다. 지금 우리 앞에 나타난 사나다 렌지는 쓰마도리가 아직 모르는 그해 여름의 목격자 중 한 명이기 때문이었다.

"다들 물 마셔! 15분간 휴식!"

사나다가 호루라기를 불며 큰소리로 외쳤다. 머리를 짧게 깎은 소년들이 일제히 운동장 한편으로 달려가 물병에 든 물을 들이켜는 모습을 쓰마도리와 나는 펜스 너머로 바라보고 있었다.

"기다리게 해서 미안해. 연습 경기가 얼마 안 남았거든."

우리 쪽으로 돌아온 사나다가 땀에 젖은 얼굴을 수건으로 닦으며 말했다. 사나다는 오사카에 있는 대학을 중퇴하고 고향으로 돌아와 지금은 아버지가 운영하는 인쇄업체에서 일하며 졸업생 자격으로 가끔 주말에만 야구부 훈련을 돕고 있다고 했다.

"옛날에는 이런 시골에 눌러앉아서 가업을 잇는 일은 절대 없을 거라고 생각했는데, 사람 일은 진짜 모르는 거라니까. 네가 교토로 대학을 간 건 알고 있었어. 그쪽에서 애들을 가르치는 거야?"

"아니, 지금은 시부야에 있는 사립고등학교에서 일하고 있어."

"시부야? 완전히 도시 사람이네! 어쩐지 멀끔해졌더라니. 아주 딴 사람 같아."

"오버하지 마. 살이 좀 빠졌을 뿐이야."

옆에서 우리의 대화를 듣고 있던 쓰마도리가 의외라는 듯한 표정을 짓고 있었다.

"그니까…… 두 분이 친구이신 거죠?"

"나한테 친구가 있는 게 이상해?"

"그런 건 아닌데, 두 분 성격이 전혀 달라 보여서요."

"우리는 말이지, 그냥 친구는 아니고 소꿉친구랄까? 같은 동네에서 태어나서 같은 초등학교에 다녔거든. 그러다 내가 시내로 이사를 가게 돼서 잠깐 공백이 있기는 했지만, 고등학교에 들어와서 우노하라를 다시 봤을 때는 진짜 깜짝 놀랐다니까."

사나다는 반짝이는 은색 반지를 낀 왼손으로 연신 땀을 닦았다. 고등학교 때 사나다는 왼손잡이 투수로 활약했었다. 치열하게 경쟁하는 명문 사립고등학교 야구부들 사이에서 눈에 띄는 성적을 거두지는 못했지만, 투수이자 주장이었던 사나다는 밝은 성격 덕분에 모두에게 사랑받았다.

"사나다, 너 2학년 때 B반 아니었나?"

"오, 맞아. 아까 너희가 있었던 그 교실이었잖아. 옛날 생각난다."

쓰마도리의 눈이 기대감으로 반짝였다.

"진짜요? 그럼 지아키 누나랑 같은 반이셨겠네요!"

"지아키? —— 아아, 히무라 지아키 말하는 건가? 아는 사이야?

나는 딱히 가깝게 지내지는 않았지만, 조용한 애였던 것 같은데."

쓰마도리가 당황한 듯 나를 바라보았다. 나는 애써 그 시선을 피하며 사나다에게 물었다.

"사나다, 우리 2학년 때 합창대회 혹시 기억나?"

"합창대회? 그때 무슨 일 있었나?"

사나다는 이상하다는 듯 고개를 갸웃하더니 이내 무언가가 떠올랐는지 무릎을 탁 치며 말했다.

"아, 그래, 그때 피아노 반주를 히무라가 했었구나. 엄청 안쓰러웠지. 나는 그 당시에 야구부 훈련 때문에 합창대회 연습에는 전혀 참여를 못 해서 어떤 상황인지 몰랐거든. 당일에는 그냥 구석에서 입만 벙긋벙긋하면 되겠지 싶었는데 그런 일이 벌어져서 나도 놀랐어. 반 애들은 갑자기 아카펠라로 노래를 부르기 시작하지를 않나, 히무라는 얼굴이 하얗게 질려서 덜덜 떨고만 있지를 않나. 히무라는 결국 건반은 눌러 보지도 못하고 과호흡이 와서 양호 선생님이 무대에서 데리고 내려갔었잖아."

"과호흡이요? 건반은 눌러 보지도 못했다고요……?"

"나는 나중에 애들한테 이야기를 듣고 알았어. 그전까지는 히무라가 너무 긴장해서 피아노를 못 치니까 애들이 급하게 아카펠라로 대처한 줄 알았거든—— 근데 너 괜찮아? 안색이 너무 안 좋은데."

쓰마도리의 얼굴에서 핏기가 가셨다. 기대감으로 상기되어 있던 두 뺨은 가면처럼 딱딱하게 굳어 있었다.

"더위 먹은 거 아니야? 도서실에서 잠깐 쉬는 게 어때? 방금 전까지 학생들이 장서 점검을 하고 있었으니까 에어컨을 켜 놔서 시원할 거야. 내가 문 열어줄게."

사나다가 손가락으로 가리킨 곳에는 내가 늘 틀어박혀 지냈던 도서실 창문이 있었다.

"괜찮아, 내가 데리고 가볼게."

"내가 가는 게 빨라. 너는 여기서 잠깐만 기다리고 있어."

사나다는 쓰마도리를 끌어안듯이 부축하며 학교 건물 안으로 사라졌다.

나는 그제야 깨달았다. 사나다는 히무라가 죽었다는 사실을 모르고 있었다. 그러고 보니 어제 히무라의 어머니는 딸의 사고 소식을 다른 학생들에게 알리지 말아 달라고 담임에게 부탁했었다고 말했다. 입시를 앞둔 친구들이 동요하지 않도록 하기 위한 배려였던 듯했다. 하지만 아무리 그래도 어느 정도 소문이 퍼졌을 것이라고 생각했다.

잠시 후 가벼운 발걸음으로 다시 운동장으로 돌아온 사나다는 나에게 팩 음료를 건넸다. 교내 자판기에서 뽑아 온 모양이었다. 어릴 때 급식으로 자주 나왔던 유산균 음료였다. 사나다도 같은 음료를 손에 들고 있었다.

"아까 걔, 소설가라며? 키는 큰데 너무 말랐더라. 허리둘레가 내 허벅지만 하던데?"

"내 제자까지 챙겨줘서 고맙다."

"우리 사이에 무슨. 근데 아까 히무라 이야기에 엄청나게 관심을 보이는 것 같던데, 혹시 친척이야?"

"—— 친구인 것 같아, 아마도 제일 친한."

"그래? 그럼 히무라도 도쿄에 있는 거야?"

사나다가 해맑은 얼굴로 물었다. 나는 아무 말도 하지 못한 채 팩 음료에 꽂힌 빨대를 입에 물었다. 시큼달달한 익숙한 맛이 목구멍을 타고 내려갔다. 그러고 보니 어릴 적 사나다는 급식 시간마다 결석한 친구 몫의 음료수를 두고 다른 아이들과 가위바위보를 하고는 했다.

"우노하라, 그거 알아? 이거 고치에서밖에 안 팔아. 처음 오사카에 갔을 때는 그것도 모르고 이걸 찾으려고 마트를 몇 군데나 돌아다녔다니까."

"다른 지역에서는 고치현 특산물을 파는 데서나 겨우 구할 수 있겠네."

"여기서 학교 다닐 땐 고치에만 있고 큰 도시에는 없는 물건이 존재할 거라고는 생각도 못 했는데 말이야. 시골을 벗어나면 원하는 건 뭐든지 손에 넣을 수 있을 줄 알았어."

쓴웃음을 짓는 사나다의 옆얼굴은 야구모자의 챙이 드리운 그림자로 반쯤 가려져 있었다. 시골에서 평생 묶여 살 수는 없다던 사나다가 어째서 다시 고치로 돌아온 것일까. 잘은 모르겠지만, 평소 무엇이든 거리낌 없이 이야기하는 사나다가 굳이 먼저 말을 꺼내지 않는 것을 봐서는 물어보지 않는 편이 나을 것 같았다.

"오늘 여기서 자고 가?"

"응, 내일 예전에 살았던 동네에 들렀다가 저녁 비행기로 돌아갈 거야."

"이제 나이도 먹을 만큼 먹었으니까 주스가 아니라 맥주를 한잔해야 하는데. 요즘 와이프 잔소리가 심해서 밤에 나갈 수가 없어. 자기는 힘들게 참고 있는데 나 혼자 나가서 술 마시고 놀면 좋냐고 뭐라고 하거든. 지금 둘째가 배 속에 있어서 엄청 예민해."

사나다는 스마트폰을 꺼내 배경 화면을 보여주었다. 사진 속에는 머리를 밝은색으로 염색한 젊은 여자와 어린 아기, 그리고 사나다가 얼굴을 맞대고 있었다.

"우리보다 두 학년 밑이었던 테니스부의 미즈노야. 너는 모르나? 오비야마치에 있는 술집에 갔는데 미즈노가 거기서 접객 일을 하고 있더라고. 뭐, 어디 가서 자랑할 만한 첫 만남은 아니지만. 옛날에는 선배, 선배, 하면서 애교를 부리던 애가 지금은 '아아, 옛날에는 멋있었는데. 그때 죽었으면 전설로 남았을 텐데.'라는 말을 아무렇지도 않게 한다니까?"

유쾌하게 농담을 던지는 사나다의 모습에서 빛이 났다. 지금의 나는 그런 농담조차 입에 올릴 수 없는 처지였다.

"뭐야, 그 애매한 표정은? 가까운 데서 대충 해결했다고 생각했지?"
"그런 거 아니야. 사이가 좋은 것 같아서 부럽다고 생각했어."
"에이, 너야말로 도쿄에서 히무라랑 잘 지내고 있는 거 아니야?"

사나다는 능글맞게 웃으며 스마트폰을 다시 바지 주머니에 밀어 넣었다.

"아까 합창대회 이야기를 해서 생각났는데, 나 히무라랑 딱 한 번 대화를 해본 적이 있었어. 2학년 때 축제가 끝난 다음 날이었는데, 나는 야구부 훈련 때문에 바빴고 히무라는 결석이 잦아서 축제 부스 준비에 거의 참여를 못 했었거든. 그래서 애들이 뭐라도 해야 하지 않겠냐면서 우리 둘한테 회계 담당을 시킨 거야. 그때 우리 반은 교실을 귀신의 집으로 꾸몄었나? 하여튼 애들이 페인트랑 지점토 같은 거 사고 받아 온 영수증을 수업 끝나고 히무라랑 둘이 남아서 정리했었어."

사나다는 그전까지 거의 대화를 나눠본 적이 없었던 히무라에게 무슨 말을 해야 할지 난감했다고 했다. 그래도 특유의 붙임성을 발휘해 무난한 주제로 어찌어찌 대화를 이어나간 모양이었다.

"대화를 이어갔다고 해도 히무라는 고개만 끄덕이는 정도였어. 근데 거의 정리가 끝나갈 때쯤에 히무라가 갑자기 나한테 묻는 거야. 혹시 도서부의 우노하라랑 친하냐고. 어딘가에서 우리가 대화하던 걸 봤나 봐. 그때 마침 나도 더 이상 할 말이 없어서 어색했던 참이라 이거구나 싶어서 네 이야기를 한참 동안 했었어. 우리 초등학생 때 거북이 사건 같은 거."

"엄청 오래된 이야기를 꺼냈네."

사나다는 진지한 표정으로 고개를 젓더니 "나한테 우노하라라고 하면 무조건 그 거북이니까."라고 말했다.

그것은 우리가 초등학교 3학년 때의 일이었다. 1학기 초에 같은 반이었던 학생 한 명이 강에서 잡은 거북이를 교실로 가져왔다. 동물을 별로 좋아하지 않았던 담임은 난색을 표했지만, 아이들에게 생명의 소중함을 가르치는 것도 중요하다는 동료 교사의 조언에 따라 결국 반에서 거북이를 함께 키우게 되었다. 아이들은 서로 앞다투어 거북이를 돌보겠다고 나섰지만 그 열의는 몇 달도 채 가지 않았다.

누가 처음 이야기를 꺼냈는지는 기억나지 않지만, 거북에 등껍질에 살모넬라균이 붙어 있다고 하는 어디선가 주워 들은 뜬소문이 퍼지며 아무도 거북이를 만지고 싶어 하지 않게 되었다. 당번을 미리 정해놓지 않았던 것도 문제였다. 처음에는 모두가 경쟁하듯 거북이를 돌보려 했으니 당번을 굳이 정할 필요가 없었던 것이다.

아무도 돌보지 않고 방치되던 거북이는 2학기가 시작될 무렵에 결국 죽고 말았다. 아마 모두가 '내가 아니어도 누군가 돌봐주겠지.'라고 생각했을 것이다. 그리고 동시에 '누군가 돌봐주었을 테니 내 잘못은 아니다.'라고도 생각했을 것이다. 그날 오후에 열린 학급 회의에서 죽은 거북이와 작별 인사를 하는 시간을 가졌는데, 학생들뿐만 아니라 담임까지 눈물을 보였다.

"그때 학급 회의 도중에 네가 갑자기 물었잖아. '다들 진짜 슬픈 거 맞아? 아무도 거북이를 돌보지 않았잖아. 죽든 말든 상관없으니까 그랬던 거 아니야?'라고. 담임도 다른 애들도 다들 시뻘게진 얼굴로 너한테 화를 냈지만 나는 그때 속으로 생각했어. 그러고 보니 그렇네, 하고 말이야. 한동안은 매일 가위바위보로 당번을 정했었는데 언제부턴가

가위바위보 자체를 안 했으니까."

"지금 생각해보면 건방진 말이었지. 그때는 나도 너무 어려서 주변 분위기에 맞춰 적당히 넘어가는 법을 몰랐을 뿐이야."

"아니야, 나한테는 진짜 충격이었어. 대단한 녀석이구나, 싶었다니까. 고등학교에 와서 다시 만났을 때 너를 바로 알아봤던 것도 그 거북이 덕분이었어."

나는 오랜만에 그 거북이—— 아킬레스의 작은 눈동자를 떠올렸다. 새로 난 나뭇잎처럼 선명한 초록빛의 등껍질과 애처로울 만큼 짧은 팔다리를 가진 거북이었다.

원래 아킬레스에게는 다른 이름이 있었다. 하지만 시간이 지나며 아무도 그 이름을 부르지 않게 되어 내 마음대로 새 이름을 붙여 주었다. 당시 책에서 읽었던 '아킬레스와 거북이의 역설'에서 따온 이름이었다.

나는 매일 아침 일찍 일어나 학교에 가서 수조를 닦고 물을 갈아준 뒤 할아버지에게 받아 온 멸치 치어를 먹이로 주었다. 여름방학 동안에도 줄곧 그렇게 했다. 그런 일상이 끝나버린 것은 2학기가 시작된 지 얼마 되지 않았을 무렵이었다.

내가 여름감기로 사흘 정도 결석을 하고 오랜만에 학교에 가보니 교실 뒤쪽 사물함 위에 있던 아킬레스의 수조가 보이지 않았다. 그 자리에는 방학 숙제였던 만들기 작품들이 대신 놓여 있었다. 수조는 복도의 음수대 옆 창가로 옮겨가 있었다. 햇빛을 고스란히 받는 위치라

아킬레스는 팔다리를 쭉 뻗은 채 뒤집혀 있었다. 더위를 먹은 것 같았다.

사나다는 물론 다른 아이들도 내가 그 거북이를 아킬레스라고 불렀던 것도, 아킬레스의 진짜 사인이 무엇이었는지도 아마 평생 알지 못할 것이다.

"그때 히무라가 네 이야기를 꽤 진지하게 들었었어. 혹시 그 뒤로 둘이 뭔가 있었던 거 아니야?"

"아무것도 없었어."

"그래도 둘 다 도쿄에 있으면 앞으로 어떻게 될지 모르는 거잖아. 아까 그 애가 히무라의 친구이자 네 제자라며. 이 정도면 운명 아니야?"

나는 부정하지 않고 애매하게 웃었다. 아무것도 모르는 사나다는 "나중에 결혼할 때 꼭 초대해라. 야구부가 어떻게 뒤풀이를 즐기는지 제대로 보여줄 테니까."라며 햇볕에 검게 그을린 얼굴로 환하게 웃으며 말했다.

빽빽한 미닫이문을 힘주어 열자 마른 낙엽 같은 냄새가 코끝을 간지럽혔다. 그 시절과 달라진 것은 아무것도 없었다. 나는 고등학교에 입학하자마자 도서부에 지원해 매일 대출 카운터를 지켰다. 집에 있을 곳이 없었던 나로서는 수업이 끝난 후에 시간을 보낼 곳이 필요했던 것이다.

서가의 배치도 예전과 똑같았다. 달라진 것이라고는 학생들이 앉아서 책을 읽을 수 있도록 마련되어 있던 긴 테이블이 새것으로 바뀐 정도였다. 쓰마도리는 창가 쪽 자리에 앉아 있었다. 역광을 받아 안색이 어떤지는 잘 보이지 않았지만, 심통이 난 듯 의자에 등을 기대고 삐딱하게 앉아 있는 것을 보니 조금은 기운을 되찾은 것 같았다.

"좀 괜찮아졌어?"

쓰마도리는 내 물음에는 대답하지 않고 "아까 그분은 도대체 뭐예요?"라며 중얼거렸다.

"제가 괜찮다고 하는데도 자꾸 양호실로 가는 게 낫겠다고 하시지를 않나, 차가운 수건 같은 거라도 가지고 오겠다고 하시지를 않나. 진짜 오지랖도 넓으시고 말도 많으시고, 제가 제일 불편해하는 스타일이에요. 합창대회 때도 혼자 아무것도 몰랐다고 계속 강조하시던데, 어떻게 된 일인지 알고 난 후에도 다른 친구들이랑 계속 잘 지내셨던 거잖아요."

"아마 그랬겠지. 그래도 사나다는 나쁜 애는 아니야."

"그렇겠죠. 아주 평범하고 좋은 분이시겠죠."

쓰마도리는 비아냥대는 말투로 대답하고는 페트병에 든 이온 음료를 입으로 가져갔다. 사나다가 사다 준 모양이었다. 나는 아무 말 없이 쓰마도리의 목젖이 위아래로 움직이는 모습을 바라보았다. 관악부의 연주는 더 이상 들려오지 않았다. 그래서인지 쓰마도리의 낮은 중얼거림이 선명하게 들렸다.

"선생님, 저는 그분의 말씀을 어떻게 받아들여야 하는 거죠?"

쓰마도리는 마음의 준비를 마친 듯 정면으로 나를 바라보았다. 긴장해서인지 얼굴이 딱딱하게 굳어 인형처럼 단정한 이목구비가 더욱 인위적으로 보였다.

"사나다는 거짓말을 하지 않았어. 7년 전 합창대회에 체육관의 라흐마니노프는 나타나지 않았어. 이토 선생님도 마찬가지야. 진짜로 히무라를 기억하지 못하시는 거야. 무언가를 감추려고 하시는 게 아니라 히무라가 세상을 떠났다는 사실조차 모르실 수도 있어."

히무라는 어디에나 있을 법한 얌전하고 눈에 띄지 않는, 그래서 그 누구도 제대로 기억하지 못하는 학생이었다. 남들보다 겁이 많았지만, 마음을 연 상대 앞에서는 입이 거칠고 기분이 내키는 대로 행동했으며 때로는 고집을 부리기도 했다.

"진짜 프롤로그는 체육관 뒤편에 있는 탈의실이 아니라 여기가 배경이야. 내가 히무라의 피아노 연주를 처음 들었던 건 축제가 끝난 뒤에 여기에서 청소를 하고 있을 때였어. 히무라는 음악실에서 혼자 피아노를 치고 있었고. 합창대회 이틀 후였지. 나 말고도 그 엉망진창이었던 연주를 들은 사람이 몇 명 더 있었을지도 몰라. 하지만 라흐마니노프라고 불린 적은 한 번도 없었어."

"그러면…… 수영장 개구리 사건은요? 성적 데이터가 전부 지워졌던 건요? 그게 전부 다 실제로는 일어나지 않은 일이라고요?"

쓰마도리는 애원하듯 물으면서도 이미 답을 알고 있는 듯했다.

"올챙이를 잡으러 갔던 건 사실이야. 한 마리도 못 잡았지만. 전교생의 성적 데이터가 해킹을 당해 사라지는 일은 없었어. 그런 일이 실제로 있었다면 뉴스에 나왔겠지."

"그러면…… 변태 교사를 학교에서 쫓아냈다는 것도……."

"실제로 미성년자를 상대로 성 매수를 한 게 밝혀져서 파면된 교사가 있기는 했지만, 우리랑은 아무 관련도 없었어. 우리는 그저 이렇게 하면 재미있겠다, 이렇게 할 걸 그랬다, 하면서 거창한 계획을 이야기했을 뿐이야. 실제로는 아무것도 못 하면서 말로만 떠들어대는 겁 많고 건방진 애들이었던 거지. 예전에 너한테 말한 적 있지? 우리는—— 아니, 나는 그 이야기를 세상에 내놓을 생각이 없었다고. 히무라도 나랑 같은 마음일 거라고 생각했었어."

나는 쓰마도리 앞에 졸업 앨범을 내려놓았다. 운동장에서 사나다와 헤어진 뒤 교무실에 잠시 들러 빌려 온 것이었다. 나와 같은 해에 졸업한 학생들의 사진이 실려 있었다.

"너는 이거 본 적 없지? 나는 E반이었어. 한번 찾아봐."

쓰마도리는 움직일 생각이 없어 보였다. 나는 그런 쓰마도리를 대신해 직접 페이지를 넘겼다.

"우노하라 사쿠야. 이게 나야."

쓰마도리의 입술이 살짝 벌어졌다. 하지만 아무 말도 나오지 않았다.

"실망했지?"

"—— 아니요, 그런 건 아닌데……."

"아까 너한테 학교 사람들이 보는 데서는 히무라와 내가 서로 아는 척을 안 했다고 말했었잖아. 히무라는 나랑 사귀는 사이처럼 보이는 걸 원하지 않았을 거라고. 무슨 뜻이었는지 이제 알겠지? 히무라뿐만 아니라 여자애들은 대부분 다 같은 마음이었을 거야."

촌스러운 검은 뿔테안경 속 비굴한 눈빛은 지금과 크게 다르지 않았다. 아니, 그래도 지금은 살이 20킬로 정도는 빠졌으니 그때보다는 눈꺼풀이 덜 부어 보이려나. 교복 옷깃에 얹혀 있는 것처럼 보이는 두터운 이중 턱에는 여드름이 나 있었고, 제대로 다듬지 않아 숱이 지나치게 많은 앞머리 탓에 인상이 더욱 지저분해 보였다.

"그치만…… 도서부 후배는 선생님을 좋아했잖아요. 그래서 사쿠랑 친하게 지내는 히다카한테 질투를 느껴서 일부러 둘이 엇갈리게 하려고 계획을……."

"네가 쓴 작품에는 그런 에피소드가 있었지. 그 캐릭터 이름이 하야카와였던가? 어릴 때 히다카랑 같은 피아노 학원에 다녔던 한 학년 밑의 후배였잖아. 누구를 모델로 삼은 건지는 짐작이 가지만 그 애도 아마 나를 좋게 생각하지는 않았을 거야. 히무라도 같은 피아노 학원에 다녔던 동경의 대상이 아니었을 거고. 아마 히무라의 이름도 얼굴도 모를걸? 히무라도 나 못지않게 눈에 띄지 않는 타입이었으니까."

나는 과거의 내 모습에서 시선을 거두고 창밖을 내다보았다.

내가 처음 히무라의 존재를 인식하던 날, 쓰마도리가 말한 도서부 후배가 가까이에 있기는 했다. 축제가 끝난 뒤 우리는 도서부에서 운영했던 북카페의 철거 작업을 하고 있었다. 복도에 있던 그 후배가 뛰어오던 히무라와 부딪쳤던 것만큼은 쓰마도리의 소설에 나온 내용과 같았다. 다만 히무라는 제대로 사과도 하지 않고 사라졌다. 짜증을 내던 후배와 달리 그 짧은 순간에 스쳐 지나가던 히무라의 얼굴을 본 나는 그녀가 다급히 사라진 이유를 알 수 있었다. 히무라는 울어서 퉁퉁 부은 얼굴을 들키고 싶지 않았던 것이다.

나는 다른 도서부원들이 모두 집으로 돌아간 뒤, 혼자서 바닥을 쓸고 있었다. 생각보다 먼지가 많이 쌓여 있었다. 막차 시간을 계산하며 쓰레받기에 쓸어 담은 먼지를 쓰레기통에 버리던 참이었다.

갑자기 낯선 소리가 들려왔다. 건반을 마구잡이로 두드려대는 피아노 소리였다. 무언가에 홀린 듯 그 소리를 따라간 나는 달빛이 비치는 음악실에서 눈물을 흘리며 건반을 두드리는 히무라를 보았다. 내 존재를 눈치챈 히무라는 거칠게 피아노 뚜껑을 닫고는 그대로 도망쳤다. 피아노 위에는 잔뜩 구겨진 희망 진로 조사서가 굴러다니고 있었다.

체육관의 라흐마니노프 같은 건 어디에도 없었다. 이것이 우리의
—— 그 누구의 관심도 받지 못했던 존재감 없는 두 사람의 이야기가 시작되던 순간이었다.

제 8 화

히무라가 쓰마도리에게 이야기한 체육관의 라흐마니노프는 어떤 상황에서도 고상함과 강인함을 잃지 않는, 히무라 스스로가 바랐던 이상적인 모습이었을 것이다. 반대로 히무라가 나에게 보여주었던 것은 누구에게도 보여주고 싶지 않았던 진짜 자신의 모습이었다.

나는 히무라에게 쓰레기통 같은 존재나 다름없었다. 히무라가 구겨서 버린 희망 진로 조사서를 내가 주워든 그 순간부터 모든 것이 시작되었으니 정말로 나는 우연히 그 자리에 있었던 쓰레기통에 불과했는지도 몰랐다.

"선생님, 이 섬에 양조장이 몇 군데나 있는지 아세요……?"

스마트폰 너머로 금방이라도 숨이 넘어갈 것 같은 이누카이의 목소리가 들려왔다. 상당히 지쳐 있는 듯했다. 나는 무인역의 낡은 벤치에 앉아 "전통 간장의 고장이라고 불릴 정도니까 많기는 하겠네요."라고 맞장구를 쳤다. 선로 너머에는 수평선이 펼쳐져 있었다. 이 시기에 자주 보이던 서퍼들의 모습 대신 어선 한 척만이 짙푸른 바다 위에 하얀 거품을 남기며 지나가고 있었다.

"선생님은 이렇게 될 줄 알고 계셨던 거죠?"

"그럴 리가요. 쉽지 않을 거라고 생각하기는 했지만요."

어제 오카야마에서 페리를 타고 쇼도시마로 들어간 이누카이는 여전히 섬에 남아 있었다. 히무라 마히로가 쓰마도리에게 남긴 단서— — 고치에서 섬으로 이주한 전직 간호사이자 현직 양조장 안주인을 찾는 일은 예상보다 훨씬 더 난항을 겪고 있는 모양이었다.

"섬에 거주하는 분들의 인맥으로 금방 찾을 수 있을 거라고 생각했는데, 다들 반응이 너무 싸늘하다니까요! 어딜 가나 도쿄에서 온 낯선 외지인 취급을 하신다고요. 이상한 여자가 와서 섬사람들 뒤를 캐고 다니는 것 같다고 되려 경계를 하시니까……."

"뭐, 대체로 사실이네요."

"위로의 한마디쯤은 해주실 수 있잖아요……. 어제부터 집집마다 들러서 일일이 여쭤보고 다니는 중이라니까요?"

"꼭 탐문 수사를 하는 것 같네요. 경찰이 주인공인 소설의 에피소드를 구상하는 데 도움이 되시겠어요. 오늘 중으로 도쿄로 돌아가기는 어려울 것 같으세요?"

"기어서라도 아니, 헤엄을 쳐서라도 돌아갈 거예요! 내일 오전에 다른 작가님이랑 미팅이 있단 말이에요!"

이누카이는 단호하게 말했지만 금세 다시 불안한 기색을 드러냈다.

"선생님, 혹시…… 지금 옆에 도와가 있나요? 어제 통화하는데 목소리가 조금 이상했거든요. 오늘 아침에는 아예 제 전화를 받지도 않았고요."

역시나 나에게 전화를 건 이유가 따로 있었다. 나는 들고 있던 스마트폰을 음료 자판기 앞에 서 있는 쓰마도리를 향해 내밀었다. 쓰마도리는 방금 뽑은 탄산수 뚜껑을 열며 귀찮다는 듯 얼굴을 찌푸렸다.

"편집자님, 쓸데없는 걱정 좀 그만하세요. 그냥 혼자서 생각할 시간이 좀 필요했을 뿐이에요. …… 아니, 그런 거 아니에요. 신작 아이디어는 아직 없다니까요. 저보다 편집자님 걱정부터 하세요. 또 민낯에 선크림도 안 바르고 여기저기 돌아다니시는 거 아니에요? 지금 당장 귀찮다고 제대로 관리를 안 하면 5년 뒤에 진짜 후회하신다고요."

쓰마도리는 일방적으로 전화를 끊고는 나에게 스마트폰을 툭 내밀었다.

일정 마지막 날, 우리는 예정대로 내가 살았던 바닷가 마을로 향하고 있었다. 고치역에서 전철을 타고 30분, 민영 철도로 갈아타서 25분, 내려서 자전거로 45분을 더 가는 것이 고등학생이었던 나의 통학 루트였다.

"아직 이누카이 씨한테 어제 있었던 일을 말하지 않았나 보네?"

"어떻게 설명해야 할지 잘 모르겠어요. 저도 아직 완전히 받아들인 건 아니니까요."

승강장으로 들어온 열차에 올라탄 쓰마도리는 창밖의 풍경만 바라보고 있었다. 승객은 우리 둘밖에 없었다. 가끔씩 흘러나오는 안내 방송 외에는 열차가 달리는 소리만 들려올 뿐이었다.

"근데 누나가 저한테 해준 이야기가 전부 다 거짓말이었다면, 누나는 어째서 마지막 시간을 함께 보낼 상대로 선생님을 택했던 걸까요? …… 학창 시절의 선생님은, 여학생들한테, 그러니까……."

"별로라고 무시당하던 남자애였는데, 라고 말하고 싶은 거지?"

쓰마도리는 난처한 표정을 지었다. 나도 자판기에서 뽑은 아이스커피를 한 모금 마셨다. 히무라에게 그 이유를 물어본 적은 없었다.

"겁이 많아서 그랬던 거 아닐까? 자기보다 밑이라고 생각하는 상대에게만 약한 모습을 보이는 사람들이 생각보다 많거든. 거절당해도 별로 상처받지 않을 상대를 일부러 고르는 거지. 그러니까 그렇게 제멋대로 굴 수도 있었던 거야. 미움받아도 상관없다고 생각하니까."

"너무 그렇게 냉정하게 말씀하지 마세요……."

"그럼 조금 다르게 표현해볼까? 길을 가다가 아무 생각 없이 주운 돌멩이를 귀한 보석이라고 믿으려고 하는 건 어린 애들뿐만 아니라 어른에게도 흔한 일이야. 너도 그런 경험이 있지 않아?"

"그게 무슨 뜻이에요?"

"어제 너랑 히무라가 같이 올렸던 영상을 봤어."

쓰마도리는 적잖이 당황한 듯했다. 긴 침묵을 지키던 끝에 "선생님은 절대 안 보실 거라고 생각했어요."라며 작은 목소리로 말했다.

나도 같은 생각이었다. 히무라가 쓰마도리에게 보여준 모습은 분명 내가 모르는 또 다른 얼굴이었을 터였다. 그것을 확인하는 것이 망설여졌다. 그럼에도 나는 어젯밤 호텔 방에서 뮤지스에 접속해 영상의 재생 버튼을 눌렀다. 나 혼자만 계속해서 도망을 치는 것은 공평하지 못하다고 생각했다. 옆방에 있는 쓰마도리는 나만 알고 있던 히무라의 얼굴을 마주하며 그 모습을 어떻게든 받아들이려 발버둥 치고 있었기 때문이다.

당시에 두 사람이 사용하던 계정은 이누카이가 알려주었다. 쓰마도리는 '쓰구미', 히무라는 'Jua' —— 스와힐리어로 '태양'이라는 뜻이었다.

"너는 히무라랑 뮤지스에 있는 채팅 기능으로 대화를 주고받으면서 작품을 함께 올렸던 거지?"

"맞아요. 중간에 연락이 끊겼던 시기도 있었지만 그때를 빼고는 거의 매일…… 채팅만으로 미묘한 뉘앙스를 전달하기 어려울 때는 음성통화 기능도 가끔 썼어요. 저희 둘 다 부모님한테 들키고 싶지 않았으니까 자주 하지는 못했지만요."

"그 당시에 네가 아직 어렸다고는 해도 그 정도로 가깝게 지내면서 이상한 점을 아무것도 못 느꼈어? 히무라는 항상 완벽하게 네 마음을 사로잡을 수 있을 만큼의 카리스마를 유지했던 거야? 실제로는 네 마음속에서 의심의 싹이 자라날 때마다 그걸 꺾어가면서 히무라랑 작품을 만들어왔던 거 아니야?"

쓰마도리의 눈빛이 흔들렸다. 아무 말도 하지 않았지만 굳게 다물어진 입술이 대답을 대신하고 있었다.

두 사람이 만든 영상은 조악하기 그지없었다. 그 당시에는 쓰마도리가 그것을 걸작이라고 여겼을지 몰라도 지금은 분명 다를 터였다. 두 사람이 처음 만났을 때의 나이 차를 생각하면 쓰마도리에게 히무라는 자신보다 훨씬 성숙한 존재로 느껴졌을 것이다. 하지만 쓰마도리의 조숙한 재능은 금세 히무라를 추월했다. 히무라는 내 앞에서도 항상 어울리지 않는 자유분방함을 서투르게 연기했다. 때로는 보고 있기 힘들 정도였다. 고작 열두 살의 나이에 『괴물의 오르골』을 집필하며 자신의 어머니에 대한 적나라한 감정을 생생하게 그려낸 소년이 히무라의 진짜 모습을 눈치채지 못했을 리 없었다.

그럼에도 쓰마도리는 끝까지 히무라에게 속고 싶었던 것일지도 몰랐다.

"선생님, 저는 항상 제가 어른이 되지 못할 거라고 생각했어요. 제 방이랑 병실에만 갇혀서 바깥세상에는 나가보지도 못하고 죽게 될 거라고요."

쓰마도리가 어색하게 입을 열었다. 전철이 커브를 돌며 심하게 흔들리자 쓰마도리가 들고 있던 페트병 안에 잔물결이 일며 거품이 생겼다가 사라졌다.

"근데 수술이 성공하고 나니까 오히려 무서워졌어요. 저한테는 아무것도 없었거든요. 그동안 학교도 제대로 못 다녔지, 또래 친구도 없지, 그리고 여전히 평범하게 생활할 수 있을 만큼 몸이 튼튼하지도 않았고요. 그런 상태로 앞으로 몇십 년을 더 살아가야 한다는 게 너무 무서웠어요. 보통 사람들처럼 사회 속에서 관계를 맺고 살아가는 게 저한테는 불가능할 것 같았으니까요."

쓰마도리는 가느다란 팔에 비해 커다란 손바닥을 내려다보며 말을 이어갔다.

"그래도 저는 지금 여기에 있어요. 제가 쓴 원고를 좋아해 주는 사람을 만났고, 『푸른 하늘을 유영하다』가 저를 바깥세상으로 끌고 나와줬어요. 그러니까 누나가 저한테 보여줬던 모습이 전부 다 거짓이었다고 해도 아무것도 달라질 건 없어요. 누나가 지금의 저를 만들어 준 건 사실이니까요."

하지만 말과 달리 쓰마도리의 옆얼굴에는 여전히 망설임이 남아 있었다.

차창에 비치는 것은 잔잔하게 일렁이는 수평선뿐이었다. 내 고향인 바닷가 마을에 가까워질수록 내다볼 만한 것들이 하나둘 사라져 갔다. 그럼에도 쓰마도리는 예정대로 여행을 계속하겠다고 말했다. 쓰마도리가 동경하던 사쿠와 히다카는 처음부터 그 어디에도 존재하지 않았다. 쓰마도리는 그것을 알면서도 이 여행을 마무리하지 않으면 마음을 정리할 수 없을 것이라고 생각하는지도 몰랐다.

"누나가 오랜만에 저한테 연락했던 건 6년 전 10월이었어요. 선생이랑 누나가 외벽 시계 밑에서 마지막으로 만났던 게 8월 말이었으니까 대충 두 달쯤 지났을 때였네요."

"응, 그렇다고, 봐야, 하겠지."

"누나는 선생님과의 추억을 처음부터 되짚어 보듯이 대부분이 가짜였던 이야기를 저한테 들려줬어요. 저는 그 내용을 바탕으로 소설을 썼고요. 하지만 누나가 읽은 건 사쿠와 히다카가 시계 앞에서 마지막으로 만나는 장면까지예요. 열람 기록을 확인해 보니까 마지막으로 접속한 건 누나가 죽은 날 아침이었어요. 어머님은 누나의 스마트폰이 병실에 그대로 있었다고 하셨으니까 아마 병원을 몰래 빠져나가기 직전까지 그 소설을 다시 읽고 있었던 것 같아요. 왜 스마트폰을 두고 나갔을까요? 혹시 GPS로 위치 추적을 당할까 봐 그랬던 걸까요? 인터넷 검색 기록도 다 지워져 있어서 아무런 단서도 찾을 수 없었다고 어머님도—— 선생님, 듣고 계세요?"

"듣고 있어. 근데, 자세한 이야기는, 조금만 이따가 해주면 안 될까?"

실제로는 숨이 너무 가빠서 "해주, 면, 안될, 까?" 하고 말이 이상한 박자로 튀어나왔다. 2인용 자전거 페달은 생각했던 것보다 훨씬 더 무거웠다.

민영 전철에서 내린 뒤 나는 택시를 부를 계획이었지만, 자전거 대여점을 발견한 쓰마도리가 꼭 한번 타보고 싶다며 고집을 부렸다. 내가 살았던 동네는 인구가 빠르게 줄어들고 있었지만, 자전거 라이딩 코스나 야외 활동 명소로는 근근이 수요가 남아 있는 모양이었다.

"선생님, 이렇게 가혹한 코스를 매일 왕복하셨던 거예요? 전철도 타고 자전거도 타고요?"

"그래, 그때는, 지금이랑 다르게, 2인용 자전거는, 아니었지만."

페달을 세게 밟을 때마다 겨우 한 마디씩 내뱉으며 가파른 언덕을 올라갔다. 나는 앞자리에 앉아 거의 혼자서 페달을 굴리고 있었다. 격한 운동을 하면 안 되는 쓰마도리에게 무리하게 페달을 밟게 할 수는 없었다.

뒤에서 쓰마도리가 양산을 씌워 주고 있었지만 뜨겁게 쏟아지는 햇살이 가차 없이 나의 체력을 빼앗아 갔다. 얼굴에 흐르는 땀 때문에 안경이 코끝에서 미끄러지며 시야가 흐려졌다.

"이렇게 한참을 달리는데 지나가는 사람이 한 명도 없네요."

"원래 그래. 예전에는 친척들이 이 근처에 많이 모여서 살았었는데, 지금은 거의 다 돌아가셨어."

인기척이 전혀 느껴지지 않는 빈집들로 가득한 마을의 풍경은 마치 버려진 영화 세트장 같았다. 모든 것이 가짜처럼 느껴져 비현실적인 분위기가 감돌았다. 반대편 가드레일 너머로 보이는 바다는 푸르렀고 햇볕은 여전히 따가웠다. 매미의 울음소리도 시내에서 듣는 것보다 몇 배는 더 크게 들렸다.

내리막길에서 살짝 브레이크를 잡으니 한여름의 풀 냄새가 땀에 젖은 몸을 감쌌다. 언젠가 히무라가 라이트노벨의 클리셰 중 하나로 자전거 뒷자리에 태우고 달리는 장면을 꼽았던 것이 떠올랐다. 나뭇잎 사이로 쏟아져 들어오는 햇살은 쉴 새 없이 흔들렸고, 흰색 가드레일은 예전보다 난시가 더 심해진 눈이 따가울 만큼 눈부셨다.

해안도로를 따라 한참을 달리다 보니 할아버지와 내가 함께 살았던 집의 적갈색 양철지붕이 보였다. 나는 가게 앞에 자전거를 세웠다. 오랫동안 닫혀 있었던 가게 앞 셔터는 바다에서 날아온 모래 먼지로 뒤덮여 있었다. 예전에는 셔터에 '우노하라 낚시점'이라고 쓰여 있었다. 쓰마도리는 마치 폐가를 바라보고 있는 듯한 표정이었지만, 내가 보기에 가게 외관은 옛날과 크게 달라지지 않았다. 뒷문 쪽으로 가보니 무너진 외벽 조각들이 여기저기 떨어져 제멋대로 자라난 잡초더미를 짓누르고 있었다.

그때 윙, 하는 소리와 함께 커다란 벌레가 날아오르자 쓰마도리가 비명을 질렀다.

"뭐예요, 벌이에요? 방금 그거 벌 맞죠?"

"벌이 아니라 꽃등에야. 오랜만에 보네."

"으악! 노란색이랑 검은색 줄무늬잖아요! 쏘이면 죽는 거 아니에요?"

"생긴 건 꿀벌이랑 비슷한데 꽃의 꿀이나 꽃가루만 먹어서 쏘일 일은 없을 거야. 네 땀을 핥으려고 할 수는 있겠지만."

나는 겁먹은 듯 몸을 움츠리는 쓰마도리를 제쳐두고 가게 뒤편에 딸린 집의 현관문 손잡이에 열쇠를 꽂았다. 열쇠가 좀처럼 돌아가지 않아 손잡이째 뜯어낼 기세로 힘을 주어 돌리자 간신히 문이 열렸다. 아직 오전인데도 집 안은 한밤중인 것처럼 어두웠다. 가게 쪽 셔터가 내려가 있어서였다. 짙은 어둠이 빈집 특유의 꿉꿉한 냄새를 더욱 부각시켰다. 좁은 현관에 신발을 벗어두고 집 안으로 들어가자 쿵, 하며 바닥이 움푹 꺼졌다. 사람이 살지 않으면 집이 금세 망가진다는 이야기를 들어본 적이 있어 어느 정도 각오는 하고 왔으나 생각했던 것보다 상태가 훨씬 더 좋지 않아 보였다.

벽을 손으로 더듬어 부엌에 있는 전등 스위치를 눌러 봤지만, 전기는 이미 오래전에 끊어진 모양이었다.

"너는 다치면 안 되니까 거기서 기다리고 있어."

"네? 그래도 여기까지 왔는데……. 그리고 여기서 혼자 기다리는 게 더 무섭거든요?"

"귀신 같은 거 안 나와. 기껏해야 쥐나, 아니면 도쿄에서도 많이 보는 그 벌레 정도 있겠지."

"선생님, 아까부터 일부러 저 겁주시려는 거죠?"

믿지 않는다니 섭섭했다. 나는 스마트폰 플래시를 켜고 안쪽으로 더 들어갔다. 가구는 대부분 치워져 있었지만 문짝이 반쯤 떨어진 선반이나 오래된 토스터기 같은 것들은 그대로 방치되어 있었다. 발끝이 무언가에 닿았다. 종이 상자였다. 깨진 식기와 술병이 잡다하게 담겨 있었다.

뒤쪽에서 작은 비명이 들려와 돌아보니 어느새 쓰마도리가 집 안으로 들어와 있었다. 내 뒤를 따라오다 문턱에 발이 걸린 모양이었. 네 평쯤 되는 거실 맞은편에는 낚시점 뒤쪽에 마련된 할아버지의 작업 공간이 있었다. 가게에서 바라보면 거실이 한 단 높게 올라가 있는 것처럼 보였다.

"아, 거기에서 가게로 나갈 수 있게 되어 있어."

"그런 건 미리 말씀해 주셨어야죠."

"가게 셔터 좀 열고 올게. 그럼 조금은 밝아질 거야."

나는 예전과 똑같은 자리에 굴러다니던 낡은 고무 슬리퍼를 신고 가게 안으로 들어갔다. 내가 집을 떠나기 전에는 진열대에 절반 가까이 상품이 채워져 있었다. 하지만 지금은 팔 수 있을 만한 물건이 아무것도 남아 있지 않았다. 이모 부부가 쓸 만한 물건을 모아 한꺼번에 업자에게 넘겼다고 제사 때 말해주었던 것이 떠올랐다. 텅 빈 진열장만 남은 가게 안은 예전보다 훨씬 넓게 느껴졌다.

한때는 신상 낚싯대 같은 주력 상품을 올려놓았던 가게 한가운데에 있는 진열장 옆에 낡은 계산대와 업무용 책상이 나란히 놓여 있었다. 유선 전화기와 팩스기 옆에는 중형 크기의 빈 수조 하나가 자리하고 있었다.

—— 이렇게 있으니까 꼭 깊은 바닷속에 있는 것 같지 않아?

웃음 섞인 속삭임이 귓가를 간지럽혔다. 기억의 뚜껑이 위태롭게 흔들리며 아무도 없는 그 공간에 푸른 조명을 받은 누군가의 뒷모습이 나타났다.

"…… 쓰마도리, 현관문 좀 닫아줄래?"

"네? 싫어요. 그럼 지금보다 더 깜깜해지잖아요!"

쓰마도리가 울 것 같은 목소리로 말했다.

그랬다. 나는 딱 한 번, 히무라를 이곳에 데려온 적이 있었다. 그때 히무라도 쓰마도리처럼 문턱에 걸려 넘어질 뻔했었다. 우리가 올챙이를 잡으러 가기 얼마 전—— 여름방학이 막 시작되던 무렵의 일이었다.

*

"우노하라, 사복은 꼭 중학생 같네."

히무라는 나를 보자마자 비아냥 섞인 말을 내뱉었다. 나는 목이 늘어난 낡은 티셔츠에 키가 크면서 길이가 애매해진 청바지를 입고 있었다.

"어떻게 좀 해볼 수 없어? 옆에서 같이 걷기 창피하다고."

"사람들 눈에 안 띄는 곳에서 만나기를 잘했네."

그날 밤, 이모와 이모부는 동창회에 간다며 집을 비웠다. 늘 그렇듯 동네 술집에서 만취할 때까지 술을 마실 것이 뻔했지만, 이번에는 연휴에 맞춰 다른 지역에 사는 친구들도 참석한다고 했으니 아마 밤새 집에 들어오지 않을 터였다. 히무라와 통화를 하다가 아무 생각 없이 그 이야기를 꺼낸 것이 잘못이었다. 호기심 많은 히무라는 고치 시내에서 전철을 타고 출발해 중간에 택시까지 잡아타고 이 외딴 시골 마을까지 찾아왔던 것이다.

내가 약속 장소로 지정한 곳은 집에서 걸어서 5분쯤 떨어진 곳에 있는 폐업한 약국이었다. 히무라는 몸에 딱 붙는 청바지에 하얀 티셔츠를 입고 있었다. 내 옷차림을 지적할 만큼 그렇게 세련되어 보이지는 않았는데, 어쩌면 당시에 내가 유행에 둔감했기 때문인지도 몰랐다. 가로등 하나 없는 어둠 속에서 사복 차림의 히무라가 어딘가 불안한 모습으로 서 있는 것을 발견한 순간, 나는 조금 후회했다. 여자를 혼자 기다리게 하기에 적절한 장소가 아니었다는 것을 뒤늦게 깨달았던 것이다.

우리는 해안가 길을 따라 약간의 거리를 두고 걸었다. 뒤쪽에서 히무라의 불안정한 발소리가 들려왔다. 무리해서 굽이 높은 샌들을 신고 온 것인지 유난히 걸음이 느렸다.

가끔 도로 반대편에서 자동차나 자전거의 불빛이 다가올 때마다 우리는 대화를 멈추고 서로 모르는 사이인 척했다. 이런 늦은 시간에 또래 여자아이와 함께 있는 모습을 누군가 본다면 금세 엉뚱한 소문이 퍼질 것이 뻔했다.

"히무라, 너 집에 갈 때는 어떻게 하려고. 전철은 이미 끊겼잖아."

"그냥 저기 어디서 노숙하든가 택시 타고 가면 돼."

"택시비가 얼마나 나올 줄 알고."

"우리 부모님은 요즘 불쌍한 딸한테 한없이 관대하시거든. 얼마가 나오든 결국 내 주실 거야. 어차피 내 미래를 위해 모아뒀던 돈이 다 쓸모없게 됐잖아. 그동안 빼앗겼던 세뱃돈도, 결혼 자금도, 대학 학비도 이제 필요 없으니까."

"네가 진짜로 아픈 거면 치료비가 들 거 아니야."

"너 진짜 바보 아니야? 우리 엄마 보험 설계사라고 했잖아. 진작에 비싼 보험을 들어놓았겠지. 오히려 치료받고도 돈이 남을 정도일걸?"

그때의 나는 아직 히무라가 허언증이 있는 이상한 아이라고 생각하고 있었다. 자꾸만 나를 귀찮게 하는 히무라의 행동이 솔직히 당황스러웠다. 내가 스마트폰이 없다는 것을 알게 된 히무라는 자신의 동생이 쓰던 분홍색 키즈폰을 억지로 내게 쥐여줬다. 몇 번을 돌려줘도 어느새가 내 신발장이나 책상 서랍 안으로 다시 돌아와 있었다.

히무라는 학교 수업이 끝난 뒤에 내게 자주 전화를 걸었지만, 학교에서는 좀처럼 아는 척을 하지 않았다. 늘 고개를 푹 숙인 채 긴 앞머리로 얼굴을 가리고 있었다. 하지만 전화를 걸어올 때만큼은 전혀 다른 사람처럼 밝고 수다스러웠다. 나는 그 모습이 오히려 더 안쓰럽게 느껴졌다.

우리가 할아버지의 가게에 도착했을 때는 이미 밤 열한 시가 넘은 시간이었다. 뒷문으로 돌아 들어가 손으로 벽을 더듬어 부엌의 불을 켰다. 히무라는 다소 놀란 표정이었다. 네 평쯤 되는 거실에는 잡지나 신문, 그리고 이모와 이모부의 잠옷이 바닥 여기저기에 널브러져 있었다. 좁은 부엌에는 쓰레기통에 채 들어가지 못한 빈 캔이 애매하게 줄지어 늘어서 있었다. 발 디딜 틈이 전혀 없는 정도는 아니었지만, 도무지 깨끗하다고는 말할 수 없는 상태였다.

"가게를 보고 싶으면 신발을 갖고 이쪽으로 와."

히무라는 내 지시에 따라 벗어둔 샌들을 오른손에 들고 조심스럽게 나를 따라왔다. 도중에 문턱에 걸려 넘어질 뻔하기도 했다.

이미 문을 닫고 셔터를 내린 가게 안은 매우 어두웠다. 히무라는 낚싯대 진열장과 계산대를 바라보며 "집 안에 가게가 있으니까 되게 이상하다. 아니다, 가게 안에 집이 있는 건가."라며 혼잣말을 했다. 그리고는 가게의 업무용 책상 위에 놓여 있는 수조 안을 들여다봤다. 바닥에 깔린 블루라이트 빛을 받은 네온테트라 여덟 마리가 꼬리를 흔들며 헤엄치고 있었다.

"이 물고기도 파는 거야?"

"그건 파는 게 아니라 받은 거."

이모부의 거래처 사람이 갖다준 것이었다. 낚시용품점에 물고기가 있으면 보기 좋지 않겠냐고 했지만, 사실은 그 집의 아이가 길고양이를 데려오는 바람에 더는 열대어를 키울 수 없게 되었을 뿐이었다. 이모는 귀찮게 되었다며 종종 불평을 늘어놓았다.

"우노하라, 저쪽 불 좀 끄고 와."

"왜?"

"빨리."

거실과 부엌의 불을 모두 끄자 어둠을 비추는 것은 수조의 푸른 불빛뿐이었다. 나는 기둥과 선반에 자꾸만 어깨를 부딪치며 히무라가 있는 곳으로 돌아왔다. 히무라는 나에게 등을 돌린 채 푸른 불빛이 새어 나오는 수조 안을 가만히 들여다보고 있었다.

"이렇게 있으니까 꼭 깊은 바닷속에 있는 것 같지 않아?"

히무라는 들뜬 목소리로 어린아이 같은 말을 꺼냈다. 평소답지 않은 천진난만한 모습에 나는 잠시 당황했다.

"네온테트라는 담수어라서 바다에서는 못 살아. 수온이 낮은 심해에서는 더더욱 그렇고. 지금도 일부러 물을 데워주고 있는 거거든."

"너 진짜, 이럴 때는 그냥 그렇다고 해도 되잖아."

"게다가 심해어는 혹독한 환경에서 견뎌야 해서 외형이 좀 독특한 편이야. 물속 깊이 들어갈수록 눈은 퇴화하고, 입은 커지고, 물의 압력을 버티기 위해서 몸이 젤라틴처럼 흐물흐물해진대. 색깔도 이런 열대어처럼 예쁘지 않고."

어쩌면 나는 조금 긴장하고 있었는지도 몰랐다. 우리 집에 같은 학교 여학생이 와 있다는 사실에 동요했던 것이다. 그래서 평소와 다르게 묻지도 않은 이야기를 줄줄 늘어놓고 말았다. 하지만 의외로 히무라는 그런 내 말을 진지하게 듣고 있었다.

"그렇구나. 그래도 주변에 있는 모든 물고기가 그런 모습이면 자기가 어떻게 생겼는지도 남들이 어떻게 생겼는지도 신경 안 써도 되겠네."

"그리고 애초에 너무 깜깜해서 아무것도 안 보일 테니까."

"나도, 너도, 거기가 더 살기 편할 수도 있겠다."

거의 들리지 않을 만큼 작은 목소리였다. 나는 수조 앞에 서 있는 히무라의 뒷모습을 가만히 바라보았다. 반에서 여학생들에게 거의 오물 취급을 받고 있는 나는 그렇다 치더라도 히무라는 그렇게까지 나쁜 말을 들을 정도는 아니라고 생각했다. 하지만 그 생각을 어떻게 말로 표현해야 좋을지 어려웠다.

"있잖아, 이 물고기들 네가 돌보는 거야?"

"응, 그게 왜?"

"그냥, 부지런하게 관리해준 게 티가 나서. 우리 집에서도 예전에 금붕어를 키웠었거든. 조금만 관리를 게을리해도 금방 물이 탁해지잖아."

"뭐, 할 사람이 없으니까."

"초등학교 때 거북이도 그래서 그런 거야?"

나는 순간 히무라가 무슨 말을 하는지 이해하지 못했다. 물론 거북이 아킬레스를 잊어버린 것은 아니었지만, 히무라가 그 일을 알고 있을 리가 없었다. 게다가 내가 아킬레스를 돌봐주었다는 사실을 아무도 눈치채지 못했을 것이라고 생각했다. 히무라는 "뭐야, 그 표정은." 하고 말하며 작게 웃음을 터뜨렸다.

"역시 그랬구나. 네가 돌봤던 게 맞았네. 너 초등학교 때 이야기를 우연히 듣고 혹시나 싶었거든."

"우연히 들었다니, 누구한테?"

"그게 중요한 게 아니잖아. 너는 어렸을 때부터 분위기 파악을 잘 못 했구나? 다들 슬퍼서 울고 있는데 '다들 진짜 슬픈 거 맞아?'라니. 그러니까 사이코패스라는 말을 듣지."

"그때는 정말로 이상하다고 생각했어. 다들 어떤 마음인 건지 이해가 안 가서 알고 싶더라고."

"그럼 지금은 알아?"

"아니."

사실 그때보다 훨씬 더 이해가 가지 않았다. 중학생 때 할아버지의 장례식에서 흐느껴 울던 친척들이 몇 시간 후에 상기된 얼굴로 술잔을 부딪치며 좋아하시던 바다에서 돌아가셨으니 잘된 일인지도 모른다고 말하던 모습을 본 뒤로 나는 더더욱 이해할 수 없게 되었다.

"너 진짜 바보가 맞네. 다들 그냥 그 죽음을 핑계 삼아서 마음껏 울고 싶은 것뿐이야. 슬픈 영화나 소설이랑 똑같은 거라고. 엉엉 울고 나면 속이 시원해지잖아. 아, 후련하다, 내일도 힘내자, 이런 기분을 느끼고 싶은 거지."

"그렇게 표현해도 괜찮은 건지 모르겠네."

"분명 내 장례식도 똑같을 거야. 우리 반에 미시마나 가와사키 같은 애들은 아마 펑펑 울걸? 미리 워터프루프 마스카라를 바르고 와서 말이야. 그런 애들의 눈물 거리가 될 거라고 생각하니까 진짜 짜증 난다. 유언장에 학교 애들이랑 선생님은 부르지 말라고 미리 써놓을까 봐."

내가 서 있는 위치에서는 히무라의 살짝 굽은 등밖에 보이지 않았다. 그럼에도 마른 어깨가 분노를 억누르는 듯 딱딱하게 굳어 있는 것이 느껴졌다.

"근데 너는 내 장례식에 와도 울지 않을 것 같아. 거북이나 열대어랑 헤어지는 것처럼 담담하게 나를 보내주겠지. 그러니까 네가 내 마지막을 지켜봐 줬으면 좋겠어."

그때 히무라의 목소리는 한밤중의 바다처럼 깊은 어둠을 머금은 듯 차분했다. 그 순간, 나는 확실히 알게 되었다. 히무라는 정말로 곧 죽게 될 것이라는 사실을 말이다.

"다시 태어난다면 심해어가 되는 것도 괜찮겠다. 어디서든 살 수 있는 거면 주변에 있는 예쁜 물고기들은 다 쫓아버리고 바다의 왕이 될 수 있잖아."

"그건 무리야. 심해에서 올라오면 수압이 약해져서 몸속에 있는 공기주머니가 부풀어 오르거든. 그럼 내장이 입으로 밀려 나오고 눈알도 빠질 거야. 아마 거의 바로 죽지 않을까?"

"너무 징그러워. 최악이다. 그럼 심해어는 못 되겠네."

히무라는 목에 무언가 걸린 듯한 목소리로 웃었다. 하지만 끝내 나를 돌아보지 않았다. 네온테트라가 헤엄치는 수조에 히무라의 얼굴 윤곽만이 희미하게 비쳐 보였다.

*

"저희 몇 시 비행기였죠?"

"두 시간 뒤에는 공항에 도착해 있어야 해."

"벌써 끝이라니…… 돌아가기 싫어요."

쓰마도리와 나는 편의점 안 테이블에 앉아 있었다. 할아버지의 집에서 나온 우리는 사람이 다니는 곳을 찾아서 자전거를 타고 3킬로 정도를 달려왔다. 쓰마도리의 앞에는 영양 균형을 고려해 만든 쿠키와 야채 주스가, 내 앞에는 냉우동 도시락이 놓여 있었다.

"선생님, 진짜 저는 신경 안 쓰셔도 돼요. 오랜만에 고향에 오신 거니까 여기서만 먹을 수 있는 걸 드시는 게 낫지 않겠어요?"

"괜찮아. 그런 건 이미 평생 먹을 만큼 다 먹었으니까."

편의점 유리 벽 너머에는 형형색색의 현수막들이 펄럭이고 있었다. 해안가를 따라 늘어서 있는 포장마차 앞에서는 캐리어를 든 관광객들과 수영복 차림의 피서객들이 해산물 꼬치나 조개구이를 맛보고 있었다.

"그러면 지아키 누나는 어제 뵀던 선생님 친구분한테 선생님의 초등학생 때 이야기를 듣고 관심을 갖게 된 건가 보네요. 왜 지금까지 말씀 안 해주셨어요?"

"히무라랑 거북이 이야기를 했었다는 걸 잊고 있었어. 어제 사나다를 만나지 않았으면 아마 기억해내지 못했을 거야."

쓰마도리는 의심스러운 눈초리로 나를 바라보더니 팩 음료에 꽂힌 빨대를 입에 물었다.

"하지만 많은 분들의 증언대로 만약 누나가 조용한 성격이었다면, 같은 반 학생한테 다른 남학생의 이야기를 꺼내기까지 엄청난 용기가 필요하지 않았을까요? 그런 용기를 낼 만큼 선생님과 음악실에서 처음 마주쳤을 때 무언가를 느꼈던 거 아닐까요?"

"네가 그렇게 생각하고 싶다면 상관은 없지만, 그냥 사나다랑 단

둘이 있는 게 어색해서 그런 거 아니겠어?"

"선생님은 진짜 단 한 번도 그렇구나, 하고 넘어가는 법이 없으시네요."

"그러고 보니 히무라도 비슷한 말을 하기는 했었어."

"그건 좀 기쁘네요."

결국 아무것도 알아낸 것이 없었다. 히무라는 어째서 쓰마도리에게 소설을 쓰게 한 것일까. 자신의 이야기가 누군가에게 소비되기를 원치 않았으면서 어째서 그 소설을 세상에 내보내도 된다고 했던 것일까. 그것이 히무라가 말했던 더 재미있는 이야기였던 것일까.

그리고 마지막 순간에 히무라는 고치역에서 어디로 향하려고 했던 것일까.

무엇 하나 확실히 알아내지 못한 채 우리의 여행은 끝나가고 있었다. 결국 아무것도 모른다는 것을 증명하기 위한 여행 같았다.

쓰마도리는 스마트폰을 바라보며 깊은 한숨을 내쉬었다.

"편집자님은 연락이 완전히 끊겼네요……."

"두 시간 전에 지도 어플을 너무 많이 써서 배터리가 얼마 남지 않았다고 메시지를 보낸 게 마지막이네. 보조 배터리를 안 가지고 다니나?"

"쓸데없이 세 개나 챙겨 왔는데, 아까 아침에 아무 생각 없이 캐리어에 넣어서 도쿄로 짐을 먼저 보내버리셨대요. 진짜 뭐 하시는 건지 모르겠다니까요."

"오늘 아침부터 이누카이 씨한테 유독 차갑게 구네? 싸웠어?"

쓰마도리는 입술을 꾹 깨물더니 이내 체념한 듯 입을 열었다.

"어제 편집자님한테 이야기를 꺼내 봤거든요. 혹시 도쿄로 돌아가는 날짜를 조금만 더 늦추면 안 되냐고요. 제가 억지를 부리고 있다는 건 알지만 그래도 이대로는 도저히 납득할 수가 없어서요."

"일정을 바꿔서 그 간호사분을 찾는다고 해도 결과는 달라지지 않을 거야. 벌써 몇 년이나 지난 이야기잖아. 아무리 정성껏 돌봐줬다고 해도 그분한테 히무라는 수많은 환자 중 한 명이었을지도 몰라. 아예 아무것도 모를 가능성도 있어."

"그리고 보니 학교에서 뵀던 이토 선생님도 비슷한 말씀을 하시기는 했었죠. 졸업생들의 이름을 전부 다 기억할 수는 없다고요. 학생한테 담임은 한 명뿐이지만 선생님한테 학생은 마흔 몇 명 중 한 명일 테니, 선생님도 언젠가 저를 잊어버리겠네요."

"두 번 다시는 돌아오지 않으려고 했던 고향에까지 와서 이렇게 너한테 휘둘리고 있는데 잊을 수가 있겠어? 일부러 그런 말을 하는 거지?"

쓰마도리는 어깨를 으쓱하며 웃더니 쿠키를 한입 베어 물었다.

"아까 편집자님이 딱 잘라 말씀하시더라고요. 이제 와서 일정을 바꿀 수도 없고, 저한테만 시간을 쓰실 수도 없다고요. 그 말을 듣고 조금 놀랐는데, 놀라는 저 자신한테도 사실 놀랐어요. 편집자님이 제 말이면 뭐든 다 들어줄 거라고 생각했다는 걸 깨달아서 스스로가 너무 한심하게 느껴졌달까요."

"역시 베스트셀러 작가다운 발상이었네."

"놀리지 마세요. 저도 지금 반성하고 있다고요. …… 아직 사과는 못 드렸지만요."

나는 이누카이를 조금은 다시 보게 되었다. 늘 쓰마도리가 원하는 대로 다 해주는 줄 알았는데, 그렇지도 않은 모양이었다.

"그런데요, 선생님. 편집자님도 좀 너무하시기는 했어요. 저한테 그냥 도망치고 싶은 거 아니냐고, 눈앞에 있는 벽에서 도망치고 싶어서 누나의 사건에 매달리는 거 아니냐면서, 이때다 싶으셨는지 그동안 못하셨던 말을 막 쏟아내시더라고요."

"눈앞에 있는 벽? 영화화를 말하는 거야?"

"그쪽도 문제가 없다고는 못하겠지만—— 가장 큰 문제는 제가 새로운 소설을 못 쓰고 있다는 거예요."

뜻밖의 이야기였다. 아파트 벽 너머에서는 저녁 무렵부터 늦은 새벽까지 타자 소리가 쉴 새 없이 들려오고는 했다. 『너와, 푸른 하늘을 유영하다』가 출간된 이후로 아직 신작이 나오지 않았다는 것은 알고 있었지만, 당연히 출판사 쪽에서 일정을 조율하고 있을 뿐 쓰마도리는 꾸준히 작품을 쓰고 있는 줄 알았다.

쓰마도리는 그런 내 속마음을 읽었는지 "쓰고는 있어요. 매일 쓰고는 있는데, 지우는 게 더 많아서 결국 하나도 안 쓴 거나 마찬가지예요."라고 말했다.

"계속 이렇게 미룰 수는 없다는 걸 저도 알고 있어요. Z세대의 카리스마라는 좋은 평가를 받고 있기는 하지만 십여 년 전 히트작들의 판매 부수에 비하면 사실 아무것도 아니죠. 소설을 읽는 사람도 점점 줄어들고 있고요. 평생 글을 쓰면서 살아가려면 사람들이 제 이름을 기억하고 있을 때 두 번째 작품을 발표해야 돼요. 그래서 처음에는 아이디어를 많이 냈는데…… 하나도 받아들여지지 않았어요. 편집자님도 어떻게든 진행시키려고 많이 노력해 주셨는데, 결국 윗선에서 저한테 기대하는 건 이런 작품이더라고요."

쓰마도리는 테이블 위에 놓여 있던 책을 집어 들었다. 올챙이를 잡으러 갔던 날 히무라가 하천에 버리려 했던 바로 그 책이었다. 할아버지 집 2층의 내 방 책꽂이에 오래된 참고서들과 함께 꽂혀 있었다. 햇볕에 색이 바랜 흔적도 없이 표지의 일러스트는 여전히 선명했다. 옅은 보랏빛 바다를 배경으로 흰 원피스를 입은 소녀가 우리를 향해 미소 짓고 있었다.

"사실 전작이랑 다른 느낌이어도 상관은 없어요.『푸른 하늘을 유영하다』의 인기를 넘어설 만큼 모두가 납득할 만한 재미있는 걸 쓰기만 하면 돼요. 근데 그렇게 생각하면 할수록 뭘 써야 할지 모르겠더라고요. 어쩌면 저는 혼자서 쓰는 게 두려운 걸지도 몰라요.『푸른 하늘을 유영하다』는 누나랑 같이 썼으니까요."

"그건 그랬지만『괴물의 오르골』은 네가 혼자 쓴 거잖아."

"편집자님은 그 작품을 좋게 봐주셨지만, 편집부 내에서의 반응은 애매했어요. 실제로 뮤지스에서도 조회 수가 별로 안 나오기도 했고……."

쓰마도리의 말대로 『괴물의 오르골』의 조회 수는 『푸른 하늘을 유영하다』와는 비교도 안 될 정도로 적었다. 물론 그 작품은 쓰마도리가 데뷔하기 전에 쓰던 '쓰구미' 계정에 올라왔기 때문에 루리쓰구미라는 이름으로 다시 올리면 결과는 달라질지도 몰랐다.

"그랬구나. 사실 나도 이누카이 씨한테 한소리 들었어. 히무라한테 해주지 못한 것들에 대한 후회와 죄책감에서 도망치면서 자기연민에 빠져 사는 거 아니냐, 뭐 그런 식이었지."

"편집자님은 가끔 말을 너무 거칠게 하신다니까요. 그래도 명색이 편집자인데 말이 가진 공격성에 둔감하신 거 같아요. 근데 또 항상 정곡을 찌르시니까 더 화가 나는 거죠. …… 아, 전화 왔다."

쓰마도리의 스마트폰 화면이 착신 모드로 바뀌었다. 이누카이의 이름이 떠 있었다.

"배터리가 남아 있었나 보네."

"어차피 또 '이제 슬슬 공항으로 가야지! 혼자서 탑승 수속 제대로 할 수 있겠어?' 이런 잔소리나 하시겠죠. 걱정이 과하시다니까요."

"빨리 받는 게 좋지 않겠어? 내가 옆에 있으면 솔직하게 말하기 어려울 테니까 잠깐 나가 있을게."

쓰마도리는 머쓱한 듯 내게서 시선을 돌렸다. 속마음을 들켜 민망해하는 것 같았다. 편의점 밖으로 나오자 숨 막히는 열기가 에어컨 바람에 익숙해져 있던 몸을 빠르게 감쌌다. 나는 주머니에서 할아버지의 가게 열쇠를 꺼냈다. 가느다란 물고기 모양의 열쇠고리는 부서진 바다낚시용 미끼를 할아버지가 직접 가공해 만든 것이었다. 옛날에는 눈이 부실 만큼 반짝이는 무지갯빛이었지만, 이제는 색이 많이 바래 있었다.

이누카이는 소설 속 사쿠와 히다카가 푸른 바다를 자유롭게 헤엄치는 무지갯빛 물고기 같았다고 말했다. 하지만 현실의 나와 히무라는 결코 그런 존재가 될 수 없었다. 우리는 조용히 숨을 죽인 채 어둡고 차가운 바닷속을 헤엄쳤다. 우리는 남들이 우리를 어떤 시선으로 바라볼지 늘 신경을 썼다. 오직 어둠 속에서만 우리는 자유롭게 꼬리를 움직일 수 있었다. 결코 아름다운 이야기의 주인공이 될 수 없는 사람들이었다.

시선이 느껴져 뒤를 돌아보자 유리 벽 너머의 쓰마도리와 눈이 마주쳤다. 쓰마도리는 의자에서 벌떡 일어나 귀에 스마트폰을 댄 채로 금방이라도 눈이 튀어나올 것 같은 표정을 짓고 있었다. 반쯤 벌어진 입이 물고기처럼 뻐끔거렸다. 나는 의아해하며 다시 편의점 안으로 들어갔다.

"…… 선생님, 알았, 알았대요…….'"

"뭐라고?"

쓰마도리의 목소리가 심하게 떨리고 있었다.

"알아냈대요! 누나가 고치역 승강장에서 어디로 가려고 했는지요! 뭘 주우려고 했는지도요! 영상통화로 다시 거신다고 하니까 선생님이 받아주세요!"

나는 영문도 모른 채 쓰마도리의 스마트폰을 건네받았다. 다시 착신 화면이 떴다. 통화 버튼을 누르자 화면에 나타난 것은 이누카이가 아닌 처음 보는 여자의 모습이었다. 나이는 서른다섯 살 안팎으로 보였다. 머리에 남색 두건을 쓰고 앞치마를 맨 여자는 품에 갓난아기를 안고 있었다.

아기의 작은 손바닥이 카메라 렌즈를 가리자 여자는 "죄송해요, 아기가 호기심이 많아서요."라며 살짝 웃었다. 미소를 짓는 여자의 어깨 너머로 이누카이가 불쑥 얼굴을 내밀었다.

"선생님, 제가 해냈어요……. 제가 찾았다고요!"

목소리를 쥐어 짜내며 말하는 이누카이의 얼굴은 쓰마도리의 경고대로 이마와 코끝이 햇볕에 그을려 새빨갛게 달아올라 있었다.

모래사장에서는 어린 여자아이 둘이 온몸에 모래를 묻히며 뛰어놀고 있었다. 색깔만 다른 물방울무늬 티셔츠를 입고 있는 것을 보니 자매인 것 같았다. 아버지로 보이는 남자가 아직 걸음이 서툰 동생을 뒤에서 잡아주고 있었다. 두 아이의 손가락 사이로 흘러내린 모래가 바닷바람을 타고 날아갔다.

우리는 이곳에 온 첫날에 이미 진실을 마주했다. 노면전차에 타고 있던 여고생들의 웃음소리, 그리고 가방에 달려 있던 작은 유리병을 말이다.

"미끄러지지 않는 모래 부적이요……?"

쓰마도리가 조금 전 니타니 마리에가 한 말을 되뇌었다. 쓰마도리와 나는 편의점에서 나와 바닷가로 이어진 콘크리트 계단에 앉아 있었다.

"맞아요, 저희 본가가 구로시오초에 있어서 제가 교육을 맡았던 간호실습생들한테 매년 그걸 부적으로 나눠줬었거든요. 국가시험에 꼭 합격하라고요."

가파른 경사 구간이 유독 많은 도사구로시오 철도는 열차 바퀴가 헛돌지 않게 하려고 레일에 미끄럼 방지용 모래를 뿌리는데, 그 모래를 담은 작은 유리병이 시험에서 미끄러지지 않게 해주는 부적으로 수험생들 사이에서 입소문이 퍼진 모양이었다.

"지아키는 자기도 그 모래 부적을 꼭 갖고 싶다고 했었어요. 본인은 대학 입시 같은 걸 신경 쓸 처지가 아니지만, 학교 친구한테 선물하고 싶다면서요."

히무라가 세상을 떠난 뒤 역무원이 필사적으로 찾으려 했던 하늘색 매듭끈에 매달려 있던 바로 그 물건은 사라진 것이 아니라 계속 그 자리에 있었던 것이다.

작은 유리병은 선로에 떨어졌을 때 깨졌거나, 아니면 구급대원들과 역무원이 선로로 내려갔을 때 발에 밟혔을 가능성이 컸다. 그리고 그 안에 들어 있던 모래는 원래 바닥에 있던 흙과 뒤섞여 구분할 수 없었을 것이다.

"친구랑 싸웠는데 화해하고 싶다고 했었어요. 너무 심한 말을 해

버려서 이제 그 친구가 자기를 만나러 오지 않을 것 같다고, 그러니까 자기가 만나러 가는 수밖에 없을 것 같다고요. 여러분들이 이렇게 저를 찾아오신 걸 보면 결국 그때 화해를 하지 못하셨던 거겠지만…… 지금이라도 그 당시 지아키의 마음을 전할 수 있게 되어서 저도 정말……."

니타니는 목이 멘 듯 잠시 하던 말을 멈추고는 감회에 젖은 얼굴로 나를 바라보았다. 어쩌면 니타니는 히무라의 사고 소식을 듣지 못했을지도 몰랐다. 만약 그렇다면 계속 모르는 편이 나을 것 같았다. 얼마 전까지 쓰마도리가 그랬듯 히무라가 병으로 세상을 떠난 것으로 알고 있다면 이제 와서 굳이 진실을 알릴 필요는 없었다.

"그렇군요, 히무라가 저한테 그걸……."

입 밖으로 소리 내어 말해보아도 좀처럼 실감이 나지 않았다. 히무라는 나에게 시험에 합격하는 부적을 주려고 했다. 그래서 그 부적이 선로에 떨어졌을 때 어떻게든 주우려 했던 것이었다. 최악의 모습으로 돌아선 나를 격려해 주기 위해서——.

한때 히무라가 혐오했던 아름다운 이야기 속 주인공의 모습 그 자체였다. 스마트폰 화면 너머에서는 니타니와 이누카이가 눈시울을 붉히고 있었다. 또 나만 그 감정의 파도에 올라타지 못한 채 홀로 남겨진 것 같은 기분이 들어 옆에 있는 쓰마도리의 얼굴을 확인했다. 완벽하게 다듬어진 눈썹에 살짝 주름이 잡혀 있기는 했지만, 그 표정만으로는 어떤 감정을 느끼고 있는지 알 수 없었다.

"마히로한테 편지 답장은 신경 쓰지 않아도 된다고 전해 주세요. 어머님이 안 된다고 하셨으면 어쩔 수 없죠. 사실 지아키랑 갑자기 연락이 안 돼서 걱정되는 마음에 병원으로 편지를 보냈었거든요. 그걸 어떤 직원이 지아키네 집으로 다시 보내줬던 것 같아요."

니타니는 병원을 그만두고 쇼도시마로 이주한 뒤에도 히무라와 전화나 문자로 연락을 이어갔지만, 겨울이 끝나갈 무렵부터 히무라가 갑자기 연락을 받지 않았다고 했다.

"근데 제가 어머님과는 사이가 별로 좋지 않았어서……. 그때는 저도 어릴 때라 부모의 마음보다는 딸의 마음에 더 공감이 됐던 것 같아요. 그래서 어머님과 지아키 사이에 의견 대립이 있을 때 저도 모르게 계속 지아키의 편을 들게 되더라고요. 그러다 보니 지아키는 저한테 더 쉽게 마음을 열 수밖에 없었고, 어머님 입장에서는 그 모습을 지켜보는 게 힘드셨겠죠. 지금은 그때 어머님의 마음이 어떠셨을지 이해가 가요."

니타니는 무릎에 앉힌 아기의 뺨을 다정하게 간지럽혔다. 까르르 웃음을 터뜨리는 아기의 이목구비가 니타니와 많이 닮아 있었다.

"지아키한테 우노하라 씨에 관한 이야기를 자주 들었어요. 정말 똑똑한 친구가 있다면서, 같이 올챙이를 잡으러 가기도 하고 병원을 몰래 빠져나가서 둘이 만화카페에서 밤을 새우기도 했다고요. 솔직히 들으면서 조마조마하기도 했지만, 우노하라 씨에 대해 이야기할 때마다 지아키가 정말 즐거워 보였어요. 그때는 당연히 그 친구가 여학생일 거라고 생각했었는데——."

니타니는 코를 훌쩍이며 눈물을 머금은 채 부드럽게 미소를 지었다.

"지아키가 저한테 사진을 보낸 적이 있었어요. 엄마가 새 옷을 사주셨는데, 그걸 입고 친구를 만나러 갈 거라면서요. 근데 평소에 지아키가 입고 다니던 스타일이랑 너무 달라서 혹시나 싶어서 전화를 걸었어요. 그 친구가 혹시 남학생이냐고 물었더니 그런 거 아니라고 하면서도 이걸 입고 만나러 가면 그 녀석이 어떤 표정을 지을지 기대된다고 하더라고요."

"새 옷이면……."

"지아키가 사복을 입은 모습을 몇 번 본 적이 있었는데 항상 티셔츠에 청바지 같은 편한 스타일이었어요. 그래서 정말 의외였어요. 치마를 입은 것도 교복 말고는 한 번도 보지 못했거든요."

히무라가 어머니에게 사달라고 졸랐다던 옷. 병실에 걸어두고 그게 자신의 수의가 될 수도 있다며 불길한 농담을 했다던 옷——.

—— 유카타 입고 불꽃놀이 보러 가기, 자전거 뒷자리에 태우기, 밀짚모자에 해바라기 꽃밭, 아니면 흰 원피스에 바다.

—— 자전거 뒷자리에 태우는 건 그렇다 쳐도 흰 원피스는 나쁘지 않은 것 같아서.

—— 그런 취향이었구나? 으으, 소름 끼쳐.

"지금도 선명하게 기억나요. 어깨랑 가슴 부분에 레이스가 달려서 정말 귀엽고 천사 같은 새하얀 원피스였어요. 코스프레 같은 거니까 자기답지 않아도 괜찮다면서 깔깔대고 웃더라고요. 그렇게 즐거워하는 목소리를 들은 건 정말 오랜만이었어요."

쓰마도리의 손에는 여전히 그 책이 들려 있었다. 아침노을인지 저녁노을인지 알 수 없는 옅은 보랏빛 바다를 배경으로 흰 원피스를 입은 소녀가 서 있었다. 히무라가 말했던 내성적이고 무기력한 남자 주인공을 격려해 주는 불치병에 걸린 여자 주인공. 미소를 머금은 그녀의 시선이 쓰마도리와 나를 이 여정의 마지막 정답으로 이끄는 듯했다.

"저 모래사장에 처음 들어가 봐요."
"요코하마에서 자랐는데도?"

계단 한 칸 밑에서 쓰마도리가 양말을 벗어 운동화 안으로 밀어 넣고 있었다. 드러난 맨발이 조개껍데기 안쪽처럼 새하얬다. 언젠가부터 아이들의 모습은 보이지 않았고, 쓸쓸하게 남겨진 모래성이 밀려드는 파도에 조금씩 깎여나가고 있었다.

나는 손에 든 스마트폰을 다시 바라보았다. 니타니 마리에는 울음이 터진 아기를 달래기 위해 자리를 비운 상태였다. 그 대신 이누카이가 네모난 화면 안에서 끊임없이 열변을 토해내는 중이었다.

"그러니까 저는 히무라 씨가 선생님만을 위해서 뻔한 이야기 속 주인공이 되려 했다고 생각해요. 그러기 위해서는 다시 선생님을 만나러

갈 용기가 필요했겠죠. 그래서 도와한테 그 이야기를 쓰게 했던 거예요. 스스로 마음을 다잡기 위해서 도와가 쓴 소설을 읽을 필요가 있었던 거라고요!"

"소설 지상주의인 이누카이 씨다운 가설이네요."

"비꼬지 마시고요! 히무라 씨가 도와의 이름으로 그 작품을 발표하게 한 건 본인에게 어떤 일이 생겨서 선생님을 만나러 가지 못하게 되었을 때를 대비했던 게 아닐까요? 도와의 작품이라면 분명 많은 사람들에게 사랑을 받을 거고, 그렇게 되면 어떤 방식으로든 선생님께 닿을 거라고 생각했겠죠. 그러니까 히무라 씨가 도와의 재능을 믿어준 첫 번째 사람이—— 어라? 도와는요? 조금 전까지 옆에 있지 않았어요?"

"바다에 들어가 보고 싶다고 지금 신발이랑 양말을 막 벗은 참이에요."

"네? 안 돼요, 위험하잖아요! 모래사장에 유리 조각이라도 떨어져 있으면 어떡하려고요! 아니면 독성이 강한 해파리에 쏘일 수도 있고……."

"그렇게 계속 구속하고 통제하시다가는 악덕 편집자로 소설에 등장하게 될 수도 있어요."

나는 통화 종료 버튼을 눌러 전화를 끊은 뒤 쓰마도리에게 스마트폰을 돌려주었다.

니타니는 히무라가 그 원피스를 입은 모습을 꼭 보고 싶었다고 말했다. 그 옷을 입고 사진을 찍어 보내달라고 졸라봤지만, 히무라는 싫다며 퉁명스럽게 대답한 모양이었다.

―― 보면 분명 웃으실걸요. 아마 그 녀석도 웃을 거예요. 안 웃으면 오히려 곤란한데.

일부러 어울리지 않는 옷을 입고 시험을 앞둔 내 앞에 모습을 드러낸다. 도를 지나친 악취미이자 자기 자신에게 솔직하지 못한 애처로운 몸부림이었다. 이누카이가 생각하는 아름다운 이야기와는 분명 달랐다.

하지만 그것이 히무라였다. 내가 아는 히무라 지아키는 그런 사람이었다.

"선생님은 누나가 죽었다는 소식을 들었을 때 우셨어요?"

"아니."

울 수 없었다. 울 자격이 없다고 생각하게 된 것은 한참이 지나서였고, 동창에게 전화로 히무라의 소식을 들은 직후에는 아무 생각도 할 수 없었다. 아무 생각도 하지 않는 것으로 겨우 나 자신을 붙잡고 있을 수 있었다. 그때 느꼈어야 할 감정은 차갑게 식어 단단히 굳어버린 채로, 씹다가 뱉은 껌처럼 내 마음 깊은 곳에 들러붙어 있었다.

"저도 한동안 못 울었어요. 울어버리면 누나가 죽었다는 걸 인정하는 것 같아서 두려웠거든요. 누나와 연락이 끊긴 직후에는 불안해서 견딜 수가 없었어요. 하루를 기다려도 일주일을 기다려도 뮤지스에 로그인한 흔적조차 없어서 설마 그런 건가, 이제 다시는 누나한테서 메시지가 오지 않는 건가, 그래도 하루만 더 기다려 보자…… 이런 마음으로 반년 넘게 기다렸던 것 같아요. 참다 보니까 더는 울 수 없게 되더라고요. 근데 혼자서 그 소설의 마지막 챕터를 쓰기 시작했을 때, 저 스스로도 놀랄 만큼 눈물이 막 쏟아졌어요. 마지막에 사쿠가 올려다보는 푸른 하늘의 묘사는 그 순간에 제가 올려다봤던 하늘을 그대로 쓴 거예요. 사쿠가 히다카를 떠나보내는 장면을 쓰면서 저도 그제야 누나가 더는 이 세상에 없다는 걸 받아들일 수 있었어요. 충분히 받아들이고, 충분히 울었어요. 편집자님은 누나가 그 소설을 읽을 필요가 있었을 거라고 했지만, 저한테는 그 소설을 쓸 필요가 있었던 거예요."

나는 『너와, 푸른 하늘을 유영하다』의 표지를 떠올렸다. 물속에서 하늘을 올려다보는 것처럼 푸른빛을 받은 투명한 물결은 눈물이 맺힌 사쿠의 눈동자에 비친 하늘이었다. 지금의 나에게는 여전히 그런 하늘이 보이지 않았다.

쓰마도리는 어느새 파도가 치는 물가로 다가가 여름 바다에 발을 담그고 있었다. 바람에 펄럭이는 흰 셔츠에 눈이 부셨다. 바닷바람에 실려 온 모래가 땀에 젖은 두 볼에 달라붙었다. 손가락으로 얼굴을 만져보니 내가 오래전부터 느껴온 감정처럼 거칠고 까슬거렸다.

쓰마도리의 모습에 히무라의 모습이 겹쳐 보였다. 할아버지의 가게에 몰래 들어갔다 나온 뒤, 우리는 첫차가 다닐 때까지 밤바다에서 시간을 보냈다.

『너와, 푸른 하늘을 유영하다』의 초반부에 나오는 두 사람이 처음으로 마음을 터놓게 되는 장면의 배경은 구름 한 점 없는 푸른 하늘과 눈부시게 빛나는 바다였다. 그것은 거짓투성이였다. 실제 배경은 하늘과 바다의 경계를 알 수 없을 정도로 짙은 어둠 속이었다. 그때도 지금처럼 모래사장은 쓰레기로 가득했다. 맨발로 걷다가 파도에 떠내려온 낡은 그물에 발이 걸려 넘어질 뻔하기도 했다. 바람은 세고, 파도는 거칠었다.

하지만 전부 다 거짓은 아니었다. 히무라와 내가 만들어낸 비뚤어진 이야기 속에 쓰마도리가 그려낸 순수하고 투명한 이야기와 겹치는 장면이 단 한 순간도 없었던 것은 아니었다.

"진짜로 바다 말고는 아무것도 없는 마을이네."

히다카는 어이없다는 듯 말했다. 방파제 끝에 걸터앉은 히다카가 다리를 앞뒤로 흔들 때마다 그 밑에 앉아 있던 내 어깨에 히다카의 발끝이 닿았다.

"아무것도 없다는 거 알았으면 빨리 돌아가. 너한테 남아 있는 일 년이라는 시간을 조금 더 의미 있게 쓰는 게 낫지 않겠어?"

"내가 말했잖아. 의미 있게 쓰려면 파트너가 필요하다니까?"

"나보다 더 적임자가 있겠지."

"지금은 고2 여름이잖아. 다른 애들은 입시 준비로 바쁘다고. 근데 너는 학원도 안 다니잖아. 역시 전교 일 등은 여유가 있어."

"학원에 다닐 돈이 없을 뿐이야. 그리고 여유가 있다고 치더라도 이렇게 중요한 시기에 내신 점수에 영향을 미칠 만한 문제를 일으킬 만큼 바보는 아니거든."

"그래, 뭐, 현명한 판단이네. 나랑은 다르게 너한테는 창창한 미래가 있으니까."

히다카는 교복 치마를 휘날리며 모래사장으로 뛰어내렸다. 환자라고는 믿기 어려울 만큼 가벼운 몸놀림이었다.

히다카는 할 말을 잃은 내 모습에 아랑곳하지 않고 교복을 입은 채로 바다에 들어가 물장난을 쳤다. 흠뻑 젖어도 상관없다는 듯 마치 초등학생처럼 잔뜩 들뜬 모습이었다.

"너도 얼른 와!"

"싫어."

"어쩔 수 없네. 그럼 내가 됐다고 할 때까지 눈 감고 있어."

"왜 그래야 되는데?"

"아, 수영복으로 갈아입을 거 아니니까 기대하지 마."

"내가 그런 기대를 왜 해. 바보 아니야?"

나는 교복 주머니에서 영어 단어장을 꺼내 펼쳤다. 히다카가 무슨 생각을 하고 있는지는 알 수 없었지만, 빨리 집으로 돌아가 주었으면 했다. 단어장의 마지막 페이지에 다다랐을 무렵에야 히다카는 다시 내 이름을 불렀다. 아무 생각 없이 고개를 든 순간, 나는 말문이 턱 막혔다.

어디서 구해왔는지 히다카는 기다란 나뭇가지를 창처럼 들고 당당한 자세로 서 있었다. 히다카의 발밑에는 거대한 알파벳이 쓰여 있었다.

내 눈앞의 모래사장에는 타다 남은 장작과 빈 페트병, 깨진 수박의

잔해가 여기저기 버려져 있었다. 실제로 히무라가 사용했던 것은 나뭇가지가 아니라 불법 투기된 빨래 건조봉이었다. 그때 나는 방파제에 앉아 모래사장을 이리저리 돌아다니는 히무라의 모습을 멍하니 바라보고 있었다. 수평선 너머로 아침 해가 떠오르기 시작했지만, 히무라의 발밑은 여전히 어두워서 무엇을 하고 있는지 짐작할 수 없었다.

그리고 얼마 뒤, 황금빛 햇살이 모래사장을 비추었다.

'FACK MY LIFE!!'

모래사장에 쓰여 있던 것은 상식이 있는 사람이라면 누구나 얼굴을 찌푸릴 만한 문장이었다. 바닷가라는 캔버스에 남긴 예술 작품으로는 최악이었다. 하지만 나는 아무 말도 하지 못했다. 히다카가 들고 있는 나뭇가지 창에 가슴 한가운데를 찔린 것 같은 기분이었다.

아름답지도 않았고, 다정하지도 않았다. 맑게 갠 하늘에 침을 뱉는 듯한 그 메시지는 오랫동안 내 가슴속에서 타오르다 남은 감정과 똑같았다.

얼굴조차 기억나지 않는 어머니, 친척들의 호기심 어린 시선, 유일한 가족이었던 할아버지가 노쇠해져 갈 때의 공포, 이모 부부의 나를 귀찮아하던 눈빛, 좋은 환경에서 나고 자란 다른 학생들과의 격차——. 그런 것들에 마음이 여지없이 흔들리면서도 나는 절대로 그 감정을 입 밖으로 내서는 안 된다고 생각했다. 키워주는 것만으로 감사해라, 훌륭하게 자라서 꼭 은혜를 갚아라——. 어릴 때부터 친척들에게 들어 왔던 말들이 내 목을 짓눌렀다. 마을 전체를 뒤덮은 듯한 푸른 하늘에 줄곧 갇혀 있는 것 같은 기분이었다.

"감상은?"

히다카가 숨을 몰아쉬며 물었다. 나는 굳어버린 입술을 겨우 움직여 "영어도 못 하는구나."라고 나지막이 말했다.

"무슨 뜻이야?"

"스펠링이 틀렸어. 'F·A·C·K'가 아니라 'F·U·C·K'야. 한 자를 못 쓰는 건 알고 있었는데 영어도 못 하네."

나는 영어 단어장을 덮고 토라진 얼굴을 한 히다카에게 말했다.

"다음에 낙서할 때는 내가 할게."

"어?"

"같이 하자, 이 거지 같은 세상을 향한 분풀이."

히다카는 놀란 듯 멍하니 입만 벌리고 서 있었다. 그 얼굴을 보며 나는 더 이상 웃음을 참을 수 없었다. 나는 오랜만에 억지웃음이 아닌 진짜 웃음을 터뜨렸다. 그런 내 모습에 히다카도 질 수 없다는 듯 깔깔 웃어댔다.

그것이 우리의 유치하고 소란스러운 단 한 번뿐인 여름의 시작이었다.

그 순간, 아침 햇살이 히무라를 비추었다. 땀에 젖은 긴 앞머리가 이마에 달라붙어 늘 답답하게 가려져 있던 얼굴이 드러났다. 넓은 미간,

둥그런 코, 듬성듬성 난 속눈썹과 옅은 눈썹. 각질이 일어난 입술과 오른쪽 콧방울에 난 갈색 점. 그리고 웃을 때 드러나는 송곳니.

아마 히무라의 눈에도 있는 그대로의 내 모습이 비쳤을 터였다. 한숨도 자지 않고 밤을 새운 흥분과 피로가 겁 많고 비굴한 우리를 무방비하게 만들었다.

히무라의 집에서 봤던 사진 속 어린 소녀의 웃는 얼굴과 내 기억 속의 히무라 지아키의 웃는 얼굴이 마침내 하나로 겹쳐졌다. 왜 이제야 떠오른 것일까. 밤에만 헤엄칠 수 있었던 우리의 시작은 찰나였지만 눈이 부셨다.

여름 바다가 잔잔하게 출렁이며 햇살을 튕겨냈다. 그 찬란함에 나는 눈을 감았다.

눈꺼풀 안쪽의 어둠 속에서 무언가가 내 등을 강하게 떠미는 듯한 감각이 일었다. 그 감각은 사라지지 않고 점점 더 강해지며 몸이 하늘로 떠올랐다. 반대로 오랫동안 내 몸을 짓누르던 압박감은 서서히 사라져갔다. 온몸이 이완되며 그동안의 묵은 감정들이 내 안에서 빠르게 부풀어 올랐다.

—— 다시 태어난다면 심해어가 되는 것도 괜찮겠다. 어디서든 살 수 있는 거면 주변에 있는 예쁜 물고기들은 다 쫓아버리고 바다의 왕이 될 수 있잖아.

—— 그건 무리야. 심해에서 올라오면 수압이 약해져서 몸속에 있는 공기주머니가 부풀어 오르거든. 그럼 내장이 입으로 밀려 나오고

눈알도 빠질 거야.

억지로 눈을 뜨자 푸른 하늘이 시야에 쏟아져 들어왔다. 그 하늘이었다. 소설 속 사쿠가 올려다봤던, 사쿠와 히다카의 이야기를 써낸 쓰마도리가 올려다봤던 바로 그 하늘이 내 머리 위에 펼쳐져 있었다. 맑게 갠 푸른 하늘을 뒤덮은 투명한 막이 내 호흡을 따라 일렁였다.

쓰마도리가 그려낸 사쿠는 눈물을 머금은 채 젖은 하늘을 올려다본다. 그리고 이야기는 사쿠의 독백으로 막을 내린다.

언젠가 나도 저 하늘을 헤엄치는 날이 올 것이다. 그때까지 히다카는 나를 기다려 줄까——.

쓰마도리에게는 미안하지만, 진부한 표현이었다. 진부한 표현이지만 지금 내 안에서 부풀어 오르는 이 감정을 달리 표현할 방법이 없었다.

안경을 벗자 내 안에 짓눌려 있던 것들이 한순간에 터져 나왔다. 웃음이 나올 만큼 굵은 눈물이 흘러내렸다. 히무라가 알게 해주었던, 그리고 또 잊게 만들었던 진짜 웃음을 나는 다시 한번 되찾게 되었다. 일그러진 얼굴로 정신없이 웃어대는 나를 보며 쓰마도리는 놀란 듯 가만히 얼어붙었다. 밀려오는 파도가 애매하게 걷어 올린 바짓단을 적시고 있었다.

"아무것도 아니야. 그냥 심해어는 못 되겠구나 싶어서."

"…… 그게 무슨 말씀이세요?"

쓰마도리가 겁을 먹은 듯 미간을 찌푸렸다. 그 표정이 우스워서 나는 한동안 웃음을 멈출 수 없었다.

에필로그

쓰마도리 도와는 특별한 학생이었다. 루리쓰구미라는 필명으로 발표한 데뷔작이 지난달에 드디어 60만 부 판매를 돌파했고, 내년 봄에는 실사화 영화의 개봉이 예정되어 있었다. 그뿐만이 아니라 나에게는 옆집에 사는 이웃이자, 더는 이 세상에 없는 누군가의 변덕으로 이어진 같은 여름의 목격자이기도 했다.

"이렇게 너한테 불려 나온 건 오랜만이네."

"부른 건 제가 아니라 저희 반 담임인 나카노 선생님이거든요."

서관 1층에 있는 학생 상담실에서 쓰마도리는 불만이 가득한 얼굴로 의자 등받이에 몸을 기댄 채 앉아 있었다. 햇볕에 색이 바랜 레이스 커튼 너머로는 드넓은 가을 하늘이 펼쳐져 있었다.

"어느 쪽이든 다른 선생님들까지 애를 먹이는 건 곤란하다고 했잖아. 게다가 너희 반 담임은 나카노가 아니라 나카타 선생님이라고. 그 정도는 기억해야지."

나는 쓰마도리의 맞은편에 앉아 책상 위에 놓인 희망 진로 조사서를 집어 들었다. 이름을 쓰는 칸에는 쓰마도리의 이름이 적혀 있었지만 1지망부터 3지망까지는 전부 빈칸이었다.

"근데 왜 선생님이 오신 거예요?"

"여태까지 네가 학교에서 보인 태도 때문이기도 하고, 내가 올해 진로 상담을 맡아서이기도 하고. 오늘은 유독 기분이 안 좋아 보이네? 잠을 못 잤어?"

오늘 쓰마도리는 평소와 달리 옅은 갈색의 컬러 렌즈를 끼고 있지 않았다. 흰자는 빨갛게 충혈되어 있었고, 계속해서 눈을 깜빡이는 것이 건조해서인지 졸려서인지 알 수 없었다.

"어젯밤에 다 쓴 원고를 편집자님한테 보내서 오늘 아침에 답장이 왔는데—— 전혀 이해를 못 하세요. 핵심에서 벗어난 부분을 자꾸 고치라고 하시니까 진짜 짜증 나요. 얼마 전 일도 그렇고요."

요컨대 새 장편 원고의 수정 지시가 끊이지 않아 심통이 난 모양이었다. 이누카이에 대한 불만을 엉뚱한 곳에 쏟아내고 있었다.

나는 쓰마도리의 하소연을 흘려들으며 창밖으로 시선을 돌렸다. 다음 달에 열리는 교내 마라톤 대회 연습이 시작되었는지 체육 교사의 호루라기 박자에 맞춰 학생들이 운동장을 달리는 소리가 들려왔다. 흙먼지 냄새를 머금은 바람은 요 며칠 사이에 급속도로 건조해진 탓에 쓰마도리와 함께 여행했던 고향의 여름 공기를 떠오르게 했다.

그 후 이누카이는 쇼도시마에서 간신히 빠져나왔지만, 오카야마에서 출발하는 비행기표를 구하지 못해 꽤나 고생을 한 모양이었다.

반대로 쓰마도리와 나는 예약해 두었던 비행기표를 취소하고 오카야마를 경유해 신칸센을 타고 도쿄로 돌아왔다. 고치역 승강장에서 히무라가 마지막으로 골랐던 원피스를 연상시키는 새하얀 백합 꽃다발을 바치는 쓰마도리의 모습에 지나가던 사람들의 이목이 집중되었다.

"선생님, 제 말 듣고 계세요?"

"미안하지만 여기는 신인 작가를 위한 고민 상담실이 아니야."

"너무하세요. 고치로 같이 여행까지 다녀온 사이잖아요."

"그럼 한마디만 할게. 네가 그 데뷔작을 뮤지스에 올릴 때부터 이누카이 씨의 도움을 받아서 많이 고쳤다면서. 책으로 출간될 때도 편집장의 지시로 내용을 대폭 수정하기도 했고. 그 작품이 많은 독자들에게 받아들여진 건 네 혼자만의 힘이 아니지 않아?"

쓰마도리는 입술을 꾹 깨물며 험악한 표정으로 나를 노려보았다. 지나치게 반듯한 이목구비로 그런 표정을 지으니 제법 위협적으로 느껴졌다. 하지만 아무 말도 하지 않는 것을 보니 스스로도 인정하는 부분이 있는 것 같았다.

"그래서? 두 번째 작품은 어떤 내용인지 물어봐도 돼?"

"심보가 고약한 고등학교 교사가 주인공인 이야기예요."

"기대되는데?"

자신의 빈정거림이 통하지 않아 기분이 상했는지 쓰마도리는 입술을 삐죽이며 "거짓말이에요."라고 말했다.

"사실은 『괴물의 오르골』의 내용을 기반으로 해서 장편을 쓰고 있어요. 주인공 소년은 인터넷에서 인기가 많은 '카나리아'라는 가수의 안티팬이에요. 카나리아는 컴퓨터 그래픽으로 만든 캐릭터에 인간의 목소리랑 움직임을 합성한 버추얼 가수인데, 주인공은 온라인상에서 카나리아를 스토킹하는 사이에 그녀가 자신에게 도움을 요청하고 있는 것 같다고 느끼기 시작해요. 예를 들면 노래 가사라든지 안무 동작 같은 걸 통해서요."

그것은 그저 뒤틀린 애정 표현 방식으로 시작되어 결국 증오와 망상에 사로잡히게 된 기분 나쁜 오타쿠가 주인공인 연애소설이 아닌가 싶었지만, 굳이 그 말을 입 밖으로 꺼내지는 않았다.

"이야기 전개는 카나리아의 도움 요청 사인이 주인공의 착각인지 아니면 현실인지 독자들이 어느 쪽으로든 해석할 수 있게 흘러가요. 그러다가 중반부터는 카나리아의 시점으로 바뀌는데, 실제로는 아이돌과 거리가 먼 은둔형 외톨이 중년 남자인 그의 처지가 조금씩 밝혀지면서──."

"잠깐만."

나는 참지 못하고 쓰마도리의 말을 끊었다.

"정리를 좀 해야 할 것 같은데…… 그 망상에 사로잡힌 주인공 소년의 모델이 설마 나는 아니겠지?"

"아니에요, 그럴 리가 없잖아요."

"그럼 다행이고."

오랜만에 살의가 끓어올랐다——까지는 아니었지만, 조잘대는 저 입술을 꿰매버리고 싶은 심정이었다. 미간의 주름을 손끝으로 문지르는 나를 보며 쓰마도리는 아무렇지 않게 하던 말을 이어갔다.

"주인공 소년의 모델은 지아키 누나예요. 카나리아는 옛날의 제 모습에 가깝고요. 예전에 저희 엄마가 제 투병 기록을 블로그에 올렸었다고 말씀드린 적 있잖아요. 카나리아의 어머니도 스테이지맘(자녀를 유명인으로 만들기 위해 자녀의 인생을 지나치게 통제하는 어머니-옮긴이)이라는 설정이에요. 카나리아는 어릴 때 아역 배우로 활동했는데, 어머니가 아들의 어리고 귀여운 모습을 오랫동안 유지시키려고 성장호르몬 억제제를 먹인 거예요. 그 영향으로 성인이 된 후에도 외모랑 어울리지 않는 목소리가 콤플렉스라서 정체를 숨기고 가수로 활동하게 되는데—— 선생님? 왜 그러세요?"

쓰마도리가 의아한 듯 고개를 갸웃거렸다. 두통이 점점 심해졌다.

"아, 그렇구나. 제가 아직 말씀을 안 드렸군요. 저랑 누나는 뮤지스에서 우연히 만난 게 아니었어요. 심장병을 앓는 소년이랑 시한부 선고를 받은 소녀가 우연히 만난다는 게 현실에서는 일어나기 힘든 일이잖아요. 누나는 저희 어머니가 운영하던 블로그의 구독자였는데, 매일같이 감탄이 나올 만큼 예리한 댓글을 달아줬어요. 아들 사진으로 돈 벌려고 한다, 인정 욕구에 잡아먹힌 매정한 엄마다, 약물 부작용으로 퉁퉁 부은 아들의 얼굴을 전 세계에 공개하다니 제정신이냐, 자기 얼굴만 보정하는 거 티 난다, 뭐 대충 이런 내용이었어요."

"어머님한테 나쁜 댓글을 달던 사람한테 네가 직접 연락을 했다는 거야……?"

"딱히 어려운 일은 아니었어요. 그때 저는 학교에 못 가니까 공부할 때나 심심할 때 쓰라고 엄마가 태블릿PC를 사줬거든요. 어린이용 필터링을 해제하는 것도 비밀번호만 알아내면 간단해요. 누나는 블로그에 댓글을 달 때만 쓰는 계정이 따로 있었어요. 그래서 저도 계정을 하나 만들어서 메시지를 보낸 거죠."

말문이 막힌 나를 보며 쓰마도리는 쑥스러운 듯 웃었다.

"그러니까 저도…… 선생님이랑 똑같아요."

"어디가?"

"빼앗겼던 말들을 누나가 깨닫게 해줬어요. 절대 입 밖으로 내서는 안 된다고, 그런 생각을 하는 것조차 허락되지 않는다고 믿었던 말들을 누나는 저 대신에 아무렇지 않게 입에 올렸으니까요."

고향 바다의 모래사장에 남겨져 있던 거대한 글자들이 떠올랐다. 내가 쓰마도리와 함께 다시 그곳을 찾았을 때는 당연히 흔적조차 남아 있지 않았다. 하지만 내 안에는 오래도록 그대로 남아 있을 것이다.

쓰마도리의 신작인 『우리는 지저귀려고 태어난 것이 아니다』는 책으로 출간될 수 있을지 현재로서는 알 수 없다고 했다. 편집부에서는 카나리아의 정체를 은둔형 외톨이인 중년 남자가 아니라 젊은 여자로 바꿔야 한다는 목소리가 나오고 있는 모양이었다. 그 점이 쓰마도리를 더욱 화나게 만든 것 같았다.

"신작을 사서 읽는 건 대부분이 『너와, 푸른 하늘을 유영하다』의 독자일 테니까 전작의 분위기를 최대한 남기는 게 좋겠다느니 주인공이 평범한 소년이랑 중년 남자 둘이면 영상화를 했을 때 그림이 별로라느니 그런 말씀들을 계속 하시는데, 저는 영화나 만화의 원작을 제공하려고 소설을 쓰는 게 아니라고요!"

"카나리아의 인물 설정은 그렇다 쳐도 어머님 쪽은 괜찮겠어?"

"이번에는 조금 더 대중적으로 각색을 해서 괜찮을 것 같기는 한데 —— 솔직히 말하면 엄마가 어떻게 생각하실지 불안하기는 해요. 읽지 않으셨으면 하는 마음도 있고, 읽고 어떤 반응을 보이실지 알고 싶은 마음도 있어요. 조금 두렵기는 해도 제 안에 있는 것들을 쓰지 않고는 견딜 수가 없기도 하고, 또 반대로 제 안에 없는 것들은 쓸 수가 없고요."

"그렇구나. 그럼 고등학교 졸업 후에 가능하면 진학을 하는 게 너한테 좋을지도 모르겠네."

"그래요? 편집자님은 만약에 진학할 거면 최대한 좋은 대학에 가라고 하시는데, 사실 저는 상상이 잘 안 간다고 해야 할까요."

"네 안에 있는 것들을 작품으로 풀어낼 거라면 작은 경험들이 다 너한테 자산이 될 거야. 너는 앞으로 더 많은 사람들과 관계를 맺으면서 상처도 받고 망신도 당해봐야 해. 물론 반대의 경우도 있을 거고."

"제가 앞으로 만나게 될 사람들을 제 이야기의 소재로 삼으라는 말씀이신 거예요?"

"그래, 꼭 한번 읽어보고 싶네. 나 말고 다른 사람을 모델로 쓴 작품이라면."

"학교 선생님이 그런 말씀을 해도 괜찮은 거예요?"

"유감스럽게도 나는 네 말대로 심보가 고약한 고등학교 교사니까."

활짝 열어놓은 창문을 통해 가을의 시작을 알리는 냄새가 흘러 들어왔다. 모교 도서실에 발을 들이던 순간에 나던 냄새와 비슷했다. 맑게 갠 하늘에는 파도 거품 같은 흰 구름이 조각조각 흩어져 있었다.

끝.

밤에만 헤엄칠 수 있었다

초판 1쇄 발행	2025년 12월 1일
지은이	고야나가 도코
옮긴이	이다인
펴낸이	황윤재
디자인	오아름
교정교열	헤로
편집 · 제작	네오시스템
기획	김선진
펴낸곳	허밍북스
출판등록	2022년 11월 23일 제2022-000030호
주소	(42699) 대구시 달서구 문화회관11길 31, 3층
전화	053-591-1010
팩스	053-591-1075
이메일	jaeo@hmbs.co.kr
인스타그램	@humming__books
ISBN	979-11-991752-6-6 03830
값	17,300원

이 책은 저작권법에 의해 보호를 받는 저작물이므로 무단 전재와 복제를 금합니다. 파본은 구입한 곳에서 교환해 드립니다.